话浙江·杭州

最忆是杭州

丛书编写组 编

浙江古籍出版社

编纂指导工作委员会

主　任：赵　承
副主任：来颖杰　虞汉胤
成　员：（按姓氏笔画排序）

　　　　丁如兴　邓　崴　申中华　叶伯军　叶国斌
　　　　吕伟强　刘中华　芮　宏　张东和　金　彦
　　　　施艾珠　黄海峰　程为民　潘军明

专家指导委员会

主　任：陈尚君
成　员：（按姓氏笔画排序）

　　　　吴　蓓　尚佐文　陶　然　葛永海

本册编写人员（按姓氏笔画排序）

　　　　马子懿　王飞杨　司马一民　刘　曦　李利忠
　　　　吴钰欣　何哲涵　何智勇　　余筱然　邹明辰
　　　　张忠杨　陆雨欣　赵辛宜　　胡可先　钟　茸
　　　　俞　沁　夏斯斯

总　序

　　中国诗歌源远流长，姿态丰盈，溯其初始，皆以《诗三百》为中原之代表，以《楚辞》为南方的代表，浙江偏处东南，似皆无预。其实，万年上山遗址被誉为"远古中华第一村"，良渚遗址是实证中华五千多年文明史的圣地，越州禹庙的存在，知古越人对以编户齐民到三皇五帝传说之形成，也不遑多让。越地保存的《弹歌》："断竹，续竹；飞土，逐宍。"记录初始人民与百兽竞逐的生存状态，有可能是中国保存最早的古诗。而时代不晚于战国的《越人歌》，以"山有木兮木有枝，心说君兮君不知"的天籁之音，表达古越人两心相悦、倾情诉述的真意。从南朝时期的《阿子歌》《钱唐苏小歌》中，还能体会到古越民歌这种明丽之声的赓续和弘传。

　　秦并六国，天下设郡，会稽郡为三十六郡之一，也为越地州郡之始。到有唐一代，今浙江境内设有十州，虽历代区划皆有调整，省境规模大致底定。十一市的格局虽确定于晚近，但各市历史上无论称郡称州称府，无不文明昌盛，文士群出，文化发达，存诗浩瀚。就浙江在中华文化版图中日显昭著的地位而言，我们可以提到几个很特殊的时期。一是西晋末永嘉南渡，大批中原士族客居江南，侨居越中，越中山水秀丽，跃然于文化精英的笔端："千岩竞秀，万壑争流，草木蒙笼其上，若云兴霞蔚。"山阴道上，剡溪沿流，留下大量珍贵记录。南北对峙，南朝绵续，越地经济发展，景观也广为世知。二为唐代安史乱后，士人南奔，实现南北文化的再度融合。中唐伟大诗人白居易、韩愈、柳宗元、刘禹锡皆出身于北方文化世家，但出生或成长在江南。浙江东西道之设置将今苏南、浙江之地分为两道，其文化昌盛，诗歌丰富，已不逊于中原京洛一带。三是唐末大乱，钱镠祖孙三代割据吴越十四州，出身底层而向往士族文化，深明以小事大之旨，安定近百年，不仅使其家族成为千年不败、人才辈出的文化世家，也为吴越文化造就无数人才。四是靖康之变，宋室南渡，定都临安即今杭州，更使浙江成为全国的政治经济文化中心。此后九百年，浙江在全国举足轻重的地位，历经江山鼎革，人事迁变，始终没有动摇。

浙江人杰地灵，文化繁荣，山水奇秀，集中体现在每一时代、每一州郡，皆曾出现过一流人物，不朽著作，杰出诗篇。"诗话浙江"的编著，即以省内十一市域各为单元，选编历代最著名的诗篇，以在地的立场，重视本籍诗人，也不忽略游宦客居之他籍人士，务求反映本土之风光人情，家国情怀，文化地标，亲历事变，传达省情乡情，激发文化自信，培养乡土情怀，增进地方建设。

唐人元稹有"天下风光数会稽"（《寄乐天》）之句，引申说天下山水数浙江，应该不会有人反对。东晋孙绰《游天台山赋》以全景式的鸟瞰写出天台山之俊奇雄秀，王羲之约集家人朋友高会兰亭，借山水寄慨，是越中诗赋写山水之杰作。广泛游历，寄情山水，留下众多诗篇的刘宋大诗人谢灵运，以诗作为山水赋予了灵魂。本套丛书中杭州、绍兴、台州、温州、丽水、金华诸册，皆收有谢诗，如"林壑敛暝色，云霞收夕霏"之绚烂，"白云抱幽石，绿篠媚清涟"之妩媚，"明月在云间，迢迢不可得"之企羡，"池塘生春草，园柳变鸣禽"之惊喜，"乱流趋正绝，孤屿媚中川"之特写，"石浅水潺湲，日落山照曜"之素描，"崖倾光难留，林深响易奔"之观察，无不在瑰丽山川描摹中投入自己的真实情感，开创了山水诗的无数法门。此后的历代诗人，无论名气大小，游历深浅，无不步武谢诗，传达独到的观察与体悟，留下不朽的诗篇。

浙江各市皆有标志性的名山秀水，且因历代官民之开拓建设，历代文人之歌咏加持，而得名重天下。以旧州名言，台州得名于天台山；明州得名于四明山；处州本名括州，因括苍山得名，避唐德宗名而改；湖州得名于太湖。南湖烟雨，孕育出以朱彝尊为代表的浙西词派。西湖名重天下，离不开白居易和苏轼两位大诗人任职时的建设疏浚，更因他们写下无数脍炙人口的名篇而广为世人所知。有些名山云深道险，如雁荡山，弘传最有功者为唐末诗僧贯休，以兰溪人而得广涉东瓯名山，"雁荡经行云漠漠，龙湫宴坐雨蒙蒙"（《诺矩罗赞》）二句极其传神，此后方为世重。类似例子还有很多，读者可从全套丛书中细心阅读，会心感悟。

其实，山灵水秀触发了诗人的灵感，诗人的名篇也促使了人文景观的升华。兰亭是众所瞩目的名胜，还可以举几个特别的例子。南朝诗人沈约出任东阳太守期间，在金华建玄畅楼，常登楼观景抒情，更特别的是他还写了与楼相关的八首抒情长诗，世称《八咏诗》，名重天下，后人更将玄畅楼改名八咏楼，成为有名的故事。衢州烂柯山又名石桥山、石室山，因南朝任昉《述异记》云东晋王质入山砍柴迷路，遇二童子对弈，着迷而耽搁许久，欲归而发现斧柄已烂，从此有烂柯之名，且因此而成为围棋仙地。缙云仙都山以鼎湖峰最为著名，因其拔地而起高达一百七十多米的石柱而备受关注，传为黄帝置鼎炼丹或飞升处而知名，更成为国内著名的黄帝祭祀地，历代相关诗歌也很多。在历代诗人的共同努力下，浙江各市皆形成了有全国重大影响的山水名区与文化地标。近年在国内外有重大影响的浙东唐诗之路，借用唐代诗人宋之问《题杭州天竺寺》"待入天台路，看予度石桥"所言，即其起点是杭州（也有说法具体到渔浦潭），东行经绍兴、上虞，至剡溪经新昌、嵊州，目的地是天台山，沿途著名景点有镜湖、曹娥庙、大佛寺、天姥山、沃洲山、石梁飞瀑、国清寺等。六朝至唐的另一条诗路，则是从杭州溯钱江而上，经富阳、桐庐、兰溪、金华、丽水、青田而到温州，沿途名区也不胜枚举。近年经学者研究，唐诗之路其实遍布浙江的各个由水路和陆路形成的人文景观，在古迹复原、石刻调查、摩崖寻拓、驿路搜索等方面，都有许多新的发现，在此不能一一叙述。

浙江民风淳朴，勤劳奋发，但也有慷慨悲歌、报仇雪耻的另一面。春秋时代的吴越相争，槜李之战就发生在今嘉兴。后越王勾践在国破家亡之际，忍辱负重，卧薪尝胆，终得复国。浙江历代无数仁人志士，为国家民族生存，为乡邦安宁发展，曾做过许多可歌可泣的努力。舟山在浙江偏处边隅，有两段往事尤可称诵。一是南宋初金人南侵，宋高宗避地舟山，在海上漂泊数月，方得保存国脉。二是明清易代，浙东抗清武装退居海上，张煌言以身许国，以舟山为重要支点，坚持斗争，所作《翁洲行》倾诉了满腔爱国激情。同时陈子龙、顾炎武都有声援诗作。吴伟业所作《勾章井》写鲁王元妃的以身殉国，也可见其情怀所系。近代中国剧变，浙江受冲击尤剧，本书收入龚自珍、左宗棠、郭嵩焘、蔡元培、秋瑾、鲁迅等人诗作，分别可以看到有识之士在世变中对自改革的呼吁、守卫国家领土的努力、放眼看世界的鸿识、反抗清王朝的革命，以及创造新文化的勇气。虽然人非皆浙籍，诗或因他故，他们的功绩是应该记取的。

浙江海岸线漫长，自古即多良港，由于洋流的原因，日本遣唐使和学问僧多以越、明、台、温四州为到达和返国之地。名僧最澄、空海、圆仁、圆珍都在诸州广交友人，广参名僧，访求典籍，体悟佛法，归国后分别弘传天台宗和真言宗（空海在长安得法于青龙义操），写就中日文化交流的重要一笔。圆珍在中国的授法僧清观，曾寄诗圆珍，有"叡山新月冷，台峤古风清"（全篇不存）二句，传达中日佛教界的血脉亲情。宋元之间的一山一宁、无学祖元，再度东渡，在日本弘传临济禅法。至于儒学东传，特别要说到明清之际的朱之瑜（舜水），在长期抗清斗争失败后，他东渡日本，受到江户幕府的热忱接纳，开创水户学派，弘扬尊王攘夷的学说，成为日本后来明治维新的重要思想资源。至于宁波开埠以后西学的传入，也可从许多诗作中得到启示。

至于浙江对中国学术文化的贡献，可讲者太多，大多也可在本套丛书中读到。先从天台山说起。佛教天台宗创始于陈隋之际的智者大师智𫖮，其辨教思想与天台法理，皆使佛教中国化达到了空前高度。数传而不衰，更在日本发扬光大。天台道教则以桐柏宫为最显，司马承祯为宗师，与茅山、龙虎山并峙为江南三重镇。缙云道士杜光庭避乱入蜀，整理道藏，贡献巨大。寒山是天台的游僧，他书写于山岩石壁上的悟道喻世诗作，由道士徐灵府整理成集，流传不衰，并在现代欧美产生广泛影响。道士而为僧人整理遗篇，恰是三教和合的佳话。至于宋末元初三大家王应麟、胡三省、马端临，皆生长著述于浙东，而清初三大启蒙思想家中的黄宗羲也是浙人。黄宗羲子黄百家，更是中国弘传哥白尼日心学说之第一人。更应说到宋陆九渊、明王守仁倡导的儒家心学一派，明末影响巨大，至今仍受广泛注意。至于朱子后学如慈湖杨简、东发黄震，亦曾名重一时。本套丛书以介绍诗词为主，于学术文化亦颇有涉及，读者可加以关注。

浙江物产丰饶，各市县乡镇都有各自的特产与名品。如果举其大端，则为茶、绸、果、笋。茶圣陆羽是今湖北天门人，但他成名则在今湖州与江苏常州共有的顾渚茶山。陆羽不仅致力于茶的采摘与制作工序，更讲究茶的烹煮和水的选择，曾设计组合茶具套装。陆羽存诗不多，但湖州历代咏其茶艺之诗络绎不绝。白居易《缭绫》写越州所贡罗绡纨绮，有"应似天台山上月明前，四十五尺瀑布泉"的描述，进而质问："织者何人衣者谁？越溪寒女汉宫姬。"直至近代，湖丝、杭绸一直广销世界。浙江果蔬丰富，如余姚杨梅、黄岩蜜橘、嘉兴檇李、湖州莲子、绍兴荷藕，皆令人齿颊生津，品啖称快。竹林遍布浙江，既可采以制作器具，又可食其初笋而得天然美味。宋初僧赞宁撰《笋谱》，主要采样于天目山笋。古代文人以竹取其高雅，食笋更见其清新出俗，在诗中也多有表达。

本套丛书由中共浙江省委宣传部策划指导，十一个市委宣传部组织编写，由浙江古籍出版社出版。各市对地方文献及历代诗歌皆有长期积累与研究，故能在较快时间内完成书稿，数度改易增删，以期保证质量。然而从浙江历代浩瀚的典籍中选取为一般读者喜闻乐见的作品，叙述作者生平事迹，准确录文并解释，深入浅出地品赏分析，实在不是一件很容易的事情。出版社邀请省内专家审稿，提出问题疑点，纠正传本讹脱，皆已殚尽心力。比如明唐胄的《衢州石塘橘》诗中"画舫万笼燕与魏"，与下句"青林千顷鹿和狮"比读，初以为指牡丹，但"燕"字无着落，经反复查证，方知"燕与魏"指燕文侯、魏文帝关于柑橘的两个典故。再如文天祥经温州所写诗，通行本作"暗度中兴第二碑"，中兴碑当然指湖南浯溪颜真卿书元结《大唐中兴颂》，然"暗度"该作何解？经查明刻本《文山先生全集》收的《指南录》作"暗读"，诗意豁然明朗，即文天祥在人生最困难的时刻，仍然没有放弃奋斗的目标，希望大宋再度中兴。

  我们深知，作者与编辑发现并妥善解决的疑点，只是众多存疑难决问题中的一部分。整套书希望给读者提供一份浙江各地诗词的丰盛大餐，但烹制难以尽善尽美，肯定还有不足之处，敬俟读者批评指正，以期后续修订完善。

陈尚君

2024 年 11 月

前　言

"江南忆，最忆是杭州。山寺月中寻桂子，郡亭枕上看潮头"，这就是大诗人白居易魂牵梦萦的杭州。历代文人墨客，也以饱醮感情的笔触讴歌这座历史悠久、文化灿烂、风光秀丽、人物杰出，被誉为"人间天堂"的城市。

作为诗词之都，杭州的诗词文脉源远流长。春秋时期吴越争霸，越臣文种、勾践夫人留下《固陵祝词》和《乌鸢歌》，成为杭州诗歌的最早源头。汉魏而下，山水诗逐渐兴盛，谢灵运是中国山水诗鼻祖，他的钱塘江之行，留下了一系列脍炙人口的诗章，对后代山水诗的发展产生了巨大的影响。沈约、任昉、王筠、丘迟则是谢灵运的骖乘，其杭州诗作也别具风采。在诗词鼎盛的唐宋时期，杭州诗词更加散发出璀璨的光芒。一流作家如李白、杜甫、孟浩然、白居易、刘禹锡、杜牧、王安石、苏轼、李清照、辛弃疾、陆游、范成大、杨万里等都曾驻足杭州，写下了中国诗史上最具魅力的篇章。特别是唐代大诗人白居易和宋代大诗人苏轼，将杭州诗词推向极致。白居易与苏轼莅杭守土，改造杭州，诗化杭城，与杭州人民融为一体，把自己的生命融入杭州的山水之中，成为杭州诗词史上重量级代表人物。杭州诗歌，自春秋吴越，经魏晋六朝，历隋唐五代，至宋元明清，代有佳作，其蕴藏的丰富内涵，可供后人无限采撷，尽情玩赏。

杭州是唐诗之路的重镇，在浙江诗路文化带中堪称节点，浙东唐诗之路、钱塘江诗路、大运河诗路在杭州交汇。杭州是宋韵文化的中心，北宋柳永的《望海潮》、苏轼的《八声甘州·寄参寥子》，南宋辛弃疾的《青玉案·元夕》、张炎的《高阳台·西湖春感》，都是"一代文学"宋词的巅峰作品。

在浙江诗路的集结点上，最为耀眼者无疑是山水诗。山水诗领袖人物是谢灵运，他赴任永嘉太守时经过杭州，创作了一系列山水诗名篇，成为中国山水诗的重要篇章。著名的《初往新安桐庐口》《七里濑》《富春渚》，表现出杭州桐庐奇山异水、天下独绝的风貌，同时由山水美景的欣赏进而感悟人生。唐宋而下，诗人们发扬谢灵运的风格而又更加超越，写出了很多千古传诵的山水诗。特别是西湖诗，已经成为杭州的文化名片。比如白居易有"未能抛得杭州去，一半勾留是此湖"，苏轼有"欲把西湖比西子，淡妆浓抹总相宜"，杨万里有"接天莲叶无穷碧，映日荷花别样红"，汪元量有"南高峰对北高峰，十里荷花九里松"，陈德武有"东南第一名州，西湖自古多佳丽"，王冕有"西湖今日清如许，一树梅花压水开"，于谦有"涌金门外柳如烟，西子湖头水拍天"。真是精彩纷呈，令人目不暇接。

物华天宝，人杰地灵，作为吴越与南宋的故都，杭州的人文山水滋养了历代名人，有堪称"西湖三杰"的英雄人物岳飞、于谦、张煌言，有清高狂狷的隐逸名士严光，有诗名千古的地方长官白居易、苏轼，有旷达洒脱的"诗狂"贺知章，有文学革命的先驱龚自珍。今举吟咏岳飞与严光的诗歌加以说明。吟咏岳飞的作品，赵孟頫有《岳鄂王墓》"南渡君臣轻社稷，中原父老望旌旗"，高启有《岳王墓》"大树无枝向北风，十年遗恨泣英雄"，张煌言有《甲辰八月辞故里》"国亡家破欲何之，西子湖头有我师"，袁枚有《谒岳王墓作》"赖有岳于双少保，人间始觉重西湖"，字里行间透露着家国情怀。吟咏严光的作品，范仲淹《桐庐郡严先生祠堂记》称赞其"云山苍苍，江水泱泱。先生之风，山高水长"，表现对严光的无限景仰；王筠赞其"子陵徇高尚，超然独长往"；李白赞其"严陵不从万乘游，归卧空山钓碧流"；方干赞其"先生不入云台像，赢得桐江万古名"；陆龟蒙赞其"片帆竿外揖清风，石立云孤万古中"；吴融赞其"严光万古清风在，不敢停桡更问津"，重在描绘其高尚脱俗的形象。

钟灵毓秀的杭州，自古就有"地有湖山美，东南第一州"的美誉，杭州诗也蕴涵着杭州创新、奋进、大气和开放的精神，这在吟咏钱江潮的篇章中尤为凸显。李廓有"一千里色中秋月，十万军声半夜潮"，蔡襄有"地卷天回出海东，人间何事可争雄"，苏轼有"八月十八潮，壮观天下无。鲲鹏水击三千里，组练长驱十万夫"，陈师道有"漫漫平沙走白虹，瑶台失手玉杯空"，都境界宏大，气势雄伟，情调高昂，风格豪迈。特别是潘阆的《酒泉子》，更在咏潮词中拔出："长忆观潮，满郭人争江上望。来疑沧海尽成空，万面鼓声中。　弄潮儿向涛头立，手把红旗旗不湿。别来几向梦中看，梦觉尚心寒。"上片描写观潮。满郭之人倾城出动，企足眺望，只见波涛翻滚，仿佛大海之水全部涌进江中，潮声如万鼓齐发，声震云霄。下片描写弄潮。弄潮儿勇立潮头，挥动红旗，出没于惊涛骇浪之中。如此惊险的场景，曾经多次梦中回忆，梦醒犹觉心惊胆战。"弄潮儿"的形象在这首词中凸显，并逐渐拓展演化，代表在时代潮流中具有不畏艰难、不断进取精神之人。而钱江弄潮的形象，也正是杭州精神的象征。

《诗话浙江·最忆是杭州》属于杭州历史文化研究的一项工作，也是推进杭州现代化建设的一项举措。我们试图通过这两百首描写杭州的经典诗词，呈现杭州悠久的历史、灿烂的文化、美丽的风光、杰出的人物，希望诗词中蕴涵的创新、奋进、大气和开放的杭州精神，深入人心，绵延不绝。

本册编写组
2024年11月

目 录

先 唐

文 种
　　五年五月吴破檇李王入吴与群臣临水祖道军阵固陵作
　　　祝词二章…………………………………………… 003
苏 彦
　　西陵观涛…………………………………………… 006
谢灵运
　　初往新安桐庐口…………………………………… 008
　　七里濑……………………………………………… 010
　　富春渚……………………………………………… 012
无名氏
　　钱唐苏小歌………………………………………… 016
沈 约
　　新安江水至清浅深见底贻京邑游好……………… 018
任 昉
　　严陵濑……………………………………………… 021
丘 迟
　　旦发渔浦潭………………………………………… 023

王　筠
　　东阳还经严陵濑赠萧大夫……………………………… 025

唐五代

宋之问
　　题杭州天竺寺………………………………………… 029
孟浩然
　　早发渔浦潭…………………………………………… 032
　　与颜钱塘登樟亭望潮作………………………………… 034
　　宿桐庐江寄广陵旧游…………………………………… 035
　　宿建德江……………………………………………… 037
綦毋潜
　　题灵隐寺山顶禅院……………………………………… 038
崔　颢
　　游天竺寺……………………………………………… 040
　　发锦沙村……………………………………………… 042
崔国辅
　　宿范浦………………………………………………… 044
王昌龄
　　浣纱女………………………………………………… 046
李　白
　　送崔十二游天竺寺……………………………………… 048

与从侄杭州刺史良游天竺寺…………………… 050
杜　甫
　　解闷十二首（其二）…………………………… 052
钱　起
　　九日宴浙江西亭………………………………… 054
张　继
　　题严陵钓台……………………………………… 056
韩　翃
　　送王少府归杭州………………………………… 058
皇甫冉
　　西陵寄灵一上人朱放…………………………… 060
皎　然
　　送文会上人还富阳……………………………… 062
刘长卿
　　却归睦州至七里滩下作………………………… 064
顾　况
　　严公钓台作……………………………………… 066
权德舆
　　戏赠天竺灵隐二寺寺主………………………… 068
张　籍
　　宿天竺寺寄灵隐寺僧…………………………… 070

刘禹锡
　　浪淘沙词九首（其七） …… 072

白居易
　　天竺寺七叶堂避暑 …… 074
　　钱塘湖春行 …… 075
　　杭州春望 …… 077
　　西湖晚归回望孤山寺赠诸客 …… 079
　　余杭形胜 …… 080
　　新妇石 …… 082
　　春题湖上 …… 083
　　寄韬光禅师 …… 084
　　杭州回舫 …… 086
　　忆江南（其一） …… 087
　　忆江南（其二） …… 088

李　绅
　　欲到西陵寄王行周 …… 089

卢元辅
　　游天竺寺 …… 091

姚　合
　　杭州观潮 …… 093

元　稹
　　别后西陵晚眺 …… 096

贾　岛
　　早秋寄题天竺灵隐寺……………………… 098
张　祜
　　题杭州孤山寺…………………………… 100
许　浑
　　九日登樟亭驿楼………………………… 102
　　子陵钓台贻行侣………………………… 103
李　贺
　　苏小小墓………………………………… 105
李　廓
　　忆钱塘…………………………………… 107
施肩吾
　　钱塘渡口………………………………… 109
温庭筠
　　题萧山庙………………………………… 111
杜　牧
　　睦州四韵………………………………… 113
李　频
　　题钓台障子……………………………… 115
喻坦之
　　题樟亭驿楼……………………………… 117

方　干
　　旅次钱塘………………………………………… 119
　　游竹林寺………………………………………… 120
　　题严子陵祠……………………………………… 122
贯　休
　　献钱尚父………………………………………… 124
罗　隐
　　秋日富春江行…………………………………… 126
　　题磻溪垂钓图…………………………………… 127
韦　庄
　　南游富阳江中作………………………………… 129
　　桐庐县作………………………………………… 130
皮日休
　　天竺寺八月十五日夜桂子……………………… 133
陆龟蒙
　　严光钓台………………………………………… 135
吴　融
　　富　春…………………………………………… 137
郑　谷
　　登杭州城………………………………………… 139
钱　镠
　　筑　塘…………………………………………… 141

石镜山……………………………………………… 143
齐　己
　　秋日钱塘作………………………………………… 145

宋　元

潘　阆
　　酒泉子（其十）…………………………………… 149
林　逋
　　山园小梅二首（其一）…………………………… 151
　　长相思 惜别……………………………………… 152
柳　永
　　满江红……………………………………………… 154
　　望海潮……………………………………………… 156
范仲淹
　　过余杭白塔寺……………………………………… 158
　　萧洒桐庐郡十绝（其一）………………………… 159
　　忆杭州西湖………………………………………… 160
梅尧臣
　　对雪忆往岁钱塘西湖访林逋三首（其一）……… 162
赵　抃
　　次韵前人题六和寺壁……………………………… 164

赵　祯
　　赐梅挚知杭州……………………………………… 166
蔡　襄
　　和江上观潮………………………………………… 169
司马光
　　西　湖……………………………………………… 171
王安石
　　游杭州圣果寺……………………………………… 173
　　杭州望湖楼回马上作呈玉汝乐道…………………… 174
苏　轼
　　怀西湖寄晁美叔同年……………………………… 176
　　於潜僧绿筠轩……………………………………… 178
　　催试官考较戏作…………………………………… 181
　　六月二十七日望湖楼醉书五绝（其一）………… 183
　　望海楼晚景五绝（其一）………………………… 184
　　饮湖上初晴后雨二首（其二）…………………… 185
　　陌上花三首（其一）……………………………… 186
　　虞美人 有美堂赠述古 …………………………… 187
　　瑞鹧鸪 观潮 ……………………………………… 188
　　南乡子 送述古 …………………………………… 189
　　八声甘州 寄参寥子 ……………………………… 191
　　行香子 过七里滩 ………………………………… 192

苏　辙
　　和子瞻题风水洞……………………………………… 194
道　潜
　　临平道中…………………………………………… 196
孔平仲
　　西　兴……………………………………………… 198
陈师道
　　钱塘寓居…………………………………………… 200
　　十七日观潮三首（其三）………………………… 201
司马槱
　　黄金缕……………………………………………… 203
徐　俯
　　春游湖……………………………………………… 205
朱淑真
　　马　塍……………………………………………… 207
李　纲
　　渡浙江……………………………………………… 209
吕本中
　　伍员祠……………………………………………… 211
李清照
　　夜发严滩…………………………………………… 213
　　永遇乐 元宵 ……………………………………… 214

怨王孙………………………………………… 216

王十朋

春日游西湖………………………………… 218

夜泊萧山酒醒梦觉月色满船感而有作…… 219

康与之

长相思 游西湖 …………………………… 221

陆　游

雨中泊舟萧山县驿………………………… 223

临安春雨初霁……………………………… 224

初寒在告有感三首（其三）……………… 226

渔　浦……………………………………… 227

长相思（其四）…………………………… 228

范成大

富　阳……………………………………… 230

冷泉亭放水………………………………… 231

吴　琚

酹江月 观潮应制 ………………………… 233

杨万里

晓出净慈送林子方（其二）……………… 235

清晓湖上（其三）………………………… 236

过临平莲荡（其四）……………………… 237

昭君怨 咏荷上雨 ………………………… 238

朱　熹
　　题安隐壁 …………………………………… 240

辛弃疾
　　念奴娇　西湖和人韵 …………………………… 242
　　青玉案　元夕 …………………………… 244
　　好事近　西湖 …………………………… 245
　　满江红　题冷泉亭 …………………………… 246

刘　过
　　沁园春　寄稼轩承旨 …………………………… 248

姜　夔
　　萧　山 …………………………… 250
　　鹧鸪天　正月十一日观灯 …………………… 251

俞国宝
　　风入松 …………………………… 253

叶绍翁
　　题鄂王墓 …………………………… 255

林　升
　　题临安邸 …………………………… 257

吴文英
　　高阳台　丰乐楼分韵得如字 …………………… 259

吴锡畴
　　六和塔 …………………………… 261

林和靖墓……………………………… 262
陈允平
　　　八声甘州 曲院风荷 ……………………… 264
文及翁
　　　贺新郎 西湖 …………………………… 267
王 洧
　　　湖山十景 平湖秋月 ……………………… 270
王 恽
　　　富阳道中（其一）……………………… 272
俞德邻
　　　登六和塔………………………………… 274
周 密
　　　谒金门 吴山观涛 ………………………… 276
汪元量
　　　湖州歌九十八首（其五）……………… 278
　　　西湖旧梦（其一）……………………… 279
张 炎
　　　高阳台 西湖春感 ………………………… 281
真山民
　　　泊白沙渡………………………………… 284
陈德武
　　　水龙吟 西湖怀古 ………………………… 286

鲜于枢
　　建德溪行……………………………………………… 288
谢　翱
　　西台哭所思…………………………………………… 290
赵孟𫖯
　　岳鄂王墓……………………………………………… 292
黄公望
　　西湖竹枝词…………………………………………… 294
王　冕
　　素梅（其三十一）…………………………………… 296
杨维桢
　　西湖竹枝歌（其一）………………………………… 298
萨都剌
　　西湖绝句六首（其一）……………………………… 300
贡性之
　　涌金门见柳…………………………………………… 302
张　昱
　　船过临平湖…………………………………………… 303

明　清

刘　基
　　题湘湖图……………………………………………… 307

高　启
　　吊岳王墓 310

于　谦
　　夏日忆西湖风景 313

商　辂
　　桐江独钓图 315

日本使者
　　经西湖题诗 317

唐　寅
　　题西湖钓艇图 318

文徵明
　　满江红 320

王守仁
　　寄西湖友 322

孙一元
　　饮龙井 324

李攀龙
　　苏堤春晓 326

徐　渭
　　吊牛皋墓 328

王世贞
　　游南高峰 330

汤显祖
　　天竺中秋……………………………………… 332
袁宏道
　　三生石………………………………………… 334
钱谦益
　　桐庐道中……………………………………… 337
张　岱
　　秋雪庵………………………………………… 339
吴伟业
　　客　路………………………………………… 341
黄宗羲
　　寻张司马墓…………………………………… 343
柳如是
　　西湖八绝句（其一）………………………… 345
张煌言
　　甲辰八月辞故里（其二）…………………… 347
毛奇龄
　　虞美人………………………………………… 349
朱彝尊
　　九　溪………………………………………… 351
王士禛
　　送刘君宰建德………………………………… 353

洪　昇
　　钓　台……………………………………………… 356
查慎行
　　淳安谒海忠介祠…………………………………… 358
厉　鹗
　　百字令……………………………………………… 361
　　忆旧游……………………………………………… 363
弘　历
　　坐龙井上烹茶偶成………………………………… 366
袁　枚
　　谒岳王墓作十五绝句（其十五）………………… 368
纪　昀
　　富春至严陵山水甚佳（其一）…………………… 370
黄景仁
　　新安滩……………………………………………… 372
林则徐
　　春暮偕许玉年乃穀张仲甫应昌诸君游理安寺烟霞洞
　　虎跑泉六和塔诸胜每处各系一诗（其四）……… 374
龚自珍
　　己亥杂诗（其一百五十二）……………………… 376
　　湘　月……………………………………………… 377

〈 16 〉

俞　樾
　　九溪十八涧（节选） ………………………………… 381

康有为
　　闻意索三门湾以兵轮三艘迫浙江有感………………… 383

秋　瑾
　　登吴山 ………………………………………………… 385

参考文献…………………………………………………… 387
后　记……………………………………………………… 395

先唐

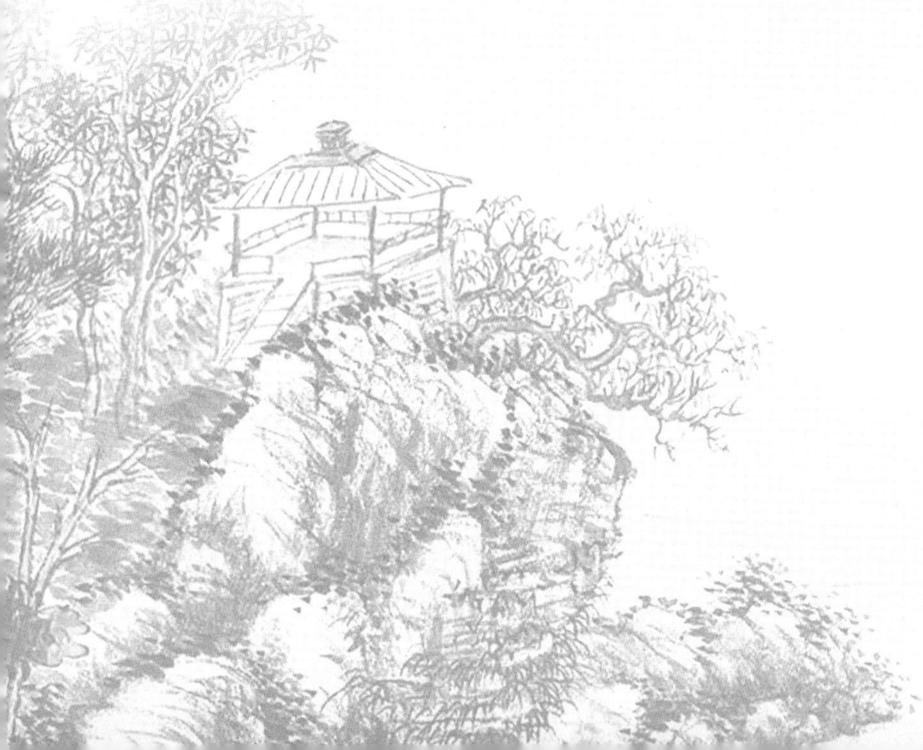

文　种

　　文种，字少禽，一作子禽，楚之郢（今湖北荆州）人，后定居越国；一说越之鄞（今浙江宁波）人。曾任宛令，与贤士范蠡一同投奔越国，担任大夫。越王兵败，文种奉命到吴国求和。勾践入吴为质，国政由文种主持。勾践归国，文种献"伐吴九术"。在打败吴王夫差、复兴越国的过程中，立下赫赫功劳，灭吴后被勾践赐死。

五年五月吴破檇李王入吴与群臣临水祖道军阵固陵作祝词二章[1]

皇天佑助，前沉后扬。[2]

祸为德根，忧为福堂。

威人者灭，服从者昌。

王虽牵致，其后无殃。[3]

君臣生离，感动上皇。[4]

众夫悲哀，莫不感伤。

臣请荐脯，行酒二觞。[5]（一章）

大王德寿，无疆无极。

乾坤受灵，神祇辅翼。[6]

我王厚之，祉佑在侧。[7]

德销百殃，利受其福。

去彼吴庭，来归越国。（二章）

（《吴越春秋》卷七）

注　释

[1]据《吴越春秋》记载，越王勾践被吴王夫差打败，五年五月，入臣于吴。群臣送之浙江（钱塘江）之上，临水祖道（为出行者祭祀路神和设宴送行的仪式），军队驻守在固陵。文种主持祖道仪式，并写此祝词。原诗无题，此诗题据《檇李诗系》卷三七而加。檇李，在今嘉兴桐乡，以地产佳李著名，是春秋时期吴、越两国的分界地。固陵，据《水经注·渐江水》载："昔范蠡筑城于浙江之滨，言可以固守，谓之固陵。"六朝至唐，因其地处会稽郡西端，易名西陵。吴越钱镠以陵非吉语，改名西兴。西兴为交通往来之要津，是浙东唐诗之路的重要起点、钱塘江诗路的重要节点，其地在今杭州市滨江区西兴街道。一说固陵即越王城，在湘湖城山之巅。今湘湖景区建有临水祖道亭。　[2]皇天：苍天。　[3]牵致：俘获，俘虏。　[4]上皇：天帝。　[5]荐脯：进献肉脯。　[6]神祇：神明。神指天神，祇指地神。　[7]祉佑：神灵的庇护和帮助。

赏　析

　　这首诗是越王勾践入臣于吴，群臣于浙江临水祖道，大夫文种临别祝祷的文词。诗分二章，首章重在送别，言有苍天保佑，虽然越国此前被吴国打败了，后面还是会逐渐昌盛的。"沉"和"扬"、"灭"和"昌"是可以相互转换的，征服者必定灭亡，臣服者终究昌盛。越王现在虽被迫入臣，但后来必定无殃。今天君臣的生死别离，哀愁感伤，也在不断感动神明。次章重在祝祷，言越王勾践德寿齐备，天地铸成其灵魂，神明辅佐其羽翼，厚德载物，必将得到庇佑，最终能够离开吴地，回归越国。这首祝词，虽然表现生离死别，哀悲感伤，但充满着复仇的精神和必胜的信心，气势雄豪，情怀悲壮。全诗节奏沉稳，韵律谐调，情理融贯，涵蕴深邃。

苏 彦

苏彦,晋孝武帝时为北中郎参军。有《苏子》七卷,文集十卷,已佚。

西陵观涛[1]

洪涛奔逸势,骇浪驾丘山。[2]
訇隐振宇宙,漰磕津云连。[3]

(《先秦汉魏晋南北朝诗·晋诗》卷一四)

注 释

[1]西陵:钱塘江渡口,在今杭州市滨江区西兴街道。 [2]奔逸势:奔腾如飞的势头。 [3]訇(hōng)隐:巨大的声响。漰(pēng)磕:水流激荡的声音。津云:即云津,指天河、银河。

赏 析

钱塘江潮自古闻名,西陵又是重要的观潮佳处。这首诗写出了钱塘江大潮奔逸的气势,浩瀚磅礴,动人心魄。惊涛骇浪奔腾如飞,搏击凌驾于丘山之上,涛声震撼宇宙,潮头直击云霄。这是迄今所见最早描写西陵洪涛的诗作。全诗集中于涛势的形容，而各句的范围和方向并不相同。首句重在写奔，是潮头向前；二句重在写驾，是潮头向上；三句重在写振，是涛声轰鸣；四句重在写连，是涛峰接天。既集中状物，又富于变化。

宋　马远　水图·层波叠浪

谢灵运

　　谢灵运（385—433），小名客儿，常称"谢客"，袭封康乐县公，世称"谢康乐"。祖籍陈郡阳夏（今河南太康），生于会稽始宁（今绍兴市上虞区）。谢灵运曾担任抚军将军刘毅记室参军，后为刘裕太尉参军。刘裕代晋自立，灵运出任散骑常侍、太子左卫率。永初三年（422），宋少帝即位，灵运受大臣排挤，出任永嘉太守。后罢职退隐始宁，以"叛逆"之名被杀。谢灵运是中国山水诗鼻祖，其山水诗又多作于任职永嘉太守前后。他赴任永嘉与罢任永嘉都有钱塘江之行，留下了不少脍炙人口的山水诗，对后代山水诗的发展产生了巨大影响。

初往新安桐庐口[1]

绨绤虽凄其，授衣尚未至。[2]

感节良已深，怀古亦云思。[3]

不有千里棹，孰申百代意？

远协尚子心，遥得许生计。[4]

既及泠风善，又即秋水驶。[5]

江山共开旷，云日相照媚。[6]

景夕群物清，对玩咸可喜。[7]

（《谢康乐诗注》卷四）

注　释

[1]新安：指新安郡，晋太康元年（280）晋灭吴后，改新都郡为新安郡，辖境相当今浙江淳安以西，安徽新安江流域、祁门及江西婺源等地。桐庐口：新安江经过桐庐县的江口。　[2]缔绤：葛布。凄其：寒冷或带有凉意。授衣：语本《诗·豳风·七月》"九月授衣"。原指分发寒布，后用于代指九月。　[3]感节：感受到节候的变化。[4]尚子：指东汉尚长，一作向长，字子平，河内人。通《易》《老子》，隐居不仕。《后汉书》有传。许生：指东晋许询，字玄度，高阳人。好修黄老之术，淡于仕宦。居会稽时，常与谢安、王羲之等游。事迹见《续晋阳秋》。　[5]泠风：小风，和煦之风。语出《庄子·齐物论》"泠风则小和，飘风则大和"。秋水驶：谓秋水上涨，或言像秋水一样急流而逝。语出《庄子·秋水》。　[6]开旷：开阔旷大。照媚：云彩与夕阳相互映照，形成一种美的景致。　[7]群物：聚于一起的事物，万物。

赏　析

永初三年，宋武帝刘裕驾崩，谢灵运被排挤出朝任永嘉太守。这次东行，路线非常特殊。他由建康东行至京口，再东南行至钱塘，过钱塘江到会稽始宁别墅，稍作逗留，然后回转至西陵入钱塘江，向新安进发，再溯兰溪而上到金华，舍舟陆行至丽水、青田，转永嘉江到达永嘉。他初发于建德新安江，到了桐庐口，有感而作此诗。这首诗重在表现远游兴感。"不有千里棹，孰申百代意"是全诗的核心。前一句在远游，重在感物；后一句在申意，重在怀古。因为远游，诗中捕捉桐庐口的景致是秋水疾驶，江山开旷，云日照媚，景夕物清；因为申意，诗中仰慕尚子，追怀许生，如此江山，更得人物之助，故而对玩而增喜悦之感。

七里濑[1]

羁心积秋晨，晨积展游眺。[2]

孤客伤逝湍，徒旅苦奔峭。[3]

石浅水潺湲，日落山照曜。[4]

荒林纷沃若，哀禽相叫啸。[5]

遭物悼迁斥，存期得要妙。[6]

既秉上皇心，岂屑末代诮。[7]

目睹严子濑，想属任公钓。[8]

谁谓古今殊？异世可同调。[9]

（《谢康乐诗注》卷四）

注　释

[1]七里濑：又名七里滩、七里泷，是富春江中的一段急流。其地连亘七里，两山夹峙，江流湍急，故以为名。　[2]羁心：旅思，羁旅之心。　[3]逝湍：急流。奔峭：崩坍的崖岸。　[4]石浅：谓水清见底，崖石分明。　[5]沃若：润泽的样子。语出《诗·卫风·氓》"桑之未落，其叶沃若"。哀禽：鸣声凄切的禽鸟。　[6]"遭物"二句：谓感伤万物之消亡，惟要妙者能存之。黄节注："诗言水之流、日之落、林之荒、禽之哀，皆日即于亡者，惟得道之要妙者能存之。"迁斥，推移、消亡。存期，犹存在。要妙，美好的事物。　[7]上皇：指上古三皇。末代：后代，此指作者生活的时代。　[8]严子濑：七里滩往下数里为严陵濑，或称严子濑。严光，字子陵，东汉初会稽余姚人。与光武帝刘秀同学友好。光武称帝，多次延聘严光，严光隐姓埋名，归耕富春山，垂钓江滨。后人名其钓处为严子陵钓台，亦将此段江流命名为严陵濑。事见《后汉书·严光传》。任公：指任公子。《庄子·外物》载，任公子蹲于会稽山，以大钩钓鱼，以五十头牛为饵，投竿东海，一年不得鱼，忽一天有大鱼上钩，任公子将之制成腊肉，以供浙江以东、苍梧以北之人饱餐。　[9]"谁谓"二句：谓古今虽有不同，但心意则相一致。

赏　析

　　这首诗与《初往新安桐庐口》《富春渚》一样，都是永初三年所作，表现的情怀也有共通之处。诗中表现的是孤客之感，也是他被迫外放的心情表露，因此，诗用"羁心""伤逝""徒旅""迁斥"等字眼。而这种孤客之感,又希望通过游眺来排遣,故而诗中对七里濑的风景描摹入微。"石浅"四句描写七里濑之景,惟妙惟肖。而"哀禽"一句,体现诗人的"自我观物"之境,仿佛山水禽鸟与自己融为一体。诗中还用东汉严子陵垂钓和《庄子》任公子钓于东海的典故,将古代高人引为自己隐逸的同调。作者称"存期得要妙",表达了要在尘世中保持自己的高洁品质,与山水为伴、与高人为伍的期望。

富春渚[1]

宵济渔浦潭,旦及富春郭。[2]

定山缅云雾,赤亭无淹薄。[3]

溯流触惊急,临圻阻参错。[4]

亮乏伯昏分,险过吕梁壑。[5]

洊至宜便习,兼山贵止托。[6]

平生协幽期,沦踬困微弱。[7]

久露干禄请,始果远游诺。[8]

宿心渐申写,万事俱零落。[9]

怀抱既昭旷,外物徒龙蠖。[10]

(《谢康乐诗注》卷四)

黄宾虹　富春江图

注　释

[1]富春渚：富春江畔，泛指古富春地区。秦在此设富春县，晋太元中改名富阳，今为杭州市富阳区。渚，水中陆地。　　[2]渔浦潭：古

代钱塘江上重要渡口，在今杭州市萧山区义桥镇。富春江、浦阳江在此汇入钱塘江，是浙东唐诗之路的重要起点、钱塘江诗路的重要节点。富春郭：指富春县的城郭。　　[3]定山：亦名狮子山，在杭州西南钱塘江中。缅：遥远。赤亭：即赤亭山，亦称赤松子山，在定山东十余里。淹薄：停留。　　[4]溯流：逆着水流的方向而行。临圻：靠近江岸之地。圻，曲折的崖岸。参错：参差交错，形容崖岸之险。[5]伯昏：即伯昏无人，寓言中春秋时郑国人。列子曾向伯昏无人夸耀自己的箭术。伯昏无人曰："是射之射，非不射之射也。当与汝登高山，履危石，临百仞之渊，若能射乎？"于是二人登高临危，垂足悬崖之外，然后伯昏无人请列子射箭。列子伏地不起，汗流至踵。伯昏无人曰："夫至人者，上窥青天，下潜黄泉，挥斥八极，神气不变。今汝怵然有恂目之志，尔于中也殆矣夫！"事见《列子·黄帝》。这句是诗人说自己没有伯昏无人那样履险如夷的心态。吕梁壑：位于江苏徐州吕梁山下的急流险滩。此亦用《列子》典："孔子观于吕梁，悬水三十仞，流沫三十里，鼋鼍鱼鳖之所不能游也。"　　[6]"洊至"句：典出《周易》"水洊至，习坎"。王弼注："重险悬绝，故水洊至也，不以坎为隔绝，相仍而至。"洊至，相继而至。"兼山"句：是说两山相叠挡住了路线，就应该停止前行。本句也用《周易》"兼山艮""艮其止，止其所也"之意。　　[7]幽期：隐居的期约。沦踬：遭遇挫折。沦，沉没。踬，跌倒。　　[8]干禄：求取功名利禄。远游：谢灵运这次到富春，属于枉道而行，故称远游。　　[9]宿心：即宿愿，向来的心愿，指隐居生活。申写：倾泻，抒发。　　[10]昭旷：开朗豁达。外物：身外之物，指功名利禄之类。龙蠖：屈伸。语本《周易·系辞下》"尺蠖之屈，以求信也；龙蛇之蛰，以存身也"。

赏　析

  这首诗也是永初三年所作，是迄今所见描写渔浦最早、最为著名的诗作。它将富春渚附近的渔浦潭、定山、赤亭山的美景惟妙惟肖地描绘出来，表现出浙东唐诗之路起点上奇山异水、天下独绝的山水风貌。又由对山水美景的欣赏进而感悟人生，故而"平生协幽期"以下八句，是对自己生活历程的回顾，并且从中顿悟出怀抱超旷，故即使如同龙蛇蛰伏，以屈求伸，也能觉得心地光明。诗的前十句纪行写景，表现渔浦潭到富春郭的奇山异水；后八句览物抒怀，抒写超然旷达与随物推迁的人生情怀。诗中还运用《周易》和《庄子》的典故，是山水与玄言的结合。在谢灵运山水诗中，这种前面纪行写景、后面览物抒怀的结构是非常突出的。特别是用《周易》的典故，表现谢灵运诗造语奇特、立意深邃的特点。

无名氏

钱唐苏小歌[1]

妾乘油壁车,郎骑青骢马。[2]

何处结同心?西陵松柏下。[3]

(《玉台新咏笺注》卷一〇)

注 释

[1]这首诗最早见于南朝陈徐陵《玉台新咏》卷一〇,题为《钱唐苏小歌》,并言:"《乐府广题》:苏小小,钱唐名倡也。盖南齐时人。西陵,在钱唐江之西,歌云'西陵松柏下'是也。"《乐府诗集》卷八五亦收入,题为《苏小小歌》。　[2]油壁车:也作"油壁车",车壁用油涂饰的一种车子。青骢马:青白杂色的马,是一种珍贵的马。[3]结同心:即同心结,用锦带编成的连环回文样式的结子,用作爱情的象征。这里形容二人相好,同心永结。西陵:位于西湖孤山西北侧,又作西泠。今有西泠桥,附近有苏小小墓。

赏 析

这首诗是南齐民歌,主人公是苏小小。诗用第一人称口吻说出了苏小小对于爱情的憧憬和期待。苏小小乘着用油涂饰的华丽车子，她的情郎骑着青白杂色的骏马，在西湖的湖光山色中适意而行，画面洋溢着幸福的情愫。他们乘车骑马在西陵的松柏下约会，在那里私订终身，约定永结同心。这里更值得关注的是"同心"和"松柏"。同心意味着相同的心愿、意志和追求，爱情的同心更表现了男女双方的心心相印，也正因为如此，永结同心成了人们对爱情与幸福的祝愿，中国特有的同心结也就成为爱情的象征。松柏经过岁寒的考验，更能表现对于爱情的坚贞。"西陵松柏下"既点出了约会的地点，又表现了苏小小对爱情的忠贞不渝。

清　康涛　苏小小像（局部）

沈　约

沈约（441—513），字休文，吴兴武康（今浙江德清）人。南朝宋时为奉朝请、安西外兵参军。齐时任征虏记室、太子家令、著作郎、国子祭酒。梁时授尚书仆射，封建昌县侯。谥号为隐，后人称"沈隐侯"。沈约才学渊博，文史兼长，又精通音律，创"四声八病"之说，并将其用于作诗，时号"永明体"，对律诗的形成与发展具有极大的影响。著有《宋书》。后人辑有《沈隐侯集》。沈约曾为东阳太守，赴任时经行钱塘江，作《早发定山》等诗，为杭州留下珍贵的文化遗产。

新安江水至清浅深见底贻京邑游好[1]

眷言访舟客，兹川信可珍。[2]

洞澈随深浅，皎镜无冬春。

千仞写乔树，百丈见游鳞。[3]

沧浪有时浊，清济涸无津。[4]

岂若乘斯去，俯映石磷磷。

纷吾隔嚣滓，宁假濯衣巾？[5]

愿以潺湲水，沾君缨上尘。[6]

（《文选》卷二七）

注　释

[1]新安江：钱塘江水系干流上游段。发源于安徽休宁与江西婺源交界处，经安徽休宁、歙县，东入浙江，至建德与兰江汇合为钱塘江富春江段。　[2]眷言：回顾。　[3]乔树：高大的树。游鳞：游鱼。　[4]"沧浪"句：本于《孟子·离娄》"沧浪之水清兮，可以濯我缨；沧浪之水浊兮，可以濯我足"。清济：即济水。本于《战国策·燕策》"吾闻齐有清济、浊河"。　[5]嚣滓：犹嚣尘，比喻纷扰喧闹的尘世。　[6]潺湲：水流缓慢的样子。

赏　析

　　南齐隆昌元年（494），沈约除吏部郎，出为宁朔将军、东阳太守。这首诗就是他赴东阳太守途中经过新安江之作。诗的前六句重点描写新安江"至清浅深见底"，江水洞澈清明，无论浅深，都能一眼见底，一年四季都皎洁如镜，千仞之深能见高树的倒影，百丈水底呈现锦鳞的游动。这几句诗已经将水之清澄表现到极致。接着两句以沧浪和清济对比，从侧面烘托新安江水之至清。"岂若"六句是作者之所感：不如一直乘船而行，俯看倒映江中的磷磷之石，从而远离纷扰的尘世，江中的清水也荡涤着自己的衣襟，也希望以这样缓慢流淌的江水，浸润你缨带上的灰尘。此诗实际上是诗人对京邑同好表现自己清高脱俗的身世之感和退隐之意,也规劝同好不要贪恋于官场尘世。

宋　马远(传)　山水舟游图

任 昉

　　任昉(460—508),字彦昇,乐安博昌(今山东寿光)人。年十六受辟宋丹阳尹刘秉主簿。举兖州秀才,历太常博士、北行参军。齐时官至司徒右长史。梁时官至宁朔将军、新安太守。任昉与沈约齐名,世称"任笔沈诗"。著有《述异记》《杂传》《地理书钞》《地记》《文章缘起》等。任昉为新安太守时,作《严陵濑》《赠郭桐庐山溪口见候余既未至郭仍进村维舟久之郭生方至》等诗。

严陵濑[1]

群峰此峻极,参差百重嶂。[2]

清浅既涟漪,激石复奔壮。

神物徒有造,终然莫能状。[3]

(《任昉集笺注》卷七)

注 释

[1]严陵濑:见谢灵运《七里濑》注。任昉于南朝梁天监六年(507)春出为新安太守,赴任时经严陵濑而作此诗。　[2]峻极:高耸陡峭。
[3]神物:超越寻常的神奇之物。

赏　析

严陵濑在富春山下，秀壁双峙，群山蜿蜒。诗从山写起，"群峰此峻极"，突出其高耸；"参差百重嶂"，突出其险峻。"群峰""百重"写富春山重峦叠嶂，如画屏展开。接着写水，"清浅既涟漪"，突出水流平缓处的清浅；"激石复奔壮"，突出险滩激流处的奔壮。山水相映，将严陵濑的风光惟妙惟肖地传达出来。故而最后两句发出感叹，这样的鬼斧神工，是大自然的造化，非文学笔墨能够描摹表现。全诗将山的形态、水的面貌、人的感慨交相融会，情由景生，情景交融，纯用白描写景状物，表现出山川气象与作者高致。

元　黄公望　富春山居图（局部）

丘 迟

丘迟（464—508），字希范，吴兴乌程（今浙江湖州）人。州辟从事，举秀才，除太学博士。官至司空（一作司徒）从事中郎。后人辑有《丘司空集》。丘迟以骈文著名，作《与陈伯之书》，情理兼备，陈为情理所慑服。亦擅作诗，为永嘉太守时，赴任途中沿钱塘江而行，作《旦发渔浦潭》诗，为山水诗佳制。

旦发渔浦潭

渔潭雾未开，赤亭风已飏。[1]

棹歌发中流，鸣鞞响沓障。[2]

村童忽相聚，野老时一望。

诡怪石异象，崭绝峰殊状。[3]

森森荒树齐，析析寒沙涨。[4]

藤垂岛易陟，崖倾屿难傍。

信是永幽栖，岂徒暂清旷。[5]

坐啸昔有委，卧治今可尚。[6]

（《先秦汉魏晋南北朝诗·梁诗》卷五）

注 释

[1]赤亭：即赤亭山。　[2]棹歌：船夫行船时所唱之歌。鸣鞞：敲击鞞鼓。沓障：重叠的山峰。　[3]崭绝：山峰险峻陡峭。　[4]森森：树木繁密的样子。析析：风吹沙动的声音。　[5]幽栖：隐居之地。　[6]坐啸：本义为闲坐吟啸，引申为为官清闲。据《后汉书·党锢传序》载，东汉成瑨任南阳太守，用岑晊为功曹，公事悉委于岑，民间谣曰："南阳太守岑公孝，弘农成瑨但坐啸。"卧治：指政事清简。据《史记·汲黯传》载，汲黯为东海太守，多病，卧闺阁内不出。岁余，东海大治。后召为淮阳太守，不受。武帝曰："吾徒得君之重，卧而治之。"

赏 析

　　这首诗作于丘迟赴任永嘉太守途中。诗人买舟渔浦，平明启程，时值江雾未开，晨光熹微。到达赤亭山时，已风扬雾散，天气晴明。接着描写旦发渔浦潭后航行于钱塘江的所见所闻。先写江上人物：舟人的棹歌激荡于钱塘江中流，动听的鞞鼓响彻于江岸山峰，棹歌吸引着村童聚集嬉戏和野老驻足观望。再写山川美景：怪石，呈现出异象；绝峰，呈现出殊状；荒树，森森而齐整；寒沙，析析而丰茂；江岛，因垂藤而易陟；崖屿，因陡峭而难傍。每句突出一景，合之如同山水长卷。最后四句见景抒感：富春江是值得永远幽栖之地，在这里既可遨游山水，又可无为而治，这就是自己崇尚的境界。最后两句用成瑨坐啸和汲黯卧治的典故，表明自己要遨游山水而委心无为，以达到政事清简而治理有序的境界。

王 筠

王筠（482—550），字元礼，一字德柔，琅邪临沂（今属山东）人。曾任昭明太子萧统的属官。后出任临海太守，官至太子詹事。大宝元年（550），盗入其宅，惊惧坠井而卒。王筠自编文集八部，《洗马》《中书》《中庶子》《吏部》《左佐》《临海》《太府》各十卷，《尚书》三十卷，这种"一官一集"的体例是文集编纂体例的创新，开文学创作编年史之先河。

东阳还经严陵濑赠萧大夫[1]

子陵徇高尚，超然独长往。[2]

钓石宛如新，故态依可想。[3]

（《王筠集校注》卷下）

注　释

[1] 东阳：梁时东阳郡，治今浙江金华。萧大夫：萧子范（486—550），字景则，南兰陵郡（今江苏常州）人。南朝梁文学家。曾为中散大夫，故称"萧大夫"。一说萧大夫为萧子云。　[2] 子陵：东汉严光，字子陵。详前谢灵运《七里濑》注。徇：对众宣示。超然：超凡脱俗，高超出众。长往：指避世隐居。　[3] 钓石：垂钓时坐着的

石头。这里指严陵钓台，位于浙江桐庐城西十五公里的富春山上。故态：老脾气。《后汉书·严光传》载，严光与侯霸、汉光武帝为旧交。侯霸做官后致信邀严光至其家叙旧，严光只回信教训他要怀仁辅义，不要阿谀逢迎。侯霸把信呈给光武帝，光武帝笑说"狂奴故态也"。

赏　析

梁武帝大通三年(529)，王筠出为临海太守。大同元年(535)，萧子范除中散大夫，王筠也由临海入朝，从东阳回棹经过严陵濑时作诗寄赠萧子范。诗忆咏严陵钓台而表现自己的隐居之念，同时赞美萧子范人品高迈，透露出对友人的深沉思念。首句直言严光尽力呈现人品的高尚；次句突出严光隐居避世，超凡脱俗；三句吟咏眼前的钓台，千年如新；四句遥想严光当时的举止神态。这首诗句句咏严光，也是句句赞扬萧子范。萧子范文名甚高，颇得南平王萧伟赏识，被称为"宗室奇才"。后迁任从事中郎，受命作《千字文》，文辞优美。萧子范与其弟子显、子云才名相当，而官位不及，故常相慨叹。故此诗也是借严光故事慰藉萧子范。王筠还有《和萧子范入元襄王第》，可以比照参证。

诗话浙江

唐五代

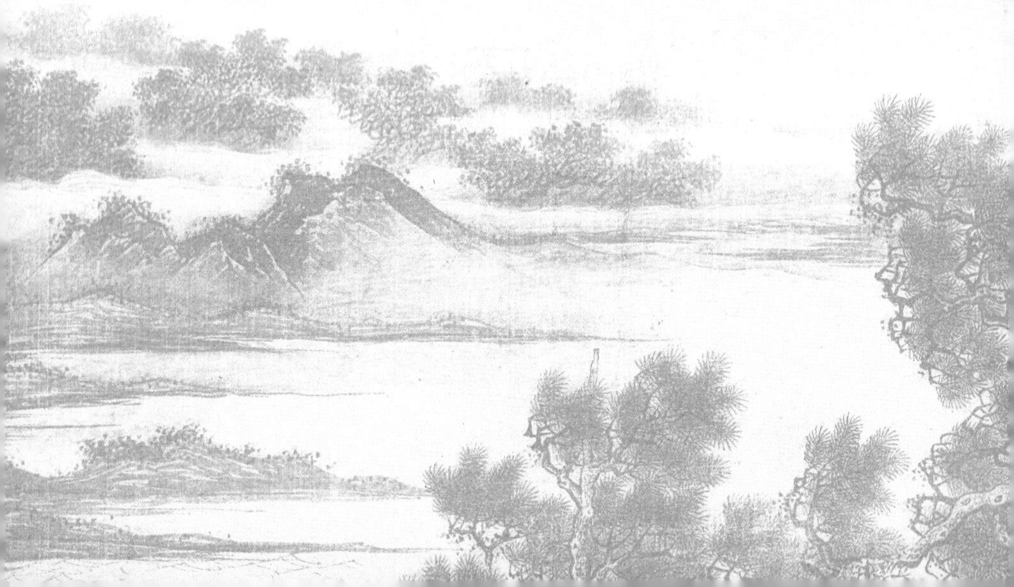

宋之问

宋之问(约656—713),一名少连,字延清,汾州(今山西汾阳)人。高宗上元二年(675)进士及第。官至考功员外郎。后贬钦州,先天中赐死于桂州。诗与沈佺期齐名,时称"沈宋"。著有《宋之问集》。宋之问曾被贬越州长史,路经杭州游览,作有《题杭州天竺寺》等。

题杭州天竺寺[1]

鹫岭郁岧峣,龙宫锁寂寥。[2]

楼观沧海日,门听浙江潮。[3]

桂子月中落,天香云外飘。[4]

扪萝登塔远,刳木取泉遥。

霜薄花更发,冰轻叶未凋。

夙龄尚遐异,搜对涤烦嚣。

待入天台路,看予度石桥。[5]

(《沈佺期宋之问集校注·宋之问集校注》卷三)

注　释

[1]天竺寺：为杭州著名古刹。杭州有上、中、下三天竺寺，又分别称作法喜寺、法净寺、法镜寺。唐代天竺寺即下天竺寺，位于天竺山南麓，始建于东晋咸和五年（330），清乾隆二十七年（1762）赐名法镜讲寺。诗题一作"灵隐寺"。灵隐寺亦为杭州著名古刹，始建于东晋，又名云林寺，在今杭州飞来峰景区内。　[2]鹫岭：指传说中佛曾居住、说法的印度灵鹫山，相传为释迦牟尼说法处。岧峣：山势高峻的样子。龙宫：以龙王宫殿代指佛寺，这里指天竺寺。　[3]浙江：指钱塘江。　[4]桂子月中落：多地有月中落桂子的传说。桂子即桂花。据《封氏闻见记》载，台州临海县有月中桂子坠落。灵隐寺也有相似的传说。　[5]天台：指天台山，在今浙江天台北。石桥：跨天台山石梁瀑布之桥，又称石梁，是天台山的标志性景点。

赏　析

　　这首诗是宋之问被贬越州长史赴任时途经杭州所作，描写了秋日天竺寺清幽秀美的景色。开头两句从天竺寺所在的山峰着眼，由远及近写到天竺寺，"锁寂寥"概括出寺院的清静。"楼观"二句写得气象磅礴、意境开阔，以"沧海日""浙江潮"的壮大之景突出天竺寺地势之高。"桂子"二句用传说典故营造飘渺的氛围，为天竺寺增添了一分神秘的色彩。"扪萝"四句写藤萝、山泉、花叶等景，又是从细处下笔，展现天竺寺之"秀"与"奇"。后四句以"遐异"概括天竺寺奇美之景观，用"涤烦嚣"体现天竺寺清幽环境给诗人带来洗涤心灵的感受，最后又转向对旅途下一站天台的想象，表达对天台美景的期待与向往。这首诗唐人孟棨《本事诗》记载为骆宾王改作而成，实误。

清　查士标　深山古寺图（局部）

孟浩然

孟浩然（689—740），字浩然，以字行，襄州襄阳（今属湖北）人。早年隐居鹿门山，开元间游长安，应进士举不第，后为荆州从事，患疽卒。孟浩然与王维齐名，并称"王孟"，诗风冲淡自然。著有《孟浩然集》。孟浩然曾漫游吴越，留下许多吟咏杭州的诗篇，如《与杭州薛司户登樟亭驿》《与颜钱塘登樟亭望潮作》《将适天台留别临安李主簿》等。

早发渔浦潭[1]

东旭早光芒，渚禽已惊聒。[2]

卧闻渔浦口，桡声暗相拨。

日出气象分，始知江路阔。

美人常晏起，照影弄流沫。

饮水畏惊猿，祭鱼时见獭。[3]

舟行自无闷，况值晴景豁。[4]

（《孟浩然诗集校注》卷一）

注 释

[1]这首诗当作于孟浩然游越初期,约在开元十八年(730)。　[2]东旭:早晨东方初升的太阳。　[3]"祭鱼"句:河边水獭捕鱼,常将鱼陈列岸边,如同祭祀,故称为"祭鱼"。　[4]无闷:没有苦恼。语出《周易·乾·文言》"遁世无闷"。

赏 析

　　这首诗紧扣题中"早"字来写,首句描写东方初升之阳,第三句以"卧闻"暗示作者尚未起床出发,勾勒出一幅清晨渔港水禽啼鸣、捕鱼船只桨声隐隐的生机盎然画面。接下来从大处写景,太阳跃出地平线,而在越来越盛的日光之下可见波光粼粼的水面,前路一片开阔。后两句又将目光移向近处,看女子在岸边梳洗,"常晏起""弄流沫"的描写颇具生活气息,点染动人。然后描写渔浦潭的自然生灵,运用倒装的句法,将人与自然和谐相处的景象刻画得十分细致生动。末两句从写景转向述怀,照应题中之"发",诗人舟行漫游而见如此明丽可爱之景,自是悠然自得。全诗表现山水景物逼真而又富于变化,于动中取景,情景交融,可谓诗中有画。

与颜钱塘登樟亭望潮作[1]

百里闻雷震,鸣弦暂辍弹。[2]

府中连骑出,江上待潮观。

照日秋云迥,浮天渤澥宽。[3]

鹭涛来似雪,一坐凛生寒。[4]

(《孟浩然诗集校注》卷三)

注 释

[1] 颜钱塘:指一位颜姓的钱塘县令。樟亭:即樟亭驿,又叫浙江亭,在钱塘旧治南五里,为观潮胜地。据今人考证,旧址在今杭州市上城区南星桥、三廊庙一带。此诗大致作于开元十八年秋诗人游越期间。
[2]"鸣弦"句:指颜县令暂时停止政务。《吕氏春秋》:"宓子贱治单父,弹鸣琴,身不下堂而单父治。"后用"鸣弦"来歌颂地方官的简政而治。
[3] 渤澥:此指东海。古人认为渤海是东海的一部分,亦泛称东海为渤澥。 [4] 鹭涛:指像白鹭展翅般壮观的波涛。枚乘《七发》:"其始起也,洪淋淋焉,若白鹭之下翔。"一作"惊涛",汹涌的浪涛。

赏 析

  这首诗以观潮为线索,描写了钱塘江潮汹涌壮阔的奇景。首联以雷声比喻江潮来时的涛声,更加"百里"二字,可见潮声之大,隆隆滚滚,声震百里,更可想见江潮之壮观。颔联描写县令暂放手中政务，和府中官吏一同出门观潮，表现钱塘江潮对人们的吸引力。颈联从高处、大处着眼，用日光、秋云等衬托，高天虽迥，然潮水来时浮天漫地，如同海面澎湃。尾联描写浪涛的颜色，如鹭翅、冰雪之白，可见潮水汹涌激荡，可谓惊涛骇浪。诗着"寒"字，不仅是潮头带来的水汽之寒，更是看到如此壮丽而可怖的奇景时人心中不由升起的一丝寒意。故《闻鹤轩初盛唐近体读本》评价说："结更警拔，足令全体俱灵。"前两联主要是从侧面烘托潮水，后两联则正面描写潮水来临时的景象，写得十分雄奇壮丽。全篇多角度、多层次渲染，烘托出钱塘江潮的雄伟奇观。

宿桐庐江寄广陵旧游[1]

山暝闻猿愁，沧江急夜流。[2]

风鸣两岸叶，月照一孤舟。

建德非吾土，维扬忆旧游。[3]

还将两行泪，遥寄海西头。[4]

（《孟浩然诗集校注》卷三）

注　释

[1] 桐庐江：钱塘江东流至建德与兰溪汇合，北流经桐庐，称桐庐江，亦称桐江，在今浙江桐庐境内。广陵：即扬州，因汉代属广陵国，故

称。治今江苏扬州。此诗约作于开元十八年（730）秋诗人游越期间。[2]沧江：青苍色的江水，这里指桐庐江。　[3]建德：三国吴析富春县地置建德县，取"建功立德"之义而得名。唐代为睦州州治。今为杭州市下属县级市。维扬：扬州的别称。语本《尚书·禹贡》"淮海惟扬州"。　[4]海西头：指扬州。古扬州地域辽阔，接邻大海，地处大海之西，故称"海西头"。隋炀帝《泛龙舟歌》："借问扬州在何处，淮南江北海西头。"

赏　析

　　这首诗是孟浩然游至桐庐江时怀念扬州旧友而作，意境清寒孤寂，情感哀戚深沉。首联以景起兴，写啼鸣的山猿和急流的江水，暗示诗人正在旅途中；同时景中含情，"愁"与"急"二字突显出诗人心中的愁思无法排遣。清人沈德潜在《唐诗别裁集》中评价说："孟公诗高于起调，故清而不寒。"可谓颇具只眼。颔联极写独身行路的孤寂感：两岸树叶因风吹拂而不断响动，而明月洒照江中一叶扁舟，以动衬静，视听结合，让读者更切实地体会到诗人当时的苍凉孤独之感。颈联以地名对仗，正切合题意，上句写诗人此时所在之建德，虽身在此而心在彼，生出独在异乡的惆怅；下句写过去与旧友相聚扬州，欢乐往事历历在目，更显今日独身一人的悲凉。尾联以直抒胸臆收束全诗，将两行热泪遥寄远方的友人，情感真挚而深沉。

宿建德江[1]

移舟泊烟渚，日暮客愁新。[2]

野旷天低树，江清月近人。

（《孟浩然诗集校注》卷四）

注 释

[1]建德江：新安江在建德境内的一段称为建德江。本诗作于游越期间，溯江上抵达建德时，约在开元十八年。　[2]烟渚：雾气笼罩的水上小洲。

赏 析

这首诗以"愁"为中心，徐徐展开一幅秋江暮色图。首句点题，诗人移船靠岸，打算暂宿此地。第二句直抒胸臆，凸显"客愁"主题，而日色将晚、水汽茫茫，更加剧了乡愁客思的生发。"新"之一字，说的不仅是新生出之乡愁，更暗示了从前心头泛起过层层叠叠的复杂愁绪。后两句是千古名句，诗人将一片愁心化入广阔而寂寥的天地之中，田野的旷远让树林看起来仿佛与天相接、被压得低矮，江水的清澈让水面好像天空一般，天上水中的月亮也与人亲近。"低""近"两处活用动词，却不显雕琢痕迹，只觉清思入骨。月亮是团圆的意象，然作者羁旅途中，见月近人反而更觉凄凉，烘托出更深层的客愁。整首诗言简意丰，情景交融，意境深远。

綦毋潜

綦毋潜,字孝通,虔州南康(今江西赣州)人。开元十四年(726)登进士第。官至著作郎。《全唐诗》辑存其诗一卷。綦毋潜曾两度归隐,在江淮一带游历甚广,也留下了与杭州相关的诗篇,如《登天竺寺》《题灵隐寺山顶禅院》。

题灵隐寺山顶禅院

招提此山顶,下界不相闻。[1]
塔影挂清汉,钟声和白云。[2]
观空静室掩,行道众香焚。[3]
且驻西来驾,人天日未曛。

(《唐五代诗全编》卷一五八)

注 释

[1]招提:梵语音译词,原意为四方僧的住处,后泛指寺院或僧房。这里指灵隐寺。 [2]清汉:霄汉,天空。 [3]观空:指参悟"空"的佛理。"空"是佛教的一个重要概念,指万物从因缘生,没有固定,虚幻不实。此句的"空"与下句的"道"有双关意,既可以指天空、

道路这类实物，也可指偏向虚幻的佛理。

赏　析

　　这首诗描绘了灵隐寺空灵寂静的美景。诗人先总写寺院风光，"山顶"与"下界"的对比突出了灵隐寺所在位置之高，恍若云间佛国，超出人间范围，不染一丝尘俗气。中间四句详写山寺景观，山巅佛塔映衬着清朗天空，隐隐钟声在白云间回响，佛寺的飘渺神秘尽现于读者眼前。"影"字表现塔之高远，"挂""和"两个动词用得很妙，让灵隐寺与周围的自然景物融为一体，极具佛性。后两句转写禅院中的人物活动，僧人在静室中参悟佛理，院中小径两旁有佛香在静静地燃烧，勾勒出一派庄严静谧的佛寺场景。结尾两句则提醒人们停下奔波匆忙的脚步，时间还早，可以静心享受这幽静的景色，在佛香中洗涤心灵。

崔　颢

崔颢（？—754），汴州（今河南开封）人。开元十一年（723）进士。官至司勋员外郎。崔颢曾南游吴越等地，足迹甚广，在浙江一带留下诸多名篇。

游天竺寺[1]

晨登天竺山，山殿朝阳晓。[2]

厓泉争喷薄，江岫相萦绕。[3]

直上孤顶高，平看众山小。

南州十二月，地暖冰雪少。

苍翠满寒山，藤萝覆冬沼。

花龛瀑布侧，青壁石林杪。[4]

鸣钟集人天，施饭聚猿鸟。[5]

洗意归清净，澄心悟空了。[6]

始知世上人，万物一何扰。

（《唐五代诗全编》卷一五六）

注 释

[1]天竺寺：杭州著名古刹。详前宋之问《题杭州天竺寺》注。 [2]天竺山：古时统称灵隐至琅珰岭一带山岭为天竺山。 [3]厓泉：山崖中喷出的泉水。厓，同"崖"。江岫：指钱塘江和江滨诸山如玉皇山、凤凰山、吴山等。岫，峰峦。 [4]龛：供奉佛像、神位等的小阁子。此处花龛指茂密的野花丛。杪：树梢。 [5]猿鸟：古时灵、竺山间猿猴甚多，飞来峰上有"呼猿洞"，相传是慧理蓄猿处。南朝刘宋时，灵隐寺住持智一禅师亦曾养猿山间，他能呼啸招猿，人称"猿父"。[6]空了：佛教的空无思想和了悟。了然于一切事物由各种条件和合而生，虚幻不实，变灭不常。

赏 析

这首诗是崔颢游览杭州天竺寺之作。前六句不事雕琢，根据作者的心境随意切换视野，清新自然。作者清晨入天竺山，所见山崖喷泉水流激荡，行至山脊处，俯瞰钱塘江萦绕诸峰。天竺寺孤峰插云，周围的宝石山、飞来峰众山显得非常渺小。七、八句惊叹南方的暖冬，青翠满山，藤萝遍野。"青壁"一句写尽下天竺的奇绝之美，即《西湖游览志》所载，寺后的松竹生长于岩壁，"苍翠葱郁，不土而茂"。"鸣钟"一句将作者的身份由局外的观赏者转换为自然景色的参与者，寺庙的钟声恒顺众生，人鸟猿猱在天地间徜徉，洗尽铅华，获得了悟，方看破世上人为外物所累的一生。全诗富有禅意，由清晨入山到览山中奇景，再到融入佛山，层层递进，步步启发，最终万虑全消，回归自然。

发锦沙村 [1]

北上途未半,南行岁已阑。

孤舟下建德,江水入新安。[2]

海近山常雨,溪深地早寒。

行行泊不可,须及子陵滩。[3]

(《唐五代诗全编》卷一五六)

注 释

[1]锦沙村:在今浙江淳安县。此地风景优美,为淳安胜迹。《淳熙严州图经》作"锦砂村",该书引《新安记》云"林木森翠,波流澄澈,映石如锦",因此得名。 [2]新安:此处指新安江。发源于安徽,自歙县入淳安,再入建德。水流湍急,春夏水涨中流不可行舟,秋冬澄澈见底。 [3]子陵滩:即严陵濑,相传为东汉隐士严子陵隐居垂钓处。

赏 析

这首诗描写崔颢东南之游,诗人乘孤舟随着江水东流,自锦沙村过建德,满纸的萧瑟寂寥。首联描写游子北上未果,在岁末继续南下。颔联描写从建德到新安之景,"下""入"表现动态的行踪。颈联描写沿途所见之景,是诗中的警策之句,表现出锦沙村地处海边、位于山中的特点。作者富有哲思地指出海近溪深的自然现象,而"常雨"和"早寒"二词,又加重了诗歌湿冷的气氛。尾联描写舟行无处停泊,实则暗指人生漂泊,找不到归宿。"行行"叠用有古诗"行行重行行"的困苦之感。作者在最后寻觅子陵滩,是无奈至极,渴望归隐以求解脱。全诗仅四十字,以白描手法勾勒出江上游子的茫然之感与漂泊之思。

崔国辅

　　崔国辅,吴郡(今江苏苏州)人,郡望清河(今河北清河西)。开元十四年(726)登进士第。官至礼部员外郎。《全唐诗》存诗一卷。崔国辅任山阴尉时,曾游历浙江,留下了许多富有江南特色的诗歌。

宿范浦 [1]

月暗潮又落,西陵渡暂停。[2]

村烟和海雾,舟火乱江星。

路转定山绕,塘连范浦横。[3]

鸱夷近何去?空山临沧溟。[4]

(《唐五代诗全编》卷一五九)

注 释

[1]范浦:在今杭州市西湖区梅坞溪(云栖)一带,有梵村,又名范村、范浦。　[2]西陵渡:即西兴古渡,在今杭州市滨江区西兴街道。
[3]定山:亦名狮子山,在杭州西南钱塘江中。见前谢灵运《富春渚》注。　[4]鸱夷:本意为盛酒的革囊,这里指春秋时期越国范蠡。《史

记·货殖列传》："（范蠡）乃乘扁舟浮于江湖，变名易姓，适齐为鸱夷子皮，之陶为朱公。"

赏　析

　　这首诗是崔国辅行旅途中暂留范浦时所作，在写景之外，联想到古越名人范蠡，抒发怀古之幽情。开头两句交代留宿之原因。接下来四句集中写景：上两句写傍晚村庄的炊烟与水雾融为一体，渔船中的灯火如同江面上的星星。"和""乱"两个动词用得尤为巧妙，富有动感。下两句则放宽视野，描绘范浦的全景，既有岸边定山曲折盘绕，又有水塘连接着范浦渡口，好一幅江南水路枢纽的风光。同时，这两句相传还是杭州地名"转塘"的由来。崔国辅这一路应当是要去越中任职，故而联想到越人范蠡，他当时泛舟五湖是否也经过了范浦呢？由此，最后两句转向咏古怀人，又以景作结，历史风云已成陈迹，只有山水亘古不变，引人生慨，余味无穷。

王昌龄

王昌龄（？—756），字少伯，京兆长安（今陕西西安）人。开元十五年（727）进士及第。曾官江宁丞，世称"王江宁"，晚年贬龙标尉，又称"王龙标"。安史之乱起，为亳州（一作濠州）刺史闾丘晓所杀。

浣纱女[1]

钱塘江畔是谁家？江上女儿金胜花。

吴王在时不得出，今日公然来浣纱。[2]

（《唐五代诗全编》卷一四八）

注　释

[1]浣：洗濯。　[2]吴王：指春秋时期吴国的国君夫差。春秋时期的吴国曾据有今天的上海大部，江苏、安徽、浙江的部分地区，南临钱塘江。

赏　析

这首诗可能是王昌龄在钱塘江边看到江南女子在江边浣纱的

即兴之作。一群比鲜花还要美丽的女子在江水中浣洗着轻纱，她们的身影和笑语衬着碧绿的江水，简直就是一幅美好生活的图画，诗人发自内心赞美她们。与此同时，诗人联想到钱塘江流域的历史，如果时光倒流到春秋时期，这些美丽的女子因为惧怕好色的吴王，肯定不敢出门，哪里会像现在这样无忧无虑地到江边浣纱。王朝更替给老百姓带来的命运变化，使诗人发出"吴王在时不得出，今日公然来浣纱"的感慨。写钱塘江的诗词，大多离不开雄浑、豪迈、激情之类，少有柔情似水，诗人也以写边塞诗著称，诗风雄健，而这首诗却婉约，也算是一种"另类"吧。

五代　周文矩（传）　西子浣纱图

李 白

　　李白（701—762），字太白，号青莲居士，祖籍陇西成纪（今甘肃静宁西南），出生于中亚碎叶城。五岁随父迁居绵州昌隆县(今四川江油)青莲乡。天宝元年（742）被玄宗召入长安为翰林供奉，因称"李翰林"。在长安，贺知章一见，叹为"谪仙人"，故后人称"诗仙"。安史乱起，因参加李璘的幕府，被牵累而流放夜郎，途中遇赦。晚年漂泊东南一带，病卒于当涂。有《李太白集》三十卷。李白与杜甫齐名，世称"李杜"。李白曾漫游浙东，亦经杭州多次，留下了不朽的篇章。

送崔十二游天竺寺[1]

还闻天竺寺，梦想怀东越。[2]

每年海树霜，桂子落秋月。[3]

送君游此地，已属流芳歇。[4]

待我来岁行，相随浮溟渤。[5]

（《李太白全集》卷一六）

注　释

[1]崔十二：名不详。天竺寺：杭州名刹，位于天竺山南麓。　[2]东越：指杭州。清人王琦注："杭州，春秋时为越地，而在东方，故曰东越。"　[3]"每年"二句：旧俗所传天竺寺有月坠桂子，即月中有桂树，桂花从月亮中落，坠于寺中。白居易《留题天竺灵隐两寺》诗："宿因月桂落，醉为海榴开。"自注："天竺尝有月中桂子落，灵隐多海石榴花也。"海树，即海榴树。　[4]流芳：散发香气，这里指落花。　[5]溟渤：溟海和渤海，泛指大海。

赏　析

这首诗约作于开元十三年（725）漫游浙东之时。东南滨海之地，是李白一直向往的地方，李白出蜀后不久，即拟漫游剡中，这时友人崔十二正好要游杭州天竺寺，故而作了这首诗。首联由天竺寺的传闻憧憬着对于杭州的怀想，这里的"东越"即指杭州。颔联描写天竺寺的代表景物，也是美丽的传说。这就是天竺寺每岁中秋有月中桂子坠落，还有海榴花开放。颈联表现送崔十二游天竺寺而发出的感慨，是说时节已经是暮秋了，众芳已经消歇，自己怀想漫游杭州现在已经来不及了，只好先送朋友去杭州天竺寺，这是对朋友的期待，也是自己遗憾心情的流露。尾联是说来岁自己再东涉溟渤，尽兴游览。这首诗将景物描写融于传说、想象当中，尤其是三、四句"海树""桂子"的描写，形象生动，而将这一传说入诗，比中唐白居易要早百年左右。

与从侄杭州刺史良游天竺寺[1]

挂席凌蓬丘,观涛憩樟楼。[2]

三山动逸兴,五马同遨游。[3]

天竺森在眼,松风飒惊秋。

览云测变化,弄水穷清幽。

叠嶂隔遥海,当轩写归流。

诗成傲云月,佳趣满吴洲。[4]

(《李太白全集》卷二〇)

注 释

[1]从侄:堂房侄子。良:指李良,唐宗室后裔,袭封丹杨公。约开元末任杭州刺史。 [2]蓬丘:蓬莱山,此代指天竺山。樟楼:即樟亭,为钱塘江边观潮胜地。 [3]三山:传说中的蓬莱、方丈、瀛洲三神山。五马:汉代太守(郡长官)座驾用五马拉车,后以五马为州郡长官别称。 [4]吴洲:这里指杭州,春秋时期杭州曾在吴国区域内。

赏 析

唐玄宗开元二十七年,李白第二次来到杭州,与从侄杭州刺史李良一起游历天竺寺,写了此诗纪事。这首诗通过对自然景色的描绘和神话传说的渲染，表达了诗人对宇宙万物的感慨和对人生哲理的思考。诗中"天竺森在眼，松风飒惊秋"描绘了天竺寺的深邃与静谧，以及秋天的松风之声，给人以清幽之感；"览云测变化，弄水穷清幽"展现了诗人对自然景观的细致观察和深刻感受，体现了诗人对自然美的独特领悟；"叠嶂隔遥海，当轩写归流"以及"诗成傲云月，佳趣满吴洲"不仅描绘了诗人作诗的情景，也表达了诗人对自然美景的热爱和对生活的乐观态度。整首诗通过生动的描绘和深刻的情感表达，展现了诗人豪放的性格和独特的魅力。

五代　巨然　松岩萧寺图（局部）

杜 甫

杜甫（712—770），字子美，出生于巩县（今河南巩义）。玄宗时两次应试落第，四十岁时献《三大礼赋》，始待制集贤院。改右卫率府胄曹参军。安史之乱后，曾为左拾遗，故世称"杜拾遗"。后避乱入蜀，剑南节度使严武荐为节度参谋、检校工部员外郎，故又称"杜工部"。有《杜工部集》。杜甫在诗坛具有崇高的地位，被誉为"诗圣"；其诗反映时事，被称为"诗史"。杜甫壮年曾漫游吴越，在杭州留下踪迹。

解闷十二首（其二）[1]

商胡离别下扬州，忆上西陵故驿楼。[2]
为问淮南米贵贱，老夫乘兴欲东游。[3]

（《杜诗详注》卷一七）

注 释

[1]解闷：排解烦闷。这组诗是大历元年（766）杜甫寓居夔州时所作。
[2]商胡：唐代到中国经商的胡人。扬州：今江苏扬州。唐代扬州为外商集居之地。西陵故驿：唐代钱塘江南岸的官驿。　[3]淮南：指扬州。唐代淮南道设节度使，治所在扬州。

赏　析

　　这首诗是杜甫回忆早年漫游吴越的情境，拟再乘兴东游，以排遣当时的愁闷。或谓时有胡商下扬州，与杜甫道别，故作此诗。杜甫有《壮游》诗描写壮年漫游吴越的情景："枕戈忆勾践，渡浙想秦皇。蒸鱼闻匕首，除道哂要章。越女天下白，鉴湖五月凉。剡溪蕴秀异，欲罢不能忘。归帆拂天姥，中岁贡旧乡。"诗人由杭州渡江到浙东，直至天姥山再回棹归帆。杜甫漫游浙东，是由西陵渡江的。这首诗中，杜甫回忆壮游之时登上西陵驿楼，而今又欲乘兴东游，故而问及淮南米价，了解吴越的生活情况。这首诗艺术上的独到之处是采用分承法，即第三句承第一句，淮南与扬州关联，第四句承第二句，东游与西陵关联。四句又紧密相连，融为一体。虽为短诗，读来变化多端，错综有致。

钱 起

钱起（约720—约782），字仲文，吴兴（今浙江湖州）人。"大历十才子"之一，又与郎士元并称"钱郎"。天宝十载（751）进士，他参加进士考试时，所作《省试湘灵鼓瑟》诗，被誉为绝唱。官至考功郎中，世称"钱考功"。有《钱考功集》。

九日宴浙江西亭[1]

诗人九日怜芳菊，筵启高斋宴浙江。
渔浦浪花摇素壁，西兴树色入秋窗。[2]
木奴向熟悬金实，桑落新开泻玉缸。[3]
四子醉时争讲习，笑论黄霸旧为邦。[4]

（《钱起集校注》卷八）

注 释

[1]九日：即九月九日重阳节。西亭：即钱塘江北岸的樟亭，为观潮胜地。　[2]西兴：即西兴渡，钱塘江渡口。　[3]木奴：指柑橘树。《襄阳记》载三国东吴官员李衡，临终前为妻儿留柑橘树千棵，喻为"木奴"，待其成熟后，岁得绢数千匹，家道殷足。桑落：即桑落酒，

古代一种美酒。　　[4]四子：西汉文学家王褒作《四子讲德论》，以宣扬王政之道。黄霸：西汉名臣，以宽和著称，官至丞相。曾任扬州刺史，统辖浙江等地，任内治绩卓著。

赏　析

　　这首诗是诗人在重九佳节宴于浙江西亭之作。浙江西亭就是杭州的樟亭，是钱塘江北岸的重要驿亭。首联紧扣诗题，点明"九日"和"浙江"。诗家怜爱秋菊，便在钱塘江边设宴，与客一同饮酒赏秋。到了樟亭，可以看到两个重要渡口渔浦与西兴，故颔联有"渔浦浪花摇素壁，西兴树色入秋窗"之句。"摇"和"入"二字用语洗练，前者仿佛是秋涛与人们的嬉闹，后者则是秋色不经意之间闯入了窗户，映入眼帘。颈联运用倒装句式，上句呈现前联的"树色"，青黄杂糅，硕果累累；下句酒瓮中泻出的美酒，又将重心转回宴席。尾联借王褒《四子讲德论》中的四位大儒比喻一众宾客，在带醉论政的喧哗中，将酒宴气氛推至高潮，灵动生趣。

张　继

　　张继，字懿孙，襄州（今湖北襄阳）人。天宝十二载（753）登进士第。大历四年（769），以检校祠部员外郎分掌洪州财赋。《全唐诗》存诗一卷。张继在至德到广德年间，常往来于浙西、浙东之间，有《题严陵钓台》《会稽郡楼雪霁》等诗。

题严陵钓台[1]

旧隐人如在，清风亦似秋。

客星沉夜壑，钓石俯春流。[2]

鸟向乔枝聚，鱼依浅濑游。[3]

古来芳饵下，谁是不吞钩。

（《唐五代诗全编》卷三〇六）

注　释

[1]严陵钓台：在浙江桐庐县南，相传为严光隐居垂钓处。　[2]客星：指严光。《后汉书·严光传》："光以足加帝腹上。明日，太史奏客星犯御坐甚急。帝笑曰：'朕故人严子陵共卧耳。'"　[3]濑：从沙石上流过的急水。

赏　析

　　这首五律是张继在名胜严子陵钓台吊古怀人之作，主要赞颂了东汉隐士严光的品行，同时也寄寓了自己不为名利所动的清高品格。首联点题，诗人见钓台而想到高士，严光事迹浮现，其人如清风般高洁脱俗。颔联用严光与光武帝同卧的典故，塑造严光不慕名利、高逸绝尘的形象，以"客星"作喻，斯人已逝，只见其垂钓遗迹仍千百年如一日地面对奔涌的江流。颈联举反例对比，鸟类需要依附高大的树枝建巢，鱼儿也要在有沙石堆积的浅濑中游弋，物性如此，世人攀附权贵、追名逐利本是自然常态，独有严光不随波逐流。尾联将名利权势比作芳饵，用反问向读者揭示，严光不吞帝王许下的权力地位之饵钩，而选择归隐山林，保持自己高洁的品行——这也正是诗人所欣赏和向往的。

韩 翃

韩翃,字君平,南阳(今属河南)人。天宝十三载(754)进士及第。官至中书舍人。韩翃是"大历十才子"之一,有《韩君平诗集》。

送王少府归杭州[1]

归舟一路转青蘋,更欲随潮向富春。[2]
吴郡陆机称地主,钱塘苏小是乡亲。[3]
葛花满把能消酒,栀子同心好赠人。[4]
早晚重过鱼浦宿,遥怜佳句箧中新。[5]

(《唐五代诗全编》卷三四一)

注 释

[1]少府:县尉的别称。唐代县令称"明府",县尉为县令之佐,故称少府。本诗当是韩翃送别一位王姓县尉回杭州而作。 [2]富春:即古富春县,今杭州市富阳区。 [3]"吴郡"句:王少府来到杭州,吴郡陆机也要尽地主之谊。吴郡,泛指今江苏、浙江一带。陆机,西晋著名文学家,吴郡吴县(今江苏苏州)人。地主,所在地的主人,

对外来宾客而言。当时杭州属浙江西道观察使管辖，观察使治所在苏州，故用吴郡陆机的典故。钱塘苏小：钱塘指杭州，苏小即苏小小。[4]栀子同心：栀子花的花瓣旋转收束，共同包裹着花心，故而称"栀子同心"。这里有双关意，借栀子花之同心言诗人与王少府之感情深厚。　[5]鱼浦：即渔浦，在今杭州市萧山区义桥镇。

赏　析

　　这首诗是送友赠别之作，表现对友人的真挚感情和深沉期许。首联破题，以船桨拨开水面浮萍暗示王少府的水路行踪，并暗用严子陵归隐垂钓典故隐喻友人的高尚情操。颔联连用有关杭州的名人典故，既是对王少府的肯定与期待，又表现王少府所去之地的文采风流。用陆机的典故，是称赞王少府到杭州受到长官的重视；用苏小的典故，是称赞王少府到杭州受到乡亲的青睐。陆机、苏小都是著名人物，又突出人杰地灵。颈联以饮酒、赠花抒写作者与王少府的友谊，并畅想未来两人相见后的欢乐场景。尾联直接表达作者期盼来杭并与王少府论诗的愿望。全诗紧扣"送"字，将风景与人物、历史与现实、典故与本事有机地融合在一起，友情与乡情也寓于其中。

皇甫冉

皇甫冉(718—约770),字茂政,润州丹阳(今属江苏)人。天宝十五载(756)进士及第。官至左补阙。有《皇甫冉诗集》。皇甫冉曾游览吴越山水,与刘长卿、严维等皆有唱酬,在杭州留下了脍炙人口的篇章。

西陵寄灵一上人朱放[1]

西陵遇风处,自古是通津。[2]
终日空江上,云山若待人。
汀洲寒事早,鱼鸟兴情新。[3]
回望山阴路,心中有所亲。[4]

(《唐五代诗全编》卷二八五)

注 释

[1] 灵一上人:唐代诗僧。原姓吴,广陵(今江苏扬州)人。号一公。精佛理,善诗。初住越州会稽山南悬溜寺,后住扬州庆云寺,复住余杭宜丰寺,代宗宝应元年(762)十月,卒于杭州龙兴寺。与当时诗人皇甫冉、朱放、陆羽、严维、独孤及等为诗友,著有《灵一诗集》

一卷。朱放：字长通，襄州（今湖北襄阳）人。初居汉滨，后移居越州，隐剡溪、镜湖间。有诗名，以清越萧散著称。　　[2]西陵遇风：暗用谢惠连与谢灵运的典故。谢惠连有《西陵遇风献康乐》五首，谢灵运得诗后，又作《酬从弟惠连》五首酬答。通津：四通八达的渡口。　　[3]汀洲：水中小片陆地。　　[4]山阴路：亦称山阴道，主要指绍兴市西南自旱偏门至兰亭一段，宋代以前左为连山，右傍镜湖，风光优美。《世说新语》载王献之语："从山阴道上行，山川自相映发，使人应接不暇。"

赏　析

皇甫冉自绍兴返回无锡途中，经过西陵渡口，作此诗寄赠诗僧灵一。首联扣题切入西陵，又暗用谢惠连《西陵遇风献康乐》的典故，说明这里自古以来就是四通八达的津渡。颔联运用拟人手法描写江天寥廓、云山相映的渡口风景。颈联描写江上汀洲的鱼鸟活动。尾联回想与灵一在山阴时的情境，忆念那里有亲爱的友人。灵一收到寄诗后，作《酬皇甫冉西陵见寄》以答谢："西陵潮信满，岛屿没中流。越客依风水，相思南渡头。寒光生极浦，落日映沧洲。何事扬帆去，空惊海上鸥。"同样紧扣"西陵"，而且每一句都突出写水，表现水乡风貌，也是唐诗中的名篇。

皎　然

皎然（约720—约795），俗姓谢，晚年字清昼，吴兴（今浙江湖州）人。早年勤学，出入经史百家，中年慕神仙，后皈依佛教。从杭州灵隐寺僧守直受戒，复居湖州杼山妙喜寺。有《杼山集》。皎然与杭州颇有情缘，诗有《送陆判官归杭州》《送文会上人还富阳》等。

送文会上人还富阳[1]

悠悠渺渺属寒波，故寺思归意若何。[2]
长忆孤洲二三月，春山偏爱富春多。[3]

（《唐五代诗全编》卷三一一）

注　释

[1] 文会：富阳僧人，事迹不详。富阳：唐富阳县，今杭州市富阳区。
[2] 渺渺：形容水面无边无际。　　[3] 富春：指富春山，即富春江沿岸的群山。富春江两岸群山对峙，蔚为壮观。

赏　析

　　这首诗是僧人之间的赠别之作，相较于其他送别诗浓厚的离愁别绪而言，有着僧侣独特的超然自如之感。诗人送客江边，眼前的江面无边无际，舟上人的心绪被思归的愁绪催动着，随着这一江春水渡友人远去。诗家偏爱富春山，不仅仅是因为美如画的仙景，更是缘于对挚友的无限怀念。这首诗最突出的地方是时、地、人、情的融合表现。时是二三月，春寒未尽；地是富春山，风景独绝；人是文会上人，行色匆匆；情是思归心切，送友情深。这首小诗虽仅四句，但婉转隽永，读罢令人回味无穷。

清　王翚　仿黄公望富春山居图（局部）

刘长卿

刘长卿（？—约789），字文房，河间（今属河北）人，一说宣城（今属安徽）人。玄宗时进士及第。官至随州刺史，世称"刘随州"。有《刘随州集》。大历九年（774）贬睦州司马，至建中元年（780）离任，其间作有《却归睦州至七里滩下作》等著名诗篇。又有《送陶十赴杭州摄掾》《奉送贺若郎中贼退后之杭州》等作品。

却归睦州至七里滩下作[1]

南归犹谪宦，独上子陵滩。[2]
江树临洲晚，沙禽对水寒。[3]
山开斜照在，石浅乱流难。
惆怅梅花早，年年此地看。

（《刘长卿集编年校注》）

注 释

[1]睦州：古代州名，隋置，北宋时改名严州，辖境相当于今浙江的淳安、建德、桐庐等地。　[2]南归：《刘长卿集编年校注》认为此诗当为刘长卿出使某地返回睦州途中所作。子陵滩：即诗题中的"七里

滩"。　[3]沙禽：沙洲或沙滩上的水鸟。

赏　析

  作者遭受谗言构陷，谪宦睦州，北人南居，万般无奈，只得将南方视作第二故乡，故首联言"南归犹谪宦，独上子陵滩"。"独"字，表现其独自南归，而"上子陵滩"，说明现实中寂寥无友，只能独与理想中气节高尚的古人为伴。颔联描写晚洲江树、寒水沙鸥，无不是哀情之下的苦景。颈联动静结合，化用谢灵运《七里濑》"石浅水潺湲，日落山照曜"，严子陵、谢灵运、刘长卿，隐士与骚客的目光穿越古今在七里濑交汇，共话"仕与隐"这一横亘千古的难题。《诗归》中谭元春评价第五句："'难'字映'浅'字、'乱'字，有味。"尾联的梅香将诗人拉回现实，寄托诗人心志，愿年年探寻这早发的寒梅，愿做寒梅一样的傲骨君子。

顾 况

顾况（约730—806后），字逋翁，自号华阳山人，海盐（今浙江海宁）人。至德二载（757年）进士。官至著作佐郎，贬饶州司户。有《华阳集》。贬官时途经苏州、杭州、睦州、信州，与当地刺史韦应物、房孺复、韦儹、刘太真相唱和。

严公钓台作[1]

灵芝产遐方，威凤驾重霄。[2]

严公何耿洁，托志肩夷巢。[3]

汉后虽则贵，子陵不知高。[4]

糠秕当世道，长揖夔龙朝。[5]

扫门彼何人？升降不同朝。[6]

舍舟遂长往，山谷多清飙。[7]

（《唐五代诗全编》卷三三六）

注 释

[1] 严公钓台：即严子陵钓台，在浙江桐庐县南，相传为严光隐居垂

钓处。　　[2]灵芝：传说中的一种仙草。遐方：远方。威凤：具有威仪的瑞鸟。《关尹子·九药》："威凤以难见为神，是以圣人以深为根。"[3]耿洁：清白贞洁。夷巢：伯夷和巢父的并称，用以指品行高洁的人。　　[4]汉后：指东汉光武帝刘秀。　　[5]糠秕：本指谷皮和瘪谷，此处喻指当道的低劣小人。夔龙：相传舜的二臣名，夔为乐官，龙为谏官。此处喻指贤能之臣。　　[6]扫门：设法求谒权贵。典出《史记·齐悼惠王世家》，魏勃为了求见齐相曹参，每天天还没亮就去清扫齐相舍人的门口，最后终于如愿晋见曹参，遂用为舍人。　　[7]长往：避世隐居。晋潘岳《西征赋》："悟山潜之逸士，卓长往而不反。"清飙：清风。

赏　析

　　这首诗是顾况经过严陵钓台怀念古代高士严光而作，也是献给古今隐士的赞歌。其浓厚的崇仰之情溢出纸面：你是万里外的灵芝，你是九重天的凤凰。你严子陵是何等的贞洁正直，足以比肩巢父与伯夷。天潢贵胄，不知其高，小人当道，夔龙归去，隐士长揖辞天子，是多么狂狷桀骜。谁人在干谒权贵，谁人在宦海浮沉，我却已下了小舟，抵达彼岸，听闻山谷清风呼唤。纵观全诗，恍如聆听顾况的自白。作者以古来圣贤作比严公，自己却亲切唤其"严生"，因为诗人与严公一样，志尚疏逸，辞官归隐。确是"狂生写狂士"。顾况的诗"稍有盛唐风骨处"，从这首也可见一斑。

权德舆

权德舆（759—818），字载之，原籍天水略阳（今甘肃秦安东南），后徙润州丹徒（今江苏镇江）。宪宗元和五年（810）任宰相，直言敢谏，宽和待下。有《权载之文集》。权德舆早年在杜佑淮南幕府，曾出使洪州，途经杭州，作诗多首，如《戏赠天竺灵隐二寺寺主》《新安江路》《严陵钓台下作》《宿严陵》《晓发桐庐》《富阳陆路》等。

戏赠天竺灵隐二寺寺主[1]

石路泉流两寺分，寻常钟磬隔山闻。
山僧半在中峰住，共占青峦与白云。

（《权德舆诗文集》卷三）

注 释

[1] 天竺灵隐二寺：天竺寺在今杭州西十余里天竺山麓，灵隐寺在今杭州西灵隐山麓飞来峰南。

赏 析

　　这首诗是唐德宗建中二年（781）权德舆在淮南幕府出使洪州途中经过杭州而作，着重描写天竺、灵隐二寺的环境。僧与山融为一体，共同织就了绝妙清远的灵隐天竺山景。天竺、灵隐二寺，钟磬之声相闻，便有近在咫尺之感。两寺各有住持，本不相干，但两寺山僧共据青峰白云，即似一家。一带景色，历历在目。本篇章法颇见巧思，尤其是第一句，巧妙地表现了灵隐寺和天竺寺的位置和形势。《咸淳临安志》载："灵山之阴、北涧之阳即灵隐寺，灵山之南、南涧之阳即天竺寺。二涧流水号钱源泉，绕寺峰南北而下，至峰前合为一涧，有桥号合涧。"与白居易《寄韬光禅师》"一山门作两山门，两寺元从一寺分""前台花发后台见，上界钟声下界闻"，有异曲同工之妙。

张 籍

张籍(约767—约830),字文昌,祖籍吴郡(今江苏苏州),后移居和州(今安徽和县)。贞元十五年(799)登进士第。历任水部员外郎、主客郎中、国子司业等职,世称"张水部"或"张司业"。有《张司业集》。

宿天竺寺寄灵隐寺僧

夜向灵溪息此身,风泉竹露净衣尘。[1]

月明石上堪同宿,那作山南山北人。[2]

(《张籍集系年校注》卷六)

注 释

[1]灵溪:溪流的美称,此当指天竺寺南之"南涧",权德舆《戏赠天竺灵隐二寺寺主》诗云"石路泉流两寺分"即此。 [2]石:当指灵隐寺前飞来峰。其上岩石突兀,崚嶒奇秀。山南山北人:天竺寺与灵隐寺分属飞来峰南北两侧,故称。

赏　析

　　这首诗作于贞元十二年夏秋间，即张籍早期求学游历时期，南归途中借宿杭州天竺寺作所，诗中精心描绘飞来峰的清幽夜景。首句是说作者长途颠沛，疲惫的身体至灵溪方得到歇息。次句描写叮咚山泉，竹间白露，洗净了旅人身心的尘埃。此情此景，作者想到山那边的灵隐寺僧，二人赏着同一轮明月，听着同一眼清泉，依着同一方山石而宿，怎奈隔着飞来峰，成了"山南山北人"，体现了作者与灵隐寺僧人虽相隔而心心相印的情谊。

明　赵左　竹院逢僧图（局部）

刘禹锡

　　刘禹锡（772—842），字梦得，洛阳（今属河南）人。贞元九年（793）进士及第。贞元末年参与永贞革新，失败后屡遭贬谪。开成元年（836），迁太子宾客，世称"刘宾客"。有《刘梦得文集》。刘禹锡与白居易并称"刘白"，与柳宗元并称"刘柳"。他的《竹枝词》《杨柳枝词》《乌衣巷》等均为传世名篇。

浪淘沙词九首（其七）

八月涛声吼地来，头高数丈触山回。

须臾却入海门去，卷起沙堆似雪堆。[1]

（《刘禹锡集》卷二七）

注　释

[1]须臾：极短的时间。海门：江水入海处。嘉靖《浙江通志·地理志》载，钱塘江口有两座山，其南曰龛，其北曰赭，并峙于江海汇合之处，称海门。

赏　析

刘禹锡这组诗共有九首，延续了他一贯的风格，朴实无华，通俗易懂。根据组诗中所涉洛水、汴水、鹦鹉洲、濯锦江、潇湘、钱塘江等，可知这些诗是刘禹锡辗转于各地的时候所写，纪实与感时融合，很可能他晚年把九首诗集为一组。其中第七首描写的是八月十八钱塘江大潮的壮观景象：大潮如同万马奔腾怒吼而来，数丈高的巨浪冲向岸石又被撞击回来形成回头潮，刚才还汹涌的潮水片刻之间便涌向大海，大潮卷起的沙堆留在了江心，在阳光照耀下像一堆堆白雪。这样的描写非常生动传神。

白居易

白居易（772—846），字乐天，晚号香山居士，又号醉吟先生，原籍太原（今山西太原），祖上迁居下邽（今陕西渭南北）。贞元十六年（800）进士及第。官至刑部尚书。有《白氏长庆集》。白居易长庆二年（822）七月自中书舍人任杭州刺史，至四年五月除太子左庶子分司东都。他在杭州留下了不朽的功绩，如疏浚西湖、修建白堤，受到了杭州百姓的爱戴。白居易在杭时表现出无限的眷恋，离杭后又常有深情的回忆，这些都凝聚在他千古传诵的名篇佳作当中。如诗有《钱塘湖春行》，词有《忆江南》，文有《冷泉亭记》等。

天竺寺七叶堂避暑 [1]

郁郁复郁郁，伏热何时毕。[2]

行入七叶堂，烦暑随步失。

檐雨稍霏微，窗风正萧瑟。[3]

清宵一觉睡，可以销百疾。[4]

（《白居易诗集校注》卷二二）

注 释

[1]七叶堂：天竺寺中建筑，香客休息之处。 [2]伏热：三伏天酷热。 [3]霏微：形容雨丝细小。 [4]销百疾：消除各种疾病。

赏 析

　　《天竺寺七叶堂避暑》是白居易在杭州刺史任上所作，记录了诗人在天竺寺避暑的情形。白居易在杭州结交了不少僧友，三年刺史任期内出入天竺寺十二回，可见他对天竺寺的喜爱。首句诗五个字有四个"郁"字，表达了诗人对炎热的无奈。二联写诗人走进七叶堂，暑气随之消散，有了清凉之感，心静自然凉，颇得佛理之妙。三联通过对檐雨和窗风的描写，进一步展现了七叶堂的凉爽和宁静。在七叶堂一夜安睡，仿佛百疾可消，舒适无比。全诗朴实无华，白描式地记录了白居易在杭州为官的日常。《天竺山志》载有白居易的《游古天竺寺》，也与避暑相关，诗中说在天竺寺"三伏炎蒸半点无"，可知一千二百多年前，杭州就是"火炉"。

钱塘湖春行[1]

孤山寺北贾亭西，水面初平云脚低。[2]

几处早莺争暖树，谁家新燕啄春泥？

乱花渐欲迷人眼,浅草才能没马蹄。

最爱湖东行不足,绿杨阴里白沙堤。[3]

(《白居易诗集校注》卷二〇)

宋　佚名　西湖春晓图

注　释

[1]钱塘湖:即杭州西湖,旧名钱塘湖。这首诗是白居易长庆三年担任杭州刺史时所作。　[2]孤山寺:南朝陈天嘉元年(560)天竺僧持辟支佛领骨舍利建塔开山,创建永福寺,北宋大中祥符年间改名广化寺,历代屡有毁建。遗址在西湖孤山,唐宋人也称之为孤山寺。贾

亭：即贾公亭。唐贞元年间，贾全任杭州刺史，于钱塘湖建亭，人称"贾公亭"。云脚：下雨前后流荡不定垂于水面的云气。　　[3]白沙堤：今西湖白堤。因与白居易姓氏相合，后世误以为白居易所筑。白氏所筑之堤实在钱塘门外，已荒废不存。

赏　析

　　这首诗以"行"为线索，从"春"字着眼，以"白沙堤"结束。诗人从孤山寺向东，行向贾公亭，这一段西湖水平如镜，云雾缭绕。作者所见是早莺争栖于暖树，新燕啄衔着春泥，纷飞的春花令人眼花缭乱，初生的春草刚刚遮没马蹄。"莺""燕""花""草"四种景物，前"动"后"静"，而描写"花""草"又嵌进"人"与"马"的动态，集中透露出"春"的信息。而这些景物描写都是作者的铺垫，最后两句"最爱湖东行不足，绿杨阴里白沙堤"，从对比中表现出自己对于白沙堤的钟爱，以至于百看不厌。因为白堤掩映于绿杨阴里，映衬着千顷碧波，作者骑马行走于白沙堤上，饱览莺歌燕舞，陶醉鸟语花香，远眺碧波如镜，近观游人如织，西湖胜概，美不胜收。

杭州春望[1]

望海楼明照曙霞，护江堤白踏晴沙。[2]
涛声夜入伍员庙，柳色春藏苏小家。[3]

红袖织绫夸柿蒂,青旗沽酒趁梨花。[4]

谁开湖寺西南路,草绿裙腰一道斜。[5]

(《白居易诗集校注》卷二〇)

注　释

[1]这首诗作于长庆三年春,白居易时在杭州刺史任上。　[2]望海楼:即东楼,唐时在凤凰山杭州刺史治所内。"望海"句下有作者自注:"城东楼名望海楼。"　[3]伍员庙:始立于汉代,旧称忠清庙,又称伍相庙、伍公庙、吴相庙,为纪念伍子胥而建,后多次重修。在杭州吴山。吴山古时称胥山,在今杭州西湖东南,俗称"城隍山"。苏小:即苏小小,南齐时钱塘名妓,其墓在杭州西泠桥畔。　[4]红袖:指古代女子长袖,亦作为女子的代称。柿蒂:指绫之纹路。"红袖"句下有作者自注:"杭州出柿蒂花者尤佳也。"梨花:即梨花春酒。"青旗"句下有作者自注:"其俗酿酒趁梨花时熟,号为'梨花春'。"　[5]湖寺:即孤山寺。"草绿"句下有作者自注:"孤山寺路在湖洲中,草绿时望如裙腰。"

赏　析

白居易为杭州刺史,春天到来,登上城东的望海楼而眺望杭州全景。首句写望海楼,二句写护江堤,三句写涛声,四句写柳色,五句写女子,六句写酒家,七、八句写西湖。杭州之美,通过八句诗凸显出来。表现方法是紧扣"望"字而展现杭州之春景。

首联"望海楼""护江堤"是望中之景;颔联重在描写自然景色,"涛声"摹声,"柳色"状色,展现杭州之春;颈联重在描写人情风物,突出女工手艺之巧和酒家风情之盛;尾联归美于西湖,以草绿裙腰作结,紧扣题目中的"春"字。诗的总体风格是妩媚与悲壮有机融合。"涛声夜入"很悲壮,"柳色春藏"甚妩媚。诗的第四句尤为警策,刘禹锡有《白舍人自杭州寄新诗有柳色春藏苏小家之句因而戏酬兼寄浙东元相公》诗,可见此句为刘禹锡所钟爱。

西湖晚归回望孤山寺赠诸客

柳湖松岛莲花寺,晚动归桡出道场。[1]

卢橘子低山雨重,栟榈叶战水风凉。[2]

烟波澹荡摇空碧,楼殿参差倚夕阳。[3]

到岸请君回首望,蓬莱宫在海中央。[4]

(《白居易诗集校注》卷二〇)

注 释

[1]柳湖:西湖岸边多植柳,故又称柳湖。松岛:指孤山。莲花寺:因孤山四周水域遍植荷花,故称孤山寺为莲花寺。桡:船桨。道场:佛教中修行的场所。 [2]卢橘:枇杷。战:颤动。 [3]澹荡:荡漾。 [4]蓬莱:传说中海上仙山,此喻指孤山。

赏 析

　　白居易这首诗作于杭州刺史任上,写的是诗人去西湖孤山寺参加一个法会,很可能还带了一些人同去,在夕阳下乘船离开孤山回望孤山寺时的场景:在柳树环绕的西湖中有座莲花寺,傍晚听完高僧讲解佛经后坐船离开寺院;成熟的枇杷果实低垂,清风吹动着棕榈的叶子;湖面上水汽迷蒙,清波荡漾,夕阳给湖上参差不齐的亭台楼阁披上金光;到了对岸,回望孤山寺,就像蓬莱宫阙一般坐落在西湖中央。诗人描述的孤山与佛教的境界十分契合,孤山寺这样一个方外之地,坐落于人间仙境西湖之中,诗人巧妙地把僧俗两界融合在一起。其实诗人自己就是僧俗两界的融合体。

余杭形胜[1]

　　余杭形胜四方无,州傍青山县枕湖。
　　绕郭荷花三十里,拂城松树一千株。[2]
　　梦儿亭古传名谢,教妓楼新道姓苏。[3]
　　独有使君年太老,风光不称白髭须。[4]

(《白居易诗集校注》卷二〇)

注 释

[1]余杭：隋大业三年（607）改杭州为余杭郡，治所在钱塘，辖钱塘、富阳、余杭、於潜、盐官、新城、紫溪七县；唐武德四年（621）复余杭郡为杭州；天宝元年（742）复名余杭郡，属江南东道，治所在钱塘，辖钱塘、盐官、富阳、新城、余杭、临安、於潜、唐山八县；乾元元年（758）又改为杭州，归浙江西道节度。后常以余杭为杭州别称。形胜：形容某个地方的自然景观或地理位置非常优越。　　[2]郭：外城。松树一千株：指九里松径。唐玄宗开元年间，从洪春桥至灵隐天竺古道两侧广种松树，称"九里松径"。　　[3]作者自注："州西灵隐山上有梦谢亭，即是杜明浦梦谢灵运之所，因名客儿也。苏小小，本钱塘妓人也。"梦儿亭，即梦谢亭，在灵隐山畔。传说天竺杜明师夜梦有贤者来访，次日谢灵运被送来寄养，杜明师因此建梦谢亭，别称客儿亭。　　[4]使君：汉代对一州长官的称谓。此指刺史，作者自称。

赏 析

　　白居易这首《余杭形胜》是在杭州刺史任上所作，一如既往地赞美杭州，称杭州优美的风景不是四周其他城市可以相比的，在写法上有了变化。诗人所写其他赞美杭州的诗都有具体的景点，并且还会很细致地形容，如同一幅幅工笔画，而这首诗却如同大写意画，只是大致描绘，给人留下了想象的空间。读此诗还让我们有一个新发现——"绕郭荷花三十里"。"绕郭"也就是绕杭州城外一圈，水塘众多，适宜种荷，除了可供夏日赏荷，很可能那时候种荷是当地农业生产的一项重要内容，因此杭州藕粉的出名也就顺理成章了。在发展种植业的同时，顺便形成了"绕郭荷花三十里"的"观光农业"，可谓一举两得。这是不是白居易指导的呢？

新妇石[1]

堂堂不语望夫君，四畔无家石作邻。[2]

蝉鬓一梳千岁髻，蛾眉长扫万年春。[3]

雪为轻粉凭风拂，霞作胭脂使日暾。[4]

莫道面前无宝鉴，月来山下照夫人。

（《白居易诗集校注》外集卷上）

注 释

[1]新妇石：位于天目山。传闻天目山有一妇人攀上山崖，眺望丈夫，其死后化为望夫石，矗立于此。 [2]堂堂：谓"新妇"姿态庄严端正。 [3]蝉鬓：古代妇女的一种发式，两鬓薄如蝉翼，故名。千岁髻、万年春：形容新妇石存世的时间已经很长。 [4]轻粉：指化妆用的白色粉末。暾：日光明亮温暖。

赏 析

这首诗是白居易吟咏新妇石的名篇。据《咸淳临安志》卷二六载:"新郎石在西峰半山之中道,面东昂立,势高五丈,天然人形,与东峰新妇石相望。嘉祐中新妇石为雷震碎,今新郎石独存。"白居易自杭州向西行至天目山,山中怪石嶙峋,好不新奇。首联描写驻足于新妇石,看这位"妇人"端坐山间,眺望夫君,与石为邻,在此孤寂地等待。颔联描写新妇,从时间着眼,谓蝉鬓梳了千岁,蛾眉扫过万年,经历了无数个四季轮回。颈联同样描写新妇,从形态着眼,是说风吹雪在脸庞撒下轻粉,日生霞化作两颊的胭脂。尾联宕开一笔,描写新妇尊容无须宝镜映照,因为自会有月亮照耀其仪容。全诗人物与自然融为一体,拟人的手法运用得妥帖精当。

春题湖上

湖上春来似画图,乱峰围绕水平铺。[1]
松排山面千重翠,月点波心一颗珠。[2]
碧毯线头抽早稻,青罗裙带展新蒲。[3]
未能抛得杭州去,一半勾留是此湖。[4]

(《白居易诗集校注》卷二三)

注 释

[1]乱峰:西湖三面环山,有南高峰、北高峰、宝石山、凤凰山、玉皇

山、吴山等。　[2]松排山面：西湖周围多松，有"九里松径""万松岭"等景。　[3]蒲：蒲草，多年生水生或沼生草本植物。　[4]勾留：停留，流连。

赏　析

　　这首诗作于长庆四年春，白居易任期将满，即将离开杭州。全诗以"画图"二字为诗眼，其下五句似缓缓展开的画卷，尾联则是作者满心不舍留下的跋语，而首尾用"湖"字起结，又恰似画卷的两轴，构思奇妙。作者将对西湖的爱恋与不舍全部糅进这画卷般的诗歌中，引领读者一道徜徉在西湖的春波中。挥毫泼墨，将松的苍翠铺排开来；笔尖轻点，月的皎洁便映在湖中。颈联的比喻十分新奇可爱：抽穗的早稻好像碧毯上的线头，是写西湖之生机；舒展的蒲叶像罗裙的飘带，是写西湖之娉婷。尾联诉说着白居易对杭州的眷恋，集中于这美丽的西湖。这首诗是白居易杭州诗的代表作，杭州的宜人、西湖的美丽、刺史的为政、作者的情怀，都融于此诗，特别是尾联的十四字当中。

寄韬光禅师[1]

一山门作两山门，两寺元从一寺分。[2]
东涧水流西涧水，南山云起北山云。
前台花发后台见，上界钟声下界闻。

遥想高僧行道处,天香桂子落纷纷。[3]

(《白居易诗集校注》外集卷上)

注　释

[1]韬光:既是僧名,又是寺名。韬光寺创建于唐穆宗长庆年间。相传当时四川高僧韬光学业有成,向师父辞行,欲去各地云游参访。临行时师父对他说了八个字:"遇天可留,适巢即止。"当韬光禅师云游到杭州灵隐寺时,正好白居易在杭州任刺史。韬光禅师认为师父所言(白居易字乐天)已应验,于是他先在灵隐寺落脚,而后在灵隐寺后面的巢枸坞辟地建寺,弘扬佛法,不久声名鹊起,白居易仰慕而来,两人结为好友。据朱金城《白居易集笺校》,此诗作于宝历元年至二年间(825—826),时白居易在苏州刺史任上。　[2]"两寺"句:韬光禅师在灵隐寺后巢枸坞建立韬光寺,韬光寺的僧人进出要路过灵隐寺,两寺僧人由同一山门出入,灵隐寺所用山泉自韬光寺流入,因此灵隐一带有句俗语:"云林(灵隐)寺僧不能不饮韬光之水,韬光寺僧不能不由云林之路。"　[3]天香桂子:用宋之问《题杭州天竺寺》"桂子月中落,天香云外飘"之句。桂子,桂花。

赏　析

　　这首诗通过对两座寺的历史关系、地理位置、自然环境的描写,以及诗人想象中的"天香桂子落纷纷",表达了诗人与韬光禅师清交之情。从艺术上看,延续了诗人一贯的明白如话风格,且回环重沓,笔势飘逸,句法流畅,别具一格。"寄"和"遥想",

写出了诗人写此诗时两人的方位，也就是没有在一起赏桂。韬光寺和灵隐寺都有诗人的好友，很可能诗人因公务羁绊无法前往韬光、灵隐赏桂，于是便有了"寄"和"遥想"。这首诗还顺便告诉我们，在唐代的时候，杭州城里桂树不多，而韬光寺、灵隐寺和天竺寺里则种植了很多桂树。到宋代，中秋节时天竺寺的僧人还曾送桂花给时任杭州通判的苏轼。

杭州回舫

自别钱唐山水后，不多饮酒懒吟诗。

欲将此意凭回棹，报与西湖风月知。[1]

（《白居易诗集校注》卷二三）

注　释

[1]棹：船桨。风月：泛指美好的景色。

赏　析

这首诗是长庆四年白居易离任杭州刺史，回洛阳途中所作，表达了诗人对杭州和西湖美景的深深怀念与不舍。诗人因为热爱杭州，在离开杭州之后居然很少喝酒和吟诗，生活变得索然无味。酒和诗可以说是诗人的"随身用品"，难道真的离开杭州以后就没有了喝酒的兴致和写诗的灵感？诗人只是用夸张的手法表达他对杭州的挚爱。诗人说要把现在这种状态和心情，拜托南去的小船说给西湖的美景知道。诗人仅仅用了四句诗，通过具象表达出自己对杭州的真挚情感，并让读者很容易地体会到，构思真是巧妙。

忆江南（其一）[1]

江南好，风景旧曾谙。[2] 日出江花红胜火，春来江水绿如蓝。[3] 能不忆江南？

（《白居易诗集校注》卷三四）

注 释

[1]江南：指长江下游的江浙一带，白居易曾在江南任杭州刺史、苏州刺史。 [2]谙：熟悉。 [3]蓝：蓝草，其叶可制青绿染料。

赏 析

唐开成三年（838），白居易在洛阳任太子少傅，分司东都，忆往昔，作《忆江南》三首，这是第一首。一开头诗人就直抒胸臆赞颂"江南好"，正因为"好"，才"忆"。"风景旧曾谙"一句，说明江南风景之"好"不是听人说的，而是当年亲身感受到的、体验过的，因而尽管已经过去了十多年，仍然留有清晰而美好的记忆。既落实了"好"字，又点明了"忆"字。后两句描绘了美丽的江景，色彩鲜明，形象生动。这里的"江"应该是泛指，江南多江河湖泊，碧水、扁舟、沙渚、曲岸、杨柳……种种美好都留在了诗人记忆中。

忆江南（其二）

江南忆，最忆是杭州。山寺月中寻桂子，郡亭枕上看潮头。[1]何日更重游？

(《白居易诗集校注》卷三四)

注 释

[1]山寺：指天竺寺。郡亭：在杭州凤凰山州府内，可眺望钱塘江。

赏 析

"最忆是杭州"是诗人的深情告白，身在洛阳，心却向往杭州。忆杭州什么？天竺寺赏月赏桂，登临郡亭观钱江潮。两句诗写出了两种境界："山寺月中寻桂子"的静谧朦胧，"郡亭枕上看潮头"的惊涛骇浪，一静一动形成鲜明的对照，相得益彰。有意思的是，白居易"最忆"的杭州，不是曾经的"最爱湖东行不足，绿杨阴里白沙堤"，而是天竺的桂子与钱塘江潮。诗人在杭州为官二十个月，十二次去天竺寺、灵隐寺，那里有他的心灵之交，岂能不忆？诗人为凤凰山上的州府楼台写过十二首诗，其中到杭州写的第一首诗《郡亭》，写的就是观潮，"潮来一凭槛"，这是对杭州最深的印象。

李 绅

　　李绅（772—846），字公垂，无锡（今属江苏）人。宪宗元和元年（806）登进士第。武宗时官至中书侍郎、同平章事，罢为淮南节度使。有《追昔游诗》。李绅一生多次往来于浙东、浙西，在杭州留下《重别西湖》《欲到西陵寄王行周》等诗多首。

欲到西陵寄王行周[1]

西陵沙岸回流急，船底黏沙去岸遥。

驿吏递呼催下缆，棹郎闲立道齐桡。[2]

犹瞻伍相青山庙，未见双童白鹤桥。[3]

欲责舟人无次第，自知贪酒过春潮。[4]

（《李绅集校注》编年诗）

注　释

[1]王行周：作者友人，生平不详。从李绅《遥知元九送王行周游越》知王行周与元稹有交往，似为中唐隐士。　[2]驿吏：管理驿站的小吏，亦负责牵引船只。递呼：传唤。棹郎：船夫。齐桡：协力摇桨。　[3]伍相青山庙：即伍相庙。青山，指吴山。详前白居易《杭州春望》

注。白鹤桥：又名双童桥，在今杭州市萧山区衙前镇。《幽明录》载孙钟在种瓜时偶遇三位少年，为之设食。少年为他选择墓地后，化为白鹤飞入空中。孙钟死后葬于此地，孙氏逐渐兴旺，其后代孙坚、孙策等雄踞东吴。　[4]次第：头绪。

赏　析

　　元和三年，李绅罢浙江西道节度使从事，被浙江东道观察使薛苹招游越中，与之唱和。本诗或作于元和四年春，李绅由浙东返长安任校书郎途中。首联描写作者自越州北归，行舟至西陵渡，水浅舟涩。颔联写诗人饶有兴致地瞧着手忙脚乱的众人，用生动的笔触描绘着焦头烂额的小吏与懒散油滑的船夫，"递呼""闲立"两词对比鲜明，饶有谐趣。颈联笔锋一转，将目光从纷乱的场景中抽离，欣赏起两岸的胜迹，瞻仰伍子胥庙，找寻白鹤桥，颇具闲情逸致。尾联是说本想责备船家工作毫无头绪，耽误航程；而后又自嘲，或许是自己贪杯而错过了潮候，可见诗家的率性与超脱。

卢元辅

卢元辅（774—829），字子望，滑州灵昌（今河南滑县）人。贞元十四年（798）进士及第。官至兵部侍郎。元和八年至十年（813—815），卢元辅在杭州刺史任，既有文才，又有政绩。他在杭州疏浚西湖，引水灌溉，纾民之困，成为百姓爱戴的官吏。他还建造了见山亭，为唐代杭州的五大名亭之一。

游天竺寺

水田十里学袈裟，秋殿千金俨释迦。[1]
远客偏求月桂子，老人不记石莲花。[2]
武林山价悬隋日，天竺经文隶汉家。[3]
苔壁娲皇炼来处，泐中修竹扫云霞。[4]

（《唐五代诗全编》卷五八九）

注 释

[1]释迦：即释迦牟尼。　[2]月桂子：从天而降的桂花。传说中秋时节，天竺寺内带露的桂子是从月宫飘落下来的。石莲花：指武林山的莲花峰。　[3]武林山：这里指灵隐山。山上有隋代摩崖石刻。天

竺经：即佛经。佛经从汉代开始传入中国。　　[4]娲皇：即女娲，神话中的造物女神。传说远古时代天崩地陷，女娲炼五色石以补天。"泓中"句：谓石壁在修竹的映衬下文采艳丽。泓中，指山上石壁。

赏　析

　　这首诗是卢元辅担任杭州刺史期间所作，传世文献很少记载，偶见于《两浙金石志》等石刻著录中。这处摩崖石刻今天仍在飞来峰的莲花峰下，被誉为"西湖摩崖石刻第一"。首联是登上天竺寺总览，远望山下，水田十里纵横，犹如僧人的袈裟；颔联描写中秋时节桂花盛开布满莲花峰的场景，重在景物；颈联描写隋代摩崖为武林山增价，汉传佛经为天竺寺精华，重在文物；尾联突出描写飞来峰的飞来石，更用女娲补天的典故，将现实和传说有机联系在一起。表现手法也非常高妙，如首句将十里水田比喻为袈裟织成，既境界开阔，又紧切佛寺；尾联描写飞来石，上句以女娲补天为缘起，下句表现石壁景色的艳丽，都想落天外，别具匠心。

姚 合

姚合（777—843），字大凝，陕州硖石（今河南三门峡市陕州区）人，郡望吴兴武康（今浙江德清）。元和十一年（816）登进士第。曾任武功县主簿，世称"姚武功"。晚任秘书少监，后人又称"姚少监"。其诗与贾岛齐名，时有"姚贾"之称。有《姚少监诗集》。姚合曾出任杭州刺史，在杭州留下《杭州观潮》《送僧贞实归杭州天竺》《别杭州》等诗。

杭州观潮

楼有樟亭号，涛来自古今。

势连沧海阔，色比白云深。

怒雪驱寒气，狂雷散大音。

浪高风更起，波急石难沉。

鸟惧多遥过，龙惊不敢吟。

坳如开玉穴，危似走琼岑。[1]

但褫千人魄，那知伍相心。[2]

岸摧连古道，洲涨踣丛林。[3]

跳沫山皆湿，当江日半阴。

天然与禹凿，此理遣谁寻。[4]

(《姚合诗集校注》卷七)

宋　佚名　观潮图

注　释

[1] 坳：低凹。琼岑：高山。　[2] 褫：夺去。伍相：即伍员，字子胥，春秋末楚人，吴国大夫。力谏吴王夫差联齐灭越，夫差不听。后夫差听信伯嚭谗言，赐剑令其自尽，并将尸体盛于鸱夷（革囊），浮于江中。事见《史记·伍子胥列传》。后传说伍子胥抱冤激愤，化为

钱塘江潮神，因流扬波，依潮来往。参见《淳祐临安志·浙江》。又杜光庭《录异记》称伍子胥英魂"常乘素车白马，在潮头之中"。[3]踣：扑倒。　[4]禹凿：用禹凿龙门典。相传大禹治水时，凿开龙门山，使伊水和洛水汇入黄河。

赏　析

　　这首诗是姚合元和十一年担任杭州刺史后登上樟亭观赏钱江大潮之作。起笔气势恢宏，自樟台俯视，看着钱塘江大潮奔涌而来，联想到古今都是如此，非常震撼。下文即咏潮水之态，色如白云，状若飞雪，声比雷噪。接着，诗人从侧面烘托滔天巨浪，风被卷起，巨石也跟着翻涌，使天上的鸟不敢过，水底的龙不敢吟。"坳如"二句以比喻手法正面形容，"那知伍相心"则为钱塘江大潮渲染了神话色彩。"跳沫"句说仅飞沫就能染湿群峰，可见浪之大；潮大挡住了太阳，致使江面白日半阴。作者彻底折服于钱塘江大潮的造化奇观，发出"天然与禹凿，此理遣谁寻"的慨叹。

元　稹

　　元稹（779—831），字微之，河南（今河南洛阳）人。贞元九年（793）以明经及第，十年后登书判拔萃科。穆宗长庆二年（822）入相，罢相后官至武昌军节度使。有《元氏长庆集》。元稹曾为浙东观察使兼越州刺史，赴任时经过杭州留下诗作，在任上与时任杭州刺史的白居易诗歌往还甚多。有《别西陵后晚眺》《代杭民作使君一朝去二首》《去杭州》等诗。

别后西陵晚眺

晚日未抛诗笔砚，夕阳空望郡楼台。[1]

与君后会知何日，不似潮头暮却回。

（《元稹集》卷二二）

注　释

[1] 郡楼台：杭州凤凰山上杭州府衙中的楼台，可眺望钱塘江对岸。

赏　析

　　长庆三年八月，元稹赴任浙东观察使兼越州刺史，路过杭州，与时任杭州刺史的白居易相见。好友相见分外高兴，但皇命在身，不得逗留，元稹随即渡江赴任。到了钱塘江南岸的西陵驿，天色已晚，元稹眺望江北凤凰山，写下此诗寄给白居易。夕阳西下，有一个人伫立钱塘江边西陵驿，久久眺望钱塘江北岸杭州府衙楼台。元稹的诗画面感很强，并且他就在画面之中。诗中说，此别不知何日再见，如果你我能够像钱塘江潮水那样早晚碰头，那该有多好啊。好友之间的深情厚谊，借助滔滔江水来表达，也真是别出心裁。白居易接到元稹的这首诗当即回了一首《答微之泊西陵驿见寄》："烟波尽处一点白，应是西陵古驿台。知在台边望不见，暮潮空送渡船回。"

贾 岛

贾岛(779—843),字浪仙,一作阆仙,范阳(治今河北涿州)人。做过遂州长江县主簿,世称"贾长江"。贾岛为唐代著名苦吟诗人,与孟郊并称"郊岛"。有《长江集》。

早秋寄题天竺灵隐寺[1]

峰前峰后寺新秋,绝顶高窗见沃洲。[2]

人在定中闻蟋蟀,鹤曾栖处挂猕猴。[3]

山钟夜渡空江水,汀月寒生古石楼。[4]

心忆悬帆身未遂,谢公此地昔年游。[5]

(《贾岛集校注》卷一〇)

注 释

[1]天竺灵隐寺:指天竺、灵隐二寺。 [2]沃洲:山名,在今浙江新昌,西北距天竺、灵隐二寺约三百里。 [3]定中:指静坐修行,处于禅定状态中。 [4]江:此处指钱塘江。 [5]谢公:即谢灵运,其幼时寄养于杜明师之道馆,地处灵隐一带,杭州灵隐山有"梦谢亭"。

赏　析

　　唐文宗大和九年（835）春，姚合任杭州刺史，公务之暇约贾岛游杭，后者于秋季赴杭州拜谒，或于行前赋此诗。作者身未至杭州，而游魂先往，并将心中所念的灵隐秋景诉诸笔端，托人寄题。首联写寺峰之高峻，于窗边俯瞰，连钱塘江外的诸山都能一览无余。颔联写两寺之幽静，万籁俱静，只能听到蟋蟀清歌；鹤去云归，有猕猴倒挂于此。此联有"鸟鸣山更幽"之感，躁动的心灵得以宁静。晚钟渡过寥廓江面，冷月石楼，寒气弥漫。颈联将清幽推至极点，历来为人称道，谓其天然成韵，清新峭拔。尾联作者慨叹，此地乃昔日谢灵运游览的胜境，身虽未至而心中早已无限向往。

宋　夏圭　层崖隐寺图

张 祜

张祜（约785—约852），字承吉，贝州清河（今河北清河西）人。以布衣终老。有《张承吉文集》。张祜曾流寓杭州，长庆末年在杭州取解，所作杭州诗较多，如《中秋夜杭州看月上裴晋公》《题杭州孤山寺》等。

题杭州孤山寺

楼台耸碧岑，一径入湖心。[1]

不雨山长润，无云水自阴。

断桥荒藓涩，空院落花深。[2]

犹忆西窗月，钟声在北林。

（《张祜诗集校注》卷三）

注 释

[1]岑：此指孤山。一径：指白沙堤，后人简称白堤。 [2]断桥：位于白堤东侧。断桥残雪为"西湖十景"之一。第五句一作"断桥荒藓合"。

赏 析

孤山屹立湖心,为西湖最上景。首联表现孤山寺总的形势,一峰耸立,为湖山绝胜,一条白堤直入湖心。颔联描写即使天不下雨,山也一直润泽;天上无云,水也自然澄清。这是西湖中孤山特有的景色,因为山在"湖心"故常润,湖有"碧岑"故常阴,足见作者体察之微。颈联是特写,上句描写断桥之上苔藓枯涩,下句描写寺院中落花深厚。屈复《唐诗成法》言:"'断桥'承'一径','空院'承'楼台','合'字从'断'字来,'深'字从'空'字见。"可见诗之工整细润。尾联言昔日曾于此院西窗月夜听北林钟声,今日来游,其幽胜果如先前。张祜的称赏之心溢于言表,林逋赞曰"张祜诗牌妙入神"。

许　浑

许浑（788—约860），字用晦，一字仲晦，润州丹阳（今属江苏）人。文宗大和六年（832）登进士第。官至郢、睦二州刺史。有《丁卯集》。许浑曾多次前往浙江，其早年曾游越中，登天台山。晚年任睦州刺史，在杭州作《九日登樟亭驿楼》《子陵钓台贻行侣》等诗。

九日登樟亭驿楼

鲈鲙与莼羹，西风片席轻。[1]

潮回孤岛晚，云敛众山晴。

丹羽下高阁，黄花垂古城。[2]

因秋倍多感，乡树接咸京。

（《丁卯集笺证》卷二）

注　释

[1] 鲈鲙与莼羹：代指家乡的美味菜肴。《晋书·张翰传》载张翰因见秋风起，思念故乡吴中（今苏州）的菰菜、莼羹、鲈鱼脍，感叹道："人生贵得适志，何能羁宦数千里以要名爵乎？"后便辞官归乡。片

席：片帆，孤舟。　[2]丹羽：丹雀。《艺文类聚》卷一〇引《尚书中候》："季秋，赤雀衔丹书，入酆，止于昌户。"此处用指深秋。

赏　析

　　这首诗大约作于会昌三四年间（843—844）许浑再游越返程途中，于九月九日重阳节登高而思念故园。首联写在驿楼远望，欲乘风挂席，已神驰于家乡的莼羹与鲈鲙。颔联描写登上驿楼所见之景，钱江潮退，孤岛落日，云霞敛色，众山晴翠，切樟亭驿楼。颈联接上联继续写景，丹雀从高阁上飞下，菊花开满了古城，切九日。尾联表现登高的感慨，远望乡树直接京城，思乡之情油然而生。

子陵钓台贻行侣[1]

故人天下定，垂钓碧岩幽。[2]

旧迹随台古，高名寄水流。

鸟喧群木晚，蝉急众山秋。

更待新安月，凭君暂驻舟。[3]

（《丁卯集笺证》卷二）

注　释

[1]子陵钓台：在桐庐县富春江北岸，相传是东汉著名隐士严光隐居垂钓之处。行侣：共同出行的伴侣。　[2]故人：指光武帝刘秀。
[3]新安：指新安江。新安江奇山异水，严子陵钓台是其地著名的人文景观。凭：请，烦请。

赏　析

　　这首诗应作于许浑大中初年担任睦州刺史期间，其时登上子陵钓台赠诗与同行之友。开篇即以"故人"唤帝王，言天下已定而隐者却无意仕进，仍优哉游哉地在岩边垂钓。首联用浅淡平近的语言，勾勒出超然脱俗的隐者心境。颔联的"随""寄"二字，将个体生命与自然融合，子陵钓台如今已成古迹，但其精神随流水而不朽。颈联将目光转向钱塘江流域的自然景观，以鸟喧与蝉鸣之噪，反衬山林晚秋的寂寥。尾联呼吁好友为夜月驻舟，与子陵共赏此处月色。全诗紧扣严陵钓台，将历史典故与眼前景色融合，将自身体会与行侣情怀合一，成为描写钓台的佳制。

李 贺

李贺（790—816），字长吉，河南福昌（今河南宜阳）人。因避父晋肃之讳，不应进士科考试，仅曾官奉礼郎。作品在诗史上独树一帜，被称为"李长吉体"，其中不乏咏及江南风物者。

苏小小墓[1]

幽兰露，如啼眼。[2]

无物结同心，烟花不堪剪。[3]

草如茵，松如盖。

风为裳，水为佩。

油壁车，夕相待。[4]

冷翠烛，劳光彩。[5]

西陵下，风吹雨。[6]

（《李贺歌诗笺注》卷一）

注 释

[1]苏小小：南齐时钱塘（今浙江杭州）歌妓。杭州西湖西泠桥北埗

有苏小小墓，后人于墓上覆建慕才亭。　　[2]啼眼：泪眼。　　[3]烟花：雾霭中的花，指墓旁凄迷如烟的花草。　　[4]油壁车：一种以油涂壁的车子，也作"油壁车"。南朝乐府《钱唐苏小歌》："妾乘油壁车，郎骑青骢马。"　　[5]冷翠烛：幽冷翠绿的磷光，俗称鬼火。[6]西陵：今杭州孤山西北尽头处西泠桥一带。

赏　析

　　李贺有"诗鬼"之称，文辞瑰丽奇特，极具浪漫主义风格。本诗开篇以兰花上的露水幻化出苏小小的泪眼，进而窥探其幽怨内心。"草如茵"四句用两个"如"字和"为"字，巧妙地连缀起景物和人物，睹景见人，其柔美形神呼之欲出。寥寥数语营造出迷离惝恍、空灵凄恻之境界，夜幕下的油壁车似难以等来有情人，寄寓着无尽的哀伤与孤寂。荧荧绿光枉费光彩，又归入结句的一片清冷之中，虚实错综，情景交融。整首诗幽奇光怪，有情有致，可谓对屈原《山鬼》和南朝乐府《钱唐苏小歌》的糅合和创新，造境寄情功力臻于极致，成为李贺"鬼仙之辞"的代表作也是有关苏小小的历代吟咏中最能打动人心者。

李 廓

　　李廓，原籍陇西成纪（今甘肃静宁西南），后迁居洛阳（今河南洛阳）。元和十三年（818）进士及第。官至刑部侍郎，出为武宁军节度使。军乱被逐，贬澧州司马。曾有《忆钱塘》诗吟咏杭州。

忆钱塘[1]

往岁东游鬓未凋，渡江曾驻木兰桡。[2]

一千里色中秋月，十万军声半夜潮。

桂倚玉儿吟处雪，蓬遗苏丞舞时腰。[3]

仍闻江上春来柳，依旧参差拂寺桥。

（《唐五代诗全编》卷四七〇）

注　释

[1]晚唐张为《诗人主客图》载此诗颔联为赵嘏诗句，而晚唐韦庄《又玄集》载全诗为李廓作，今定为李廓诗。　[2]木兰桡：木兰做的船桨，用作对船桨的美称。　[3]桂：指月中桂子。唐人多言杭州天竺、灵隐寺中秋有月中桂子坠落。玉儿：南齐东昏侯宠妃潘玉儿，后喻指

美人。此指嫦娥。蓬：指莲蓬。苏丞：当为"苏小"之误，"丞"与"小"草书形近。指南齐钱塘名妓苏小小。

赏　析

  这首诗追忆年少时游杭州的经历，表现对杭州风物的怀念与向往之情。诗歌围绕"忆"展开，首联用"往岁""曾"回扣"忆"，突出这是年迈之时追忆旧游所作。颔联"忆"钱江涌潮，选取一泻千里的月色、夜半不歇的钱塘江潮表现其壮美，"十万军声"一句尤为后人称赏而成为写钱塘江潮的名句。颈联融合典故描写杭州的风景：上句描写杭州中秋月夜的图景，借月中落桂子的传说，将坠落的桂子比作飞舞的雪；下句描写杭州西湖的荷花，将秋日弯垂的莲蓬比作苏小小的舞腰，而苏小小墓也就在西湖的西泠桥畔。尾联借耳闻想象杭州春景，抓住杭州多寺多桥的特点，加入柳条参差拂动的姿态，生动传神，又从"依旧"二字透出无限的眷恋与向往。

施肩吾

施肩吾，字希圣，睦州分水（今属浙江桐庐）人。元和十五年（820）登进士第。因好道教神仙之术，隐于洪州之西山。肩吾工诗，风格奇丽，好为冶游香艳之词。有诗《西山集》十卷。

钱塘渡口

天堑茫茫连沃焦，秦皇何事不安桥？[1]

钱塘渡口无钱纳，已失西兴两信潮。

（《唐五代诗全编》卷六七七）

注 释

[1]天堑：天然的河海险要之地，此处指巨浪滔天的钱塘江。沃焦：亦作"沃燋"，古代传说中东海南部的大石山。秦皇：秦始皇。

赏 析

施肩吾的这首七绝是其经过钱塘江渡口的感怀之作。前两句描写自己面对眼前无力渡过的天堑，向数百年前的秦始皇发出诘问，贯穿古今，表现出历史的沧桑感。后两句表现自己的慨叹，亦是抱怨，抱怨自己因囊中羞涩而错过渡江的好时机。这首诗对于钱塘江渡口的吟咏，有异于前朝后代的大多钱塘江诗作，也表现出作为穷困潦倒的文人在行旅中的尴尬处境，历史的沧桑与个人的情怀融为一体，也给诗歌增加了深厚的底蕴。视角新颖，出语奇警，体现了施肩吾诗有意拔俗的风格。

明　唐寅　钱塘景物图

温庭筠

温庭筠(约801—866),本名岐,字飞卿,太原(今山西太原西南)人。一生科举失意,官至方城尉。温庭筠才思敏捷,八次叉手即能成八韵之诗,有"温八叉"之称。其诗与李商隐齐名,合称"温李"。词名盛于诗名,被尊为"花间鼻祖",与韦庄合称"温韦"。有《握兰集》《金荃集》《汉南真稿》等。温庭筠会昌二年(842)往来吴、越之间,途经杭州,留下不少题咏之作。

题萧山庙 [1]

故道木阴浓,荒祠山影东。

杉松一庭雨,幡盖满堂风。[2]

客奠晓莎湿,马嘶秋庙空。[3]

夜深池上歇,龙入古潭中。[4]

(《温庭筠全集校注》卷七)

注 释

[1]萧山庙:或指白龙王庙,在萧然山。这首诗约为会昌二年秋温庭筠由越返吴,经萧山时作。　[2]幡盖:指庙内的神幡华盖。　[3]晓

莎：早晨的莎草。　　[4]龙入古潭：萧然山旧有石雕龙首，山泉从中泻入龙潭，传说有巨龙在此栖息。

赏　析

  这首诗借写留宿萧山庙的见闻，抒写内心的萧瑟落寞之感。其时诗人多年蹉跎无成，往来吴越，心绪寥落。诗歌按照诗人的行动变化展开，先是写客路经过萧山庙，写其位置和周围环境，"木阴浓"可见树木本是茂盛之状，却刻意用"木"字，让人有萧条之感，配合"故道""荒祠""山影"这样的意象形成萧瑟的氛围。接着写借宿庙中，写风雨交加的天气，雨笼庭树，风动神幡，为萧瑟的氛围增添了一层冷意。继而写晨起叩拜祭奠，写被酒水沾湿的莎草、马的嘶鸣声，衬托秋日寺庙的寂静空旷，又加一层寥落的意味。最后因见龙潭而结合当地传说展开想象，渲染神秘之感。整首诗意象清冷荒疏，有清拔玄古之气。

杜 牧

杜牧（803—853），字牧之，京兆万年（今陕西西安）人。大和二年（828）进士及第，又登贤良方正能直言极谏科。官至中书舍人。有《樊川文集》。杜牧与李商隐齐名，合称"小李杜"。杜牧于会昌六年至大中二年（846—848）官睦州刺史，作《睦州四韵》《秋晚早发新定》等诗，又作《杭州新造南亭子记》等文。

睦州四韵[1]

州在钓台边，溪山实可怜。[2]

有家皆掩映，无处不潺湲。

好树鸣幽鸟，晴楼入野烟。

残春杜陵客，中酒落花前。[3]

（《樊川文集》卷三）

注 释

[1]睦州：州名，详前刘长卿《却归睦州至七里滩下作》。　[2]钓台：即严子陵钓台。　[3]杜陵客：诗人自指。中酒：醉酒。

赏 析

唐武宗会昌二年,杜牧受宰相李德裕排挤,被外放为黄州刺史,其后又转池州。会昌六年九月,四十四岁的杜牧从池州来到梅城任睦州刺史,此诗是杜牧在睦州刺史任上所作。在诗人的眼中,睦州山水是秀丽的、可爱的,在"好树""幽鸟""晴楼""野烟"的静态中间加上"鸣"和"入"字,使山水景色生动起来。虽然"杜陵客"反映出诗人的思乡之情,但喝醉酒睡倒在落花前,诗人的心情也还是舒坦的。杜牧初到睦州写过一首《初冬夜饮》,对自己被排斥出京很有怨气,对客居他乡很觉寂寞悲凉,盼着明年有人来接替他的睦州刺史一职。《睦州四韵》与《初冬夜饮》意境完全不同,是睦州秀丽的山水抚平了杜牧心中的怨愤。

李 频

李频(？—876)，字德新，睦州寿昌（今浙江建德）人。大中八年（854）擢进士第。官至建州刺史。有《李频诗》一卷，后人改称《梨岳集》。

题钓台障子[1]

君家尽是我家山，严子前台枕古湾。
却把钓竿终不可，几时入海得鱼还。[2]

（《唐五代诗全编》卷七七三）

注 释

[1]钓台障子：绘有严子陵钓台的屏风。　[2]入海得鱼：化用《庄子·外物》中任公子以五十头牛为饵，经年钓得大鱼，令浙江以东、苍梧以北的人都饱食此鱼的典故。

赏 析

这是一首题画诗，诗人没有着重描写画的笔触神韵，而是抓住严子陵钓台背后的隐居意涵，表现自己因心系百姓未能归隐的不同追求。首句以闲谈的口吻把严子陵钓台与自身联系起来，通过钓台与家乡在地理位置上的接近拉近了距离，发语亲切。次句写钓台的周边环境，以"枕"字赋予钓台以人的情态，生动巧妙。三句转入抒情，历代诗人纷纷赞赏严光隐逸不仕的高洁人格，而诗人一反众调，言自己未能追随严光高节而隐居，末句解释了"终不可"的原因是心系百姓，更从垂钓生出联想，发出入海得巨鱼而令天下人皆饱食的迫切愿望，表现出诗人强烈的责任感与济世情怀。

喻坦之

喻坦之,睦州(今浙江建德)人。久寓长安而屡试不第。与郑谷、许棠、张乔等人同时,合称"咸通十哲"。有《题樟亭驿楼》等吟咏杭州的诗作。

题樟亭驿楼

危槛倚山城,风帆槛外行。

日生沧海赤,潮落浙江清。

秋晚遥峰出,沙干细草平。

西陵烟树色,长见伍员情。[1]

(《唐五代诗全编》卷八四三)

注　释

[1] 伍员:即伍子胥。

赏　析

这首诗表现对樟亭驿秋景的喜爱之情。首联写樟亭驿依山近海的地理位置,突出驿楼的高耸,视野开阔。颔联顺承前两句,写眺望所见的江景，诗人不是着眼涌潮时的壮观场面，而是表现朝昏江水颜色的变化：太阳初升时，深绿色的江水被映照得一片通红，日落时分江潮回涌，夕阳染上的艳色也随之消退，钱塘江重新变得明净清澈。诗人的笔触关注江水静秀开阔的一面，有舒朗之气。颈联写傍晚的远山与江岸：远处的山峰明秀挺出，潮退后，沙岸水汽渐渐干透，细软的草地平整齐净，笔触细腻柔软。尾联结合伍子胥的传说写江潮反复激荡之势，巧妙地借助秋树来"见证"，令江、树皆含情无限。

方 干

方干（？—约888），字雄飞，门人私谥为玄英先生，新定（治今浙江建德）人。大和九年（835）曾干谒杭州刺史姚合。一生科举失意，后隐居会稽（今浙江绍兴）镜湖。有《玄英先生诗集》。方干常来往于睦州、杭州、越州之间，吟咏杭州之作如《旅次钱塘》《贻钱塘县路明府》《赠钱塘湖上唐处士》《叙钱塘异胜》等，皆清新卓拔，精警爽朗。

旅次钱塘[1]

此地似乡国，堪为朝夕吟。
云藏吴相庙，树引越山禽。[2]
潮落海人散，钟迟秋寺深。[3]
我来无旧识，谁见寂寥心？

（《唐五代诗全编》卷七三六）

注　释

[1]次：临时停留住宿。钱塘：这里指唐代钱塘县，为杭州州治所在地。　[2]吴相庙：即伍相庙。越山禽：即越鸟。浙江古属越国。此

用《古诗十九首》"胡马依北风,越鸟巢南枝"之意,表达思念故乡之情。　[3]海人:指海边渔民。

赏　析

　　这首诗写旅经钱塘而生思乡之情。开篇总括钱塘"似乡国",继而称赏"此地"风物值得时时吟咏,透出对故乡山水的眷恋。方干家乡在新定,与杭州为邻,两地地理环境与风物景色都十分相似,故说"似乡国"。接着描写游览所见:傍晚时分,吴相庙为层云掩映遮藏,鸟雀争先归巢。诗人不禁想到,自己不也是一只欲归不得的"越鸟"吗?便借"越鸟巢南枝"的典故,巧妙融合眼前景与心中情。颈联写遥见江潮已经回落,出海的渔民也回家了,而诗人听到因寺院的幽深而迟迟传来的悠悠钟响,令人生出寂寥之感。尾联作结,写此地并无旧友,诗人胸中的孤寂不但无人慰藉,甚至没有人知道,就更显得落寞,风物的相似也不能排遣乡愁,反而叫人更觉难堪了。

游竹林寺[1]

得路到深寺,幽虚曾识名。[2]
藓浓阴砌古,烟起暮香生。
曙月落松翠,石泉流梵声。[3]

闻僧说真理，烦恼自然轻。[4]

（《唐五代诗全编》卷七四〇）

注 释

[1] 竹林寺：位于萧山城厢街道惠济桥北，始建于南齐，后毁于战火。
[2] 幽虚：偏僻之地。　[3] 曙月：将破晓时的月亮。梵声：念佛诵经之声。　[4] 真理：这里指佛法。烦恼：佛教语，谓迷惑不觉。

赏 析

  这首诗着重表现诗人游竹林寺感受到的禅意。因"曾识名"而来，"得路""深寺""幽虚"写竹林寺的幽深远僻。在寺中见到的是古老石阶上绿意浓重的苔藓，暮色中袅袅上升的佛香烟气，显得幽静又肃穆。天将破晓时，月色洒落在翠色的松树间，泉水从石间涌流而过的声音如诵经般空灵。"藓"和"烟"、"曙月"和"石泉"，动与静、有声与无声的对照，对仗工巧而生动自然。全诗重在关注这些细微的物象，设色明净浅淡，可见诗人内心的宁静闲远。在这样的地方听僧人演说佛法，诗人心中的执迷与痛苦都减轻了。而"得路"及中间二联从日暮到破晓的时间变化，与末句的轻快怡然也形成了呼应。

题严子陵祠[1]

物色旁求至汉庭,一宵同寝见交情。[2]

先生不入云台像,赢得桐江万古名。[3]

(《唐五代诗全编》卷七四六)

注 释

[1]严子陵祠:在桐庐县富春山严子陵钓台之东。严子陵,即严光,东汉著名隐士。　[2]物色:按形貌四处找寻。旁求:遍求,广求。《后汉书·严光传》载,光武帝即位后,因赏识严光才能,"乃令以物色访之",将严光请至朝廷。"一宵"句:用汉光武帝与严光同寝的典故。详张继《题严陵钓台》注。　[3]云台像:汉明帝时追感前代功臣,命人画其像于云台之上。云台,汉宫中的高台,汉光武帝时召集群臣议事之所。桐江:富春江流经桐庐县境内一段。

赏 析

　　这首诗表达对严光高洁人格的倾慕。首句写汉光武帝深知严光才能,命人到处访求征寻严光,多番寻找才将其请至朝廷,侧面突出严光才能出众而个性孤高、不慕名利的品质。次句描写光武帝与严光同寝,严光手足相压而光武帝不以为冒犯,并不突出光武帝爱惜贤才,而强调二人深厚的交情。第三句描写严光才能虽然足以为帝王师,又受到君主的礼遇赏识,更与国君有深厚的交谊，却高洁傲岸、一心隐逸，没有建功立业、将画像挂在云台之上的追求。第四句描写严光具有高尚品格，故在隐居的富春江边留下了万古不朽的美名。全诗流露出作者对严光的敬仰和赞美之情。

元　萨都剌　严陵钓台图

贯 休

贯休（832—912），俗姓姜，字德隐，号禅月大师，婺州兰溪（今浙江兰溪）人。大中六年（852）受具足戒后，在五泄山修习苦行十年。天复元年至三年（901—903）间西行赴蜀，受到王建礼遇，终老蜀中。有《西岳集》，死后弟子昙域重编为《禅月集》。贯休咸通十二年末至十四年（871—873）在睦州刺史冯岩的资助下曾寓居桐江，景福二年（893）前后又居灵隐寺，曾向钱镠献诗，与方干、罗隐、李频等浙江籍诗人也有交往唱和。

献钱尚父 [1]

贵逼人来不自由，龙骧凤翥势难收。[2]

满堂花醉三千客，一剑霜寒十四州。[3]

鼓角揭天嘉气冷，风涛动地海山秋。

东南永作金天柱，谁羡当时万户侯。[4]

（《贯休歌诗系年笺注》卷二六）

注 释

[1] 尚父：原为周武王对吕尚的尊称，意为可尊敬的父辈。后世用为

尊礼大臣的称号，此指钱镠。钱镠（852—932），字具美，杭州临安（今杭州市临安区）人。五代时吴越国的建立者。天祐四年（907）朱全忠灭唐，建立后梁；乾化二年（912）朱全忠的儿子朱友珪弑父篡位，为安抚钱镠，尊钱镠为"尚父"。　[2]贵逼人来：不求富贵而富贵自来。典出《北史·杨素传》："臣但恐富贵来逼臣，臣无心图富贵。"不自由：不由自主。龙骧凤翥：形容发奋有为。"龙骧"句一作"几年勤苦踏林丘"。　[3]三千客：战国齐孟尝君、魏信陵君、赵平原君、楚春申君四公子皆喜养士，各号称门下有食客三千人。后遂以"三千客"形容门客众多。十四州：当时吴越王钱镠据有十三州加衣锦军，合称十四州。　[4]金天：黄色的天，古时以为祥瑞。此句一作"他年名上凌烟阁"。万户侯：食邑万户以上的侯，是汉代侯爵最高的一级。此指钱镠守卫东南，累著功勋，地位尊崇。

赏　析

乾化二年，朱友珪尊钱镠为"尚父"。这一年，因避黄巢之乱入浙，后居杭州灵隐寺，已经八十一岁的贯休，写了《献钱尚父》这首诗托人献给吴越国王钱镠求见。这首诗对钱镠歌功颂德，从艺术上看，比较普通。但是，这首诗里藏着一个故事，并且还有至今无法解开的谜团。钱镠读了此诗，派人去见贯休，要求贯休把"一剑霜寒十四州"改为"一剑霜寒四十州"。贯休认为钱镠只有掌控十四州的能力，不愿意改诗。他没有去见钱镠，转身千里迢迢投奔了蜀国，最终死在蜀国。八十一岁的贯休写诗奉承钱镠图什么？既然奉承却又不愿意改一个词？令人费解。

罗　隐

罗隐（833—910），原名横，字昭谏，自号江东生，杭州新城（今杭州市富阳区）人。屡试不第。光启三年（887）归谒杭州刺史钱镠，被辟为从事，又表为钱塘令，后授司勋郎中、镇海军节度判官等职。后梁开平二年（908）授吴越国给事中。与罗虬、罗邺并称"三罗"，有《甲乙集》《谗书》等。罗隐在杭州度过了生命的大半时光，归投钱镠后时有劝谏之举而惠及百姓，也留下了不少的传说。

秋日富春江行[1]

远岸平如剪，澄江静似铺。[2]

紫鳞仙客驭，金颗李衡奴。[3]

冷叠群山阔，清涵万象殊。

严陵亦高见，归卧是良图。[4]

（《罗隐集系年校笺·甲乙集》卷五）

注　释

[1]富春江：钱塘江自桐庐县至萧山区闻堰段，称富春江。　[2]"澄

江"句：化用谢朓《晚登三山还望京邑》"澄江静如练"句。　[3]紫鳞：指赤鲤。《搜神记》载赵人琴高乘赤鲤鱼从涿水中出。金颗：指柑橘。李衡奴：指橘树。三国时，丹阳太守李衡建宅种柑橘千株遗其子，呼为"千头木奴"。　[4]严陵：即严子陵，东汉著名隐士，归隐富春江畔。

赏　析

　　这首诗写诗人游赏富春江秋景而动归隐之兴。首联用两个比喻写江水的静美，又以"剪""铺"二字增加了画面的动态感。颔联借赤鲤的典故写山水清佳而有灵气，借橘突出节令。依次看过齐整的江岸、平静的江面、游动的鲤鱼、果实金黄的橘树，最令诗人喜爱的仍是缓缓流动的江水，诗人把"冷""清"放在诗句开头，突出了这两个词所含的感官感受，并使这样的感受笼罩了江水映照的"群山""万象"，极写富春江之清澈静秀，包容开阔。诗人陶醉于这样的清景佳境，以至于生出隐居的念头，而感叹严子陵归隐选择的高明。

题磻溪垂钓图 [1]

吕望当年展庙谟，直钩钓国更谁如？ [2]
若教生在西湖上，也是须供使宅鱼。 [3]

（《罗隐集系年校笺·甲乙集补编》卷二）

注 释

[1]磻溪：在陕西宝鸡市东南，源出南山，向北流入渭河。相传吕尚遇周文王之前钓于磻溪。　　[2]吕望：即吕尚，又称姜子牙。在渭水边遇周文王并受到赏识，后辅佐武王伐纣。庙谟：帝王、朝廷的谋略。直钩：相传吕尚以直钩钓鱼，不设饵。　　[3]使宅鱼：唐末五代时，钱镠据有两浙等地而建吴越国，西湖渔者每日须纳鱼数斤供给钱王宅，因钱镠曾任使职，故称"使宅鱼"。

赏 析

　　这是一首题画诗，作者借"题画"而讽谏钱王征敛繁苛的弊病。相传这首诗是罗隐于钱镠赏《磻溪垂钓图》时受命而作，诗人抓住"鱼"这一共同事物，把吕望故事与钱镠苛征联系在一起。先紧扣图画的内容，赞美吕望有治国的宏才，直钩垂钓而为君王"钓"来整个国家的基业，特意使用反问的句式，强调其功业才能无人能比。继而着眼垂钓的地方磻溪，表现出"使宅鱼"的征求给人民带来的沉重负担：哪怕是吕望，要是在今天的西湖，也只能忙于满足钱王宅的需要，哪里还能有精力"直钩钓国"助武王成就一番事业呢？讽刺意味明显。据说钱镠看了这首诗，免除了"使宅鱼"之征，可见诗人谏诤方式的巧妙，也可以看到罗隐对民生疾苦的关注。

韦 庄

韦庄（约836—910），字端己，长安杜陵（今陕西西安）人。乾宁元年（894）进士及第，历任拾遗、左补阙。天复元年（901）入蜀，任王建掌书记。劝王建称帝，建立蜀国，授左散骑常侍，迁吏部侍郎、同平章事，成为前蜀开国宰相。韦庄以词闻名，与温庭筠并称"温韦"。有《浣花集》，又编《又玄集》。韦庄于光启三年（887）十月随周宝至杭州，开始在浙江一带辗转，留下《南游富阳江中作》《桐庐县作》等诗篇。

南游富阳江中作 [1]

南去又南去，此行非自期。[2]

一帆云作伴，千里月相随。

浪迹华应笑，衰容镜每知。[3]

乡园不可问，禾黍正离离。[4]

（《韦庄集笺注》卷七）

注 释

[1] 富阳江：即富春江。　[2]"南去"二句：韦庄因镇海军乱而被迫

南下，先客居越州，又移居婺州，都是迫不得已的选择。 [3]华：同"花"。 [4]禾黍：悲悯故国破败或胜地废圮之典，出自《诗·王风·黍离》。《毛诗序》："周大夫行役，至于宗周，过故宗庙宫室，尽为禾黍，闵周室之颠覆。"离离：繁盛貌。

赏 析

这首诗为龙纪元年（889）韦庄自越州迁婺州过富阳时所作，以诗人被迫南行为背景，描写行船途中的所见所思。首联描写诗人辗转多地，颠沛流离，而又无可奈何。颔联描写孤舟一帆，远行千里，唯有云月时时相随，这也给诗人带来些许慰藉，同时内心的孤寂以及希望寻找慰藉的心理可以想见。但眼前与故乡所见的是同一轮明月，诗人却不能踏上归乡的路，又平添了一分乡愁。颈联写诗人面对容易飘零的花不禁自嘲，自己浪迹天涯居无定所，揽镜对着衰老的容颜悲叹年华已经匆匆逝去。尾联感叹故乡的情景无法询问，想来已经宫室废圮、禾黍繁盛。自己颠沛流离、年华不再的辛酸惆怅与对国家动荡不安的忧思交织在一起，更加重了内心的孤独和痛苦。

桐庐县作

钱塘江尽到桐庐，水碧山青画不如。[1]

白羽鸟飞严子濑，绿蓑人钓季鹰鱼。[2]

潭心倒影时开合,谷口闲云自卷舒。[3]

此境只应词客爱,投文空吊木玄虚。[4]

(《韦庄集笺注》卷七)

傅抱石　浙江写生册·桐庐

注　释

[1] 钱塘江:钱塘江浦阳江口东江嘴以下河段,为狭义的钱塘江。

[2] 季鹰鱼:用张翰思鲈鱼的典故。详前许浑《九日登樟亭驿楼》注。

[3]卷舒：屈伸，此处状云之聚散。　　[4]词客：擅长文词的人。木玄虚：木华，字玄虚，广川（治今河北景县西南）人。西晋著名辞赋家。今存《海赋》一篇，极负盛名。

赏　析

　　这首诗约为龙纪元年韦庄自越州迁婺州过富阳时所作。通篇围绕桐庐一带的山水胜概，如绘丹青，层层点染。"钱塘江尽到桐庐"，轻灵发笔，先叙来路；"水碧山青"点出山水是本篇的叙事主体，而"画不如"正是说桐庐山水如画更胜画。白鸟飞于严濑，绿蓑垂钓鲈鱼，点缀山水之间，静谧闲适，为画面增色。同时"严子濑""季鹰鱼"又巧借地名引严子陵、张季鹰这样超然脱俗的隐士，流露出诗人对归隐生活的钦羡。接着从俯仰两个视角继续描摹，水波荡漾，山影开合，谷口闲云自卷自舒，鲜明地表达对自然、自适的向往。最后"此境只应词客爱"隐隐以词客自居，"投文空吊木玄虚"却又自谦，转而凭吊木玄虚这样能懂得如此境界的文人，更加彰显了诗人对桐庐山水及其闲淡舒展境界的喜爱。

皮日休

皮日休（约838—约883），字逸少，后改字袭美，因曾居襄阳鹿门山，号鹿门子，又号间气布衣、醉吟先生，襄阳（今属湖北）人。咸通八年（867）进士及第，曾为太常博士。后为黄巢军所得，任命为翰林学士。巢败被杀。皮日休与陆龟蒙齐名，世称"皮陆"。有《皮子文薮》。

天竺寺八月十五日夜桂子

玉颗珊珊下月轮，殿前拾得露华新。[1]

至今不会天中事，应是姮娥掷与人。[2]

（《唐五代诗全编》卷八五八）

注 释

[1]"玉颗"二句：谓天竺寺有月落桂子的传说。珊珊，佩玉相击发出的声音，这里形容桂子落地之声。露华，桂花花瓣上鲜洁润泽的露珠。 [2]会：理解，懂得。姮娥：即嫦娥，神话人物，因偷吃了不死药而飞升至月宫。汉人为避汉文帝刘恒讳，改"姮"为"嫦"。

赏　析

  这首诗为《松陵集》收录，大约作于咸通十一年至十二年间。诗以中秋夜为背景，将赏月和赏桂结合起来，联想奇幻。旧俗所传天竺寺有月坠桂子，即月中有桂树，桂子从月亮中落下，坠于寺中。首句即写中秋之日如玉珠般的桂子从月中落下，为中秋赏月蒙上空灵神奇的色彩。次句描写殿前拾得的花瓣上凝着露珠，更显鲜洁润泽，显示出诗人对桂花的爱怜。第三句作者进一步展开联想，说不知道天上发生了什么事，让桂子落到人间。第四句感叹应该是嫦娥将桂子洒向人间。诗人将赏月与赏桂融为一体，呈现出天竺寺中秋的奇景，可谓匠心独运。整首诗想象奇幻，活泼生动，境界深邃，意象空灵。

陆龟蒙

陆龟蒙（？—约881），字鲁望，自号江湖散人、天随子、甫里先生，姑苏（今江苏苏州）人。与皮日休唱和，合称"皮陆"。举进士不第，曾任苏州、湖州从事，后归乡不出，隐居松江甫里。有《笠泽丛书》《甫里集》。陆龟蒙于咸通六年（865）曾至睦州干谒刺史陆墉，咸通七年至杭州拜访丁翰之，其间曾游览桐庐，留下不少吟咏之作。

严光钓台 [1]

片帆竿外揖清风，石立云孤万古中。

不是狂奴为故态，仲华争得黑头公？ [2]

（《唐五代诗全编》卷八七二）

注　释

[1]严光钓台：东汉著名隐士严光垂钓处，在今桐庐富春山。　[2]狂奴为故态：用光武帝称严光"狂奴故态"典故。详前王筠《东阳还经严陵濑赠萧大夫》注。仲华：东汉开国名将邓禹，字仲华，"云台十二将"之一。争得：怎得。黑头公：指年少而居高位。

赏　析

　　这首诗表现对严光的崇敬和赞美，暗含着诗人对隐居生活的向往。前两句写舟行见钓台，在船上远"揖"严光清风，仰见钓台傲然挺立、孤云飘逸特出，一如严光的高风万古不朽，"揖""万古"可见对严光的尊崇，"清风""孤"突出严光孤高特立的风姿。后两句以议论出之，将严光与东汉开国功臣邓禹作对比，特用反问的句式强调其倨傲狂放的个性以及出众的才能，而拥有这样的才能却选择隐居，更可见其高洁，表现出诗人对严光的极力推崇。从中也不难看出诗人对隐士人格操守的赞美，对隐逸生活的追求。

吴 融

吴融(？—903)，字子华，越州山阴（今浙江绍兴）人。唐昭宗龙纪元年（889）中进士第，官至户部侍郎、翰林学士承旨。有《唐英歌诗》。吴融多次途经或游历富春江、西陵渡，留下了《西陵夜居》《富春》等诗篇。

富 春[1]

水送山迎入富春，一川如画晚晴新。

云低远渡帆来重，潮落寒沙鸟下频。

未必柳间无谢客，也应花里有秦人。[2]

严光万古清风在，不敢停桡更问津。[3]

（《唐五代诗全编》卷八九〇）

注 释

[1]富春：古县名，今杭州市富阳区。 [2]谢客：南朝诗人谢灵运，小名客儿，人称"谢客"，为中国山水诗鼻祖。秦人：陶渊明《桃花源记》记载，秦人为避乱进入桃花源，与外界隔绝。这里指隐居避世的人。 [3]严光：字子陵，东汉著名隐士，曾隐于富春。桡：船桨。

问津：打听渡口。用《桃花源记》"后遂无问津者"语。

赏　析

　　这首诗描写作者乘船经过富春的所见所感。首联描写富春的总体风貌，水波荡漾缓缓相送，山峦连绵迎面而来。晚晴新霁，更显山水如画，畅怀悦目。颔联承接首联，描写夕阳晚照，云脚低垂，远处驶来的帆船显得更加沉重；潮水退去，鸟儿频频落到沙洲之上，进一步写出雨霁天晴时富春的明丽生动。颈联开始从富春的景转到富春的人，岸边柳间花里未必没有纵情山水、隐居避世之人。在此处，诗人引谢灵运和桃花源中人，展现了富春避世隐居的传统和诗人对归隐生活的钦羡。尾联诗人称赞严光不慕名利、隐居不仕的高洁情操，为自己为名利奔波而感到惭愧，因此"不敢停桡更问津"。诗人既渴望远离俗世、归隐山林，却又不得不为了国家前途和个人命运在官场沉浮，展现出矛盾、徘徊、忧郁的心绪。

郑 谷

郑谷（约851—约910），字守愚，宜春（今属江西）人。光启三年（887）登进士第。官至都官郎中，世称"郑都官"。郑谷曾写《鹧鸪》诗闻名，人称"郑鹧鸪"。有《云台编》，又称《郑守愚文集》。

登杭州城

漠漠江天外，登临返照间。

潮来无别浦，木落见他山。[1]

沙鸟晴飞远，渔人夜唱闲。[2]

岁穷归未得，心逐片帆还。[3]

（《郑谷诗集笺注》卷一）

注　释

[1]别浦：河流入江海之处称浦，古人多于水滨送别，故称水滨为别浦。　[2]沙鸟：沙滩或沙洲上栖息的水鸟。　[3]岁穷：岁终，岁末。

赏　析

　　唐昭宗大顺年间，郑谷曾游江南，本诗当为此时所作。首联是描摹杭州城外之景，是远望所见：浩渺无际的江天之外，落日的返照使得山光水色交织成一幅瑰丽的画面。颔联描写潮涨时的情景：潮水到来的时候，江海相连，连别浦都看不到；树叶飘落，远处的山峰都清晰可见。颈联描写潮水退后的景象：作者观赏着沙滩上的水鸟在晴空中越飞越远，聆听渔人夜晚消闲时动听的歌声。尾联是作者发出的感慨，看到如此优美的景色，不由得想到家乡的风景，于是内心便随着片帆去往家乡。

钱 镠

　　钱镠（852—932），字具美，一作巨美，小字婆留，杭州临安（今杭州市临安区）人。五代时吴越国的建立者，谥号武肃王。后梁龙德三年（923），吴越国建国，定都杭州。钱镠在位期间采取保境安民的政策，使吴越国经济繁荣，渔盐桑蚕之利甲于江南。他注重水利，修筑海塘，疏浚内湖，两浙民间称其为"海龙王"。有《武肃王集》。

筑 塘[1]

天分浙水应东溟，日夜波涛不暂停。[2]
千尺巨堤冲欲裂，万人力御势须平。[3]
吴都地窄兵师广，罗刹名高海众狞。[4]
为报龙神并水府，钱塘且借作钱城。

（《唐五代诗全编》卷一〇〇四）

注 释

[1]塘：指钱塘江沿岸捍海石塘。　　[2]东溟：东海。　　[3]御：抗拒，抵挡。　　[4]罗刹：佛教中指恶鬼。钱塘江古有"罗刹江"之名。

宋　佚名　钱塘观潮图

赏　析

　　这首诗是钱镠后梁开平四年（910）修筑捍海石塘，治理长江水患时所作。开篇气象宏大，钱塘江为上天所赐，直贯东海之滨，波涛汹涌，昼夜不息。千尺巨堤在汹涌的波涛冲击下几近碎裂，但万人之力与之相抗，誓要将这汹涌的势头平息。"千尺"体现出江潮汹涌澎湃,有排山倒海之势;"万人"体现出军民万众一心、人定胜天之志。紧接着表明了修筑海塘的必要性:杭州地域狭窄却军队众多,钱塘江如同食人的恶魔,水患不断,威胁军民的安全,不得不治。最后请求龙神和水府允许他借用钱塘江的水域来修筑海塘,使其变为保护百姓的坚固城池。诗末的祷告体现了钱镠对自然和神灵的敬畏与虔诚,也展现出他挑战自然、造福百姓的勇气和决心。

石镜山[1]

卅岁遨游在此山,曾惊一石立山前。[2]

未能显瑞披榛莽,盖为平凶有岁年。[3]

昨返锦门停驷马,遂开灵岫种青莲。[4]

三吴百粤兴金地,永与军民作福田。[5]

(《唐五代诗全编》卷一〇〇四)

注 释

[1] 石镜山:位于杭州市临安区锦城街道锦桥社区,是功臣山西侧、锦溪南侧一座孤立的小石山。这首诗约作于光化四年(901)后不久,时钱镠已是镇海、镇东两军节度使并被封为南康王。他"衣锦还乡"时特地去了石镜山。诗前原序:"咸通中,予方龆龀,尝戏玩临安山下。忽见一石屹然自立,当甚惊异。自后便在军门四十余年。昨回乡

里,复寻此石,见岩峦秀拔,山势回抱,堪为法王精舍。遂创禅关,以此石为尊像之座,表其感应,因成七言四韵。" [2]丱(guàn)岁:幼年。丱,儿童束发成两角的样子。 [3]披:劈开,裂开。榛莽:丛杂的草木,喻艰危、荒乱。 [4]驷马:指显贵者所乘的驾四匹马的高车。灵岫:指仙山的峰峦。 [5]三吴:晋指吴兴、吴郡、会稽,唐指吴兴、吴郡、丹阳。百粤:即百越。金地:土地的美称。

赏 析

这首诗是诗人衣锦还乡时回忆过往、展望未来的意气风发之作。首联描写诗人年幼时在石镜山游玩,对山前矗立的一块巨石感到惊奇。颔联感叹这块巨石未能显现出吉祥的瑞气,反而被茂密的灌木丛所掩盖,大抵是因为那些年战乱频仍,无人在意山上的怪石。这两联说明了诗人与石镜山的渊源以及对石镜山奇石未能得到应有重视的惋惜,为后文开山立寺做铺垫。颈联从回忆转换到现实。如今自己衣锦还乡,思及过往,于是在灵秀的山峦间开创寺庙。尾联展望三吴百越的广阔之地能够成为繁荣昌盛的宝地,永远为军民带来福祉和安宁。回忆、现实与未来展望交织,体现出诗人对自然的赞叹与敬畏,对故乡的热爱与眷恋,以及作为君主对国家和平繁荣的期许。

齐 己

齐己（约860—约937），俗名胡得生，晚年自号衡岳沙门，潭州益阳（今属湖南）人。后梁时曾为龙兴寺僧正。有《白莲集》《风骚旨格》。齐己青年时云游四方，东游吴越经过钱塘，留下了《秋日钱塘作》《严陵钓台》等诗篇。

秋日钱塘作[1]

秋光明水国，游子倚长亭。[2]

海浸全吴白，山澄百越青。[3]

英雄贵黎庶，封土绝精灵。[4]

勾践魂如在，应惭战血腥。[5]

（《齐己诗集校注》卷二）

注 释

[1]钱塘：今杭州。 [2]长亭：古时设在城外路边供行人休息的亭舍。 [3]吴：指吴地，长江中下游一带。杭州地区曾属吴国。百越：本指古代中国南方沿海一带古越族人分布的地区，钱塘江以南古时属于越地。 [4]黎庶：黎民百姓。封土：封闭坟墓，堆土成包，也就

是俗称的坟头。精灵：鬼怪，神灵。　[5]勾践：春秋末越国国君，曾败于吴王夫差，后卧薪尝胆，终灭吴国，大会诸侯，成为霸主。

赏　析

　　这首诗以钱塘秋景发端，秋高气爽，水光潋滟，游子倚着江边的长亭，呈现出宁静明丽的秋日景象。潮水上涌，整个吴地连成白茫茫的一片；山色澄澈青翠，延伸至百越之地。"全吴"和"百越"有夸张之感，使视野更加开阔；"白"和"青"色彩对比鲜明，更彰显了钱塘的壮丽。钱塘和平安宁，景色明丽，为下文对历史的追思做好了铺垫。真正的英雄以民为贵，当他们长眠于地底，他们的灵魂和美好的品质也就与世隔绝。如果勾践的灵魂仍在，面对眼前的和平景象，或许会对自己发动残忍血腥的战争感到惭愧。古今对比，深刻地表达了诗人对历史的反思、对战争的谴责以及对和平的珍视。晚唐五代战乱频仍，民不聊生，诗人对历史的反思亦是对当时统治者的警示。

浙江诗话

宋元

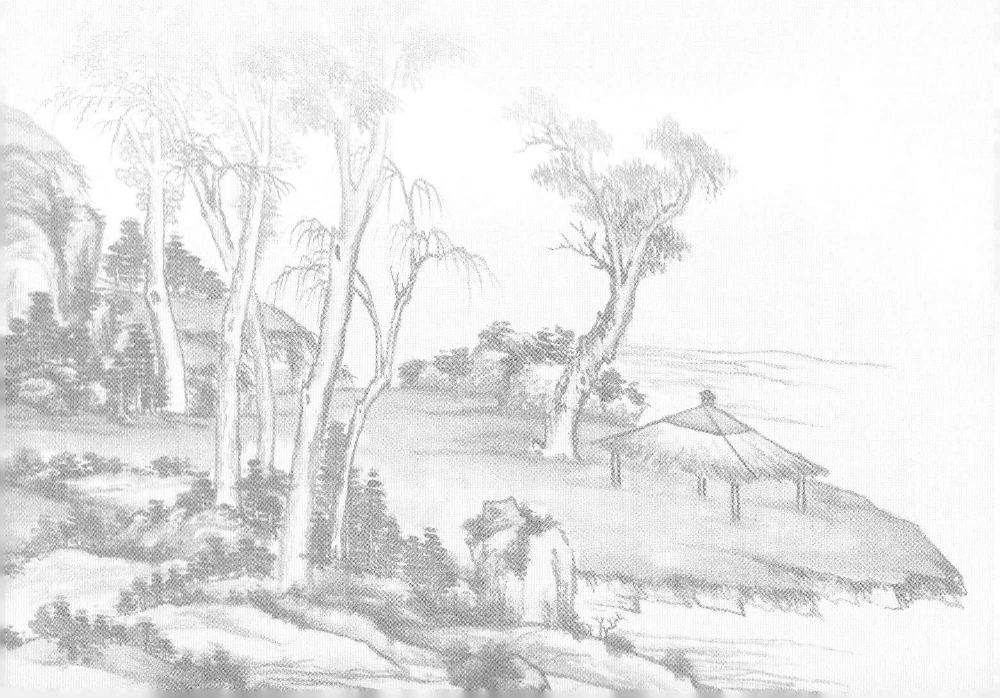

潘　阆

　　潘阆（？—1009），字梦空，号逍遥子，大名（今属河北）人，一说广陵（今江苏扬州）人。至道元年（995），以能诗受召见，赐进士及第，试国子四门助教，后授滁州参军。有《逍遥集》。潘阆晚年旅居杭州，悠游钱塘山水之间，死后朝廷遣道士冯德之迁其遗骨葬于杭州。其咏杭州词有《酒泉子》十首，诗有《钱塘秋夕旅舍感怀》等。

酒泉子（其十）

　　长忆观潮，满郭人争江上望。来疑沧海尽成空，万面鼓声中。　　弄潮儿向涛头立，手把红旗旗不湿。[1]别来几向梦中看，梦觉尚心寒。[2]

（《全宋词·潘阆》）

注　释

[1]弄潮儿：在潮中戏水的人。　[2]觉：睡醒。心寒：惊心。

赏 析

　　这首词上片描写了观潮盛况，展现了大自然的壮观和奇伟。"满郭人争江上望"显示了杭州人爱观潮；"来疑沧海尽成空，万面鼓声中"描绘了潮水来临时的声势，仿佛大海的水都被倒空，潮声如同万面战鼓同时擂响。下片描述弄潮儿的英勇无畏，他们站立于潮头，手举红旗而旗不湿，展现了人与自然奋力搏斗的大无畏精神。整首词生动、形象，如同画卷，具有很强的艺术感染力。对照《武林旧事》卷三"观潮"："浙江之潮……际天而来，大声如雷霆，震撼激射，吞天沃日……吴儿善泅者数百，皆披发文身，手持十幅大彩旗，争先鼓勇，溯迎而上，出没于鲸波万仞中，腾身百变，而旗尾略不沾湿。"就更可以理解潘阆梦中忆观潮，醒来犹惊心了。

林 逋

　　林逋（967—1028），字君复，钱塘（今浙江杭州）人。终生不仕不娶。性孤高恬淡，无视名利。景德中遨游江淮等地，归后结庐西湖孤山。归隐时种梅养鹤，号"梅妻鹤子"。天圣六年（1028）卒，谥"和靖先生"。有《林和靖诗集》。诗词风格淡远，多写隐逸生活和闲适心情，有《西湖》《山园小梅》等。

山园小梅二首（其一）

众芳摇落独暄妍，占尽风情向小园。[1]

疏影横斜水清浅，暗香浮动月黄昏。[2]

霜禽欲下先偷眼，粉蝶如知合断魂。[3]

幸有微吟可相狎，不须檀板共金尊。[4]

（《林和靖集》卷二）

注 释

[1]暄妍：景物明媚鲜丽。　[2]疏影横斜：疏落的梅花投在水中的影子。暗香浮动：梅花散发的幽香随风飘浮。　[3]霜禽：羽毛白色的禽鸟，诗中指白鹤。断魂：销魂。　[4]狎：亲近。檀板：檀木制

成的拍板，歌唱或演奏音乐时用以打拍子，这里泛指乐器。

赏　析

　　林逋《山园小梅》诗共有两首，此为第一首。林逋爱梅成癖，他眼中的梅含波带情，笔下的梅更是引人入胜。一个"独"字，一个"尽"字，显示了梅花独特的生活环境、不同凡响的性格和引人入胜的风韵。此诗最为人称颂的是颔联，被宋代诗人王十朋誉为"暗香和月入佳句，压尽今古无诗才"。其实这联是"借"了唐代诗人江为的句子："竹影横斜水清浅，桂香浮动月黄昏。"林逋只改了两个字，却可谓点石成金。明代邓伯羔在《艺彀》里评价说："更竹为疏，更桂为暗，移以咏梅花，遂为千古绝唱。"诗人写出了梅花与"众芳"不同的神清骨秀、高洁端庄、幽独超逸的独特气质风姿，表达出诗人愿与梅花化而为一的精神追求。

长相思 惜别

　　吴山青，越山青，两岸青山相送迎。[1]谁知离别情？　君泪盈，妾泪盈，罗带同心结未成。[2]江头潮已平。

（《林和靖集》卷四）

注 释

[1]吴山：指钱塘江北岸的山，此地古代属吴国。越山：钱塘江南岸的山，此地古代属越国。　[2]罗带：古代男女定情物，以香罗带打成菱形结子，称结同心。南朝《钱唐苏小歌》："何处结同心？西陵松柏下。"

赏 析

这首小令以一女子的口吻，诉说有情人未能成为眷属而分离的场景和心情。尽管"吴山青，越山青"，都是青山胜景，但是一条钱塘江像天堑那样把两岸的青山分离了，象征着这对有情人被分离的无奈。"君泪盈，妾泪盈"，由写景转入抒情。临别之际，泪眼相对，无语凝噎。是什么原因使得"罗带同心结未成"？词里没有交代，看来一定是一种他们无法反抗的力量，只能认命洒泪而别。相送到江边，已经是尽头，"潮已平"，船起航，一江恨水向东流。林逋用清新自然的语言，写出了吴越青山绿水间的一段风情，传达出一种隽永空茫、余味无穷的意境。不知道这是林逋自身的经历，还是耳闻目睹的他人情事，惜不可考。

柳　永

柳永（约987—约1053），原名三变，字景庄，后改名永，字耆卿，又称柳七，崇安（今福建武夷山市）人。景祐元年（1034）进士及第。官至屯田员外郎。有《乐章集》。柳永曾三次驻足杭州，并担任余杭县令。杭州见证了柳永快意、失意、漫游、为官的不同人生阶段，在他生命中占有重要的地位。其著名词作有《望海潮》《两同心》《满江红》等。

满江红

暮雨初收，长川静、征帆夜落。临岛屿、蓼烟疏淡，苇风萧索。[1]几许渔人飞短艇，尽载灯火归村落。遣行客、当此念回程，伤漂泊。　　桐江好，烟漠漠。[2]波似染，山如削。绕严陵滩畔，鹭飞鱼跃。游宦区区成底事，平生况有云泉约。[3]归去来、一曲仲宣吟，从军乐。[4]

（《乐章集校笺》卷下）

注　释

[1]蓼烟：笼罩着蓼草的烟雾。蓼，水蓼，一种生长在水边的植物。
[2]漠漠：弥漫的样子。　[3]底事：何事。云泉约：与白云清泉相约，引申为归隐山林的愿望。　[4]归去来：陶渊明著《归去来兮辞》以抒归隐之志，故后用"归去来"为归隐之典。从军乐：即《从军行》。王粲曾作《从军行》五首，主要抒发行役之苦和思归之情。

赏　析

这首词下片有言桐江、严陵滩景色，推断作于景祐元年柳永赴睦州任官途经严陵滩之时。此时柳永受睦州知州吕蔚举荐，却因"未有善状"受阻，郁郁不乐，因而成词。上片首、次二韵摘烟云川雨诸自然景，动中取静，状凄清桐江之色。第三、四韵由静转动，作者望见江岸万家灯火、炊烟归舟，想到自身已飘零半生，举荐受阻，单栖独宿，触动归思。下片换头仍以景色起，前三韵状桐江日景，碧波似染，鱼跃鹭翔，闲适而美好。在这样的环境下，作者不愿再宦游羁旅，于是生出归隐之情。全词上下片结构相似，内容递进，绘桐江日夜之景，叙羁旅愁苦之怀，抒退居归隐之情，情景兼融，委婉曲折。

望海潮

　　东南形胜，江吴都会，钱塘自古繁华。[1]烟柳画桥，风帘翠幕，参差十万人家。云树绕堤沙，怒涛卷霜雪，天堑无涯。[2]市列珠玑，户盈罗绮，竞豪奢。[3]　　重湖叠巘清嘉，有三秋桂子，十里荷花。[4]羌管弄晴，菱歌泛夜，嬉嬉钓叟莲娃。[5]千骑拥高牙，乘醉听箫鼓，吟赏烟霞。[6]异日图将好景，归去凤池夸。[7]

（《乐章集校笺》卷下）

注　释

[1]形胜：地理条件优越。江吴：指北宋时期的两浙路地区。一作"三吴"。都会：大都市。北宋杭州为两浙路所属十二州之首，为江吴之间的一大都会。　[2]云树：树木远望似云。天堑：这里指钱塘江。[3]珠玑：珍宝。盈：满。　[4]重湖：指西湖。因西湖有外西湖、里西湖，故称。巘：小山峰。清嘉：清秀美丽。三秋：秋季第三个月，即农历九月。　[5]羌管：笛子。菱歌：采菱之歌。泛夜：指在夜间飞扬。莲娃：采莲的姑娘。　[6]千骑：形容州郡长官出行时随从众多。高牙：古代将军的旗杆用象牙装饰，这里指仪仗旗帜。箫鼓：箫与鼓，泛指奏乐，常用来形容都市的繁盛。烟霞：山水美景。　[7]异

日：他日。图：描绘。凤池：即凤凰池，原指皇帝禁苑中的池沼，这里指朝廷。

赏　析

相传此词系柳永为拜见杭州知州孙沔而写的应酬之作，却以浓墨重彩全景式描绘北宋杭州繁华和西湖美景而流传于世，其中"钱塘自古繁华""三秋桂子，十里荷花"等更成为介绍杭州时经常引用的名句。上片先点出杭州地理位置的重要、历史的悠久，然后从各个侧面着墨杭州的繁华，特别是"市列"三句，通过"珠玑"和"罗绮"两个细节把市场的繁荣、市民的殷富充分展示出来，"竞豪奢"写出了达官贵人的穷奢极欲。下片重点描写西湖美景。其中"三秋桂子，十里荷花"，把西湖乃至整个杭州最美的特征概括出来，艺术感很强。整首词栩栩如生的描绘，生动地展现出了一幅富饶美丽的杭州图卷。据《鹤林玉露》记述，金主完颜亮是因为读到了这首词才起了南侵之意，未辨真伪。

范仲淹

范仲淹（989—1052），字希文，祖籍邠州（今陕西彬州），移居苏州吴县（今江苏苏州）。大中祥符八年（1015）进士及第。官至参知政事，主持庆历新政。皇祐四年（1052）卒，谥"文正"。有《范文正公集》。范仲淹曾两次任官杭州，即景祐元年（1034）知睦州与皇祐元年（1049）知杭州。在杭州任职期间政绩斐然，受到百姓爱戴。在杭著述诗文众多，诗有《萧洒桐庐郡十绝》，文有《杭州谢上表》等。

过余杭白塔寺[1]

登临江上寺，迁客特依依。[2]

远水欲天际，孤舟曾未归。

乱峰藏好处，幽鹭得闲飞。

多少天真趣，遥心结翠微。[3]

（《范仲淹全集·文集》卷五）

注　释

[1]余杭：杭州别称。白塔寺：原名显圣院，北宋时在杭州闸口白塔

岭上,临钱塘江,现已不存。原寺中有白塔,建于吴越国时期,白塔寺因此而得名。　[2]迁客:被贬斥放逐的官员。依依:留恋。[3]遥心:心向远方。翠微:指青山。

赏　析

　　这首诗是皇祐元年范仲淹任杭州知州时所作。诗人"登临江上寺",极目远望,江水滔滔,苍茫无限,犹如漫漫人生路。作为被贬之人,诗人不由得想起过往,留恋那些为国解忧、为民操劳的经历。近看眼前,乱峰之间有着美丽的景色,幽静的白鹭自在飞翔,引发了年迈且多病的诗人回归故乡的情思。整首诗将自然景观的描绘与诗人的内心感受以及对理想生活的向往,很好地融合在一起。范仲淹到任杭州第二年就遇上"两浙路大饥荒,粮价奇高,道有饿殍,饥民流移满路",他多次上书朝廷请求调粮,却迟迟没有回音,只能设法采取高价引粮入杭、以工代赈、鼓励消费等举措自救,使杭州百姓渡过难关。

萧洒桐庐郡十绝(其一)[1]

萧洒桐庐郡,乌龙山霭中。[2]

使君无一事,心共白云空。

(《范仲淹全集·文集》卷五)

注　释

[1]桐庐郡：睦州的别称。明道二年（1033），范仲淹因谏废郭皇后，被贬为睦州知州。次年作《萧洒桐庐郡十绝》，地域上涉及睦州全境。此为第一首，写睦州州治建德风情。萧洒：景致清丽爽朗。杜甫《玉华宫》诗："万籁真笙竽，秋色正萧洒。"　[2]乌龙山：位于睦州城东北面，今建德市梅城镇东北。因山石乌黑，蜿蜒如龙而得名。山中多名寺古迹。

赏　析

这是组诗中的第一首。尽管诗人信而见疑，落得贬谪境地，但诗歌却并未展现伤怀或愤懑之情。相反，首联以"萧洒"二字总起，复摘乌龙山云霞入诗，寄情山水，将贬谪之地描述为快意悠然之地。诗人远离了朝堂上的钩心斗角和尔虞我诈，逐渐接近山明水秀的睦州，心境也随之超脱自然，仿佛与白云融合无间。"萧洒桐庐郡"五字奠定了整组诗的情感基调，故而十首诗都以这五个字领起，形成总体相互勾连、各首又有相对侧重的格局。此后的每一首诗都着重描写睦州的一处景色，如青山、石泉等，相互呼应，共同建构起这一远离纷争的世外桃源，亦展露诗人闲适悠然的旨趣。

忆杭州西湖

长忆西湖胜鉴湖，春波千顷绿如铺。[1]

吾皇不让明皇美,可赐疏狂贺老无?[2]

(《范仲淹全集·文集》卷四)

注 释

[1]鉴湖:原称镜湖,相传黄帝铸镜于此,故名。宋时因避北宋皇帝赵匡胤祖父赵敬之讳,改名鉴湖。位于今浙江绍兴西南,会稽山北,为绍兴名胜之一。这里用来与杭州西湖对比。　[2]明皇:即唐玄宗李隆基。贺老:即贺知章。这里用天宝三载(744)贺知章年老请求还乡,唐玄宗诏赐镜湖剡川一曲的典故。

赏 析

这首诗或作于康定元年(1040)范仲淹知越州这段时期。诗歌首联扣题,将西湖与他当时所在的绍兴鉴湖作比。作诗时应当是春天,范仲淹望着鉴湖春波泛泛,湖水翠绿动人,却回想到景祐元年时在杭州行旅的经历。彼时他被贬睦州,但江南以柔美的水乡风光抚慰了失意的他,使其体会到归隐的闲适意趣。西湖水面面积是鉴湖的两倍还多,既然鉴湖此时正是碧波荡漾之时,那相隔不远的西湖也应是春和景明。进而范仲淹引用鉴湖贺知章的典故以赞誉西湖。唐明皇"赐鉴湖一曲"与贺知章"请求辞官,入道还乡"早已传为美谈。鉴湖易隐,而西湖则更胜之,因此在诗歌尾联,范仲淹以一疑问为结:能否在杭州忘却尘世繁杂,与西湖共住?欲隐之情,不言而喻。

梅尧臣

梅尧臣(1002—1060),字圣俞,世称"梅宛陵",宣州宣城(今属安徽)人,祖籍吴兴(今浙江湖州)。皇祐三年(1051)得宋仁宗召试,赐同进士出身。曾官国子监直讲、都官员外郎,世称"梅直讲""梅都官"。有《宛陵先生文集》。梅尧臣在天圣四年(1026)春过杭州,偕僧虚白访林逋于西湖上,顺物玩情,属文赋诗,留下大量诗文,如诗有《对雪忆往岁钱塘西湖访林逋三首》《送韩六玉汝宰钱塘》等。

对雪忆往岁钱塘西湖访林逋三首(其一)

昔乘野艇向湖上,泊岸去寻高士初。[1]

折竹压篱曾碍过,却穿松下到茅庐。

(《梅尧臣集编年校注》卷一七)

注 释

[1]高士:志趣、品行高尚的人,多指隐士。这里指代所拜访的对象林逋。

赏　析

这首诗或写于庆历八年（1048）春梅尧臣在京时。同年有《送韩六玉汝宰钱塘》："顷寻高士庐，正值浸湖雪……今逾二十年，志愿徒切切。"按梅尧臣游杭州在天圣四年春，时隔二十二年。这是组诗第一首。作者望见京城初春飞雪，思绪飘回二十二年前的钱塘，彼时亦是"倾耳无希声，在目浩已洁"，他正乘船湖上寻找隐者林逋。作为被访者的林逋并没有在诗中出现，但梅尧臣仅摘取拜访途中简单的片段，就速写出一位深居山林的隐士逸姿。走在西湖群山之中，折竹压篱，阻碍道路，只得另从松下穿过，才得以见到林逋的茅庐。并不需要更多的描述，此处万籁俱寂、远离尘世的环境已跃然纸上。

赵 抃

赵抃（1008—1084），字阅道，号知非子，衢州西安（今浙江衢州）人。景祐元年（1034）进士及第。官至太子少保。有《赵清献集》。赵抃在熙宁三年（1070）四月与熙宁十年（1077）五月曾两次出知杭州，任职期间，宽严相济，体恤百姓，解决了杭州蝗灾、盗贼泛滥等问题，受到百姓众口称赞。他在杭州留下的诗词有《次韵前人题六和寺壁》《杭州八咏》等。

次韵前人题六和寺壁[1]

上方楼殿已幽深，更向诸峰胜处寻。
金摆池鱼惊俗眼，琴调山溜写清音。[2]
红芝九本初无种，翠柏千株自有心。
众羡宫师康且寿，始知功德积来阴。[3]

（《清献集》卷四）

注 释

[1] 前人：指赵概。赵概，字叔平，宋州虞城（今属河南）人。宋仁宗天圣五年（1027）进士。累官枢密使、参知政事，以太子少师致仕。

六和寺：佛寺，名取佛教"六合敬"之意，宋太祖开宝三年（970）建于钱塘县，多有诗人题刻。今仅存六和塔。此诗颔联今刻于六和塔第三层。　[2]金摆池鱼：即观赏用金鱼。杭州六和塔是观赏用金鱼的发源地，塔西侧有"六和金鱼苑"。山溜：山间向下倾注的细小水流。[3]官师：即太子少师。时赵概官太子少师。

赏　析

　　这首诗大约作于赵抃第二次知杭州时，这时赵抃已功成名就。诗中所写六和寺自创建始便受到文人墨客的关注，历代有诗文题刻其上，此诗便是赵抃用前人题刻诗韵写成的。首联叙事，作者站在六和塔高处，塔深幽幽，望向远方西湖群山，由近及远，"寻"字奠定整首诗歌线索。颔、颈二联换景亦按照由近及远顺序进行。作者先是看到位于塔下的六和金鱼苑，进而耳闻远方空谷传响，山涧流水潺潺，琴声合奏更显清幽。灵芝长于塔下，本无心却自然长成；柏树郁郁葱葱，自是有心栽种。前三联状六和寺景如在目前。尾联则说回题目中的赵概，恭维他任上多施善政，积攒功德，因此得以"康且寿"。

赵　祯

赵祯（1010—1063），即宋仁宗，原名赵受益，宋真宗赵恒第六子，北宋第四位皇帝，在位四十二年，是宋朝在位时间最长的皇帝。宋仁宗在位期间，国家经济繁荣，科学技术和文化得到了很大的发展，这一时期被后世誉为"仁宗盛治"。

赐梅挚知杭州[1]

地有湖山美，东南第一州。[2]

剖符宣政化，持橐辍才流。[3]

暂出论思列，遥分旰昃忧。[4]

循良勤抚俗，来暮听歌讴。[5]

（《全宋诗》卷三五四）

注　释

[1]梅挚（995—1059）：字公仪，成都新繁（今成都市新都区）人。宋仁宗天圣五年（1027）进士，历官大理评事、龙图阁学士等。嘉祐二年（1057），梅挚以龙图阁直学士、尚书吏部郎中出知杭州，宋仁宗作此诗送行。　[2]湖山：杭州的西湖和周围的群山。东南第一

州：杭州地处东南，是当时东南地区最繁荣的城市之一。　[3]"剖符"二句：意思是宋仁宗暂时让梅挚这位有才的侍臣离开身边，到外地任职。剖符，皇帝授予官员符节。宣政化，宣布政令、教化百姓。持橐，"持橐簪笔"的简称，谓侍从之臣携带书和笔，以备顾问。辍，舍弃。才流，才士。　[4]"暂出"二句：承接颔联，意谓梅挚虽然暂时不能参与朝政讨论，但在外地任地方官可为皇帝分忧。论思，讨论、思考，特指皇帝与臣子的讨论。列，行列。旰昃，天晚，多用于颂扬帝王勤于政事。　[5]循良：指官吏奉公守法。勤抚俗：勤勉地安抚百姓。"来暮"句：用《后汉书·廉范传》典故，指民间称颂地方官吏施行善政。东汉廉范字叔度，任蜀郡太守时，废除禁止百姓夜间点灯做事的制度。百姓为作《五袴歌》："廉叔度，来何暮？不禁火，民安作。平生无襦今五袴。"

赏　析

　　嘉祐二年，梅挚出知杭州，宋仁宗赵祯亲自写了这首诗送行。这首诗通过对杭州自然美景的描绘，展现了杭州的繁荣和美丽；同时要求梅挚以善政勤勉治理杭州，为朝廷分忧，并对梅挚提出了要赢得杭州百姓的爱戴和歌颂的期望。整首诗不仅赞美了杭州的自然风光，更通过梅挚的形象，展现了一个贤能官员的品德和政绩，体现了宋仁宗对贤臣的赏识。梅挚为报皇恩，在吴山顶上建了一座楼台，取名"有美堂"，即源自此诗首句"地有湖山美"。并请欧阳修写了一篇《有美堂记》，又请北宋著名书法家蔡襄为之书丹，勒石立碑于有美堂前。于是，一个著名景点就这样诞生于吴山之上，此后文人雅士如苏轼等经常登临赏景、吟诗赋词。可惜今已不存。

明　仇英　钱塘胜景图

蔡 襄

蔡襄（1012—1067），字君谟，兴化军仙游（今属福建）人。天圣八年（1030）进士及第。官至福建路转运使，知开封、福州、泉州、杭州府事。有《蔡忠惠集》。蔡襄在杭任职期间不仅恪尽职守，而且留下了不少脍炙人口的诗文，如诗有《和江上观潮》，文有《游径山记》等。

和江上观潮[1]

地卷天回出海东，人间何事可争雄。
千年浪说鸱夷怒，一信全疑渤澥空。[2]
寂静最宜闻夜枕，峥嵘须待驾秋风。[3]
寻思物理真难测，随月亏圆亦未通。

（《蔡襄集》卷七）

注 释

[1] 江：指钱塘江。这首诗是治平三年（1066）蔡襄知杭州时所作。
[2] 鸱夷怒：用伍子胥典。渤澥：此指东海。　[3] 峥嵘：本指高峻的山峰，这里指海潮波涛汹涌，与上句"寂静"对应。

赏 析

《蔡襄集》此诗前后几首均为和孙推官诗，推断彼时孙推官有《江上观潮》诗，此诗为蔡襄和作。这是一首典型的宋代说理诗。首、颔二联主状大潮之景色，颈、尾二联主言作者之情思。首联以钱塘大潮为切入点，上句"地卷天回"直写潮水之浩荡，下句将钱塘潮与人间万事作对比，再言潮水壮阔，非人事可比。此"人间何事"虽无实指，但或许与治平二年英宗见疑事有关。颔联引伍子胥典，由写景转为怀古，并以夸张手法言潮水来时东海之水全被抽干，以状钱塘潮之盛。颈联状钱塘江有潮时的喧闹与无潮时的寂静。尾联表现作者对潮水产生原理的疑惑。全诗结构自然，状钱塘潮之景如在目前。

司马光

　　司马光（1019—1086），字君实，号迂叟，世称涑水先生，陕州夏县（今属山西）涑水乡人。宝元元年（1038）进士及第。官至尚书左仆射兼门下侍郎，为相八月。元祐元年（1086）卒，谥"文正"。有《司马文正公集》。司马光宝元二年（1039）任奉礼郎，因其父司马池知杭州，便求任苏州通判以照顾父亲，至康定元年（1040）丁母忧而返乡。杭州美景给司马光及其家人留下了深刻的印象，司马光亦为杭州留下了诸多笔墨，如诗有《西湖》，题刻有《家人卦》等。

西　湖

佳丽三吴国，湖光荡日华。[1]

鱼惊动蘋叶，燕喜掠杨花。

云过山腰黑，风驱雨脚斜。

烟波遥尽处，仿佛见渔家。

（《全宋诗》卷五〇二）

注 释

[1]三吴：江南吴地的泛称。这里特指西湖周边地区。

赏 析

  这首诗大约作于康定元年春天，此时司马光已就任苏州通判，陪着父亲司马池畅游杭州。首联总叙，言湖水映日，美景无双。自颔联至尾联重在景色描写。整体来看，三联分别对应西湖近、中、远三景，各景所描绘亦不是同一时刻的西湖景色。颔联近景是晴间西湖，鱼动蘋叶、燕掠杨花，描绘水滨灵动的生物图景。颈联中景是雨中西湖，气势骤重。远方群山黑云翻墨、雨声连绵，状风雨如晦之景如在目前。尾联远景是雨后西湖，烟波尽处是一两点灯火渔家，颇有柳暗花明之感。寥寥四十字，将西湖晴雨风雾、湖边景、湖外山、湖中人多个意象统摄，诗势起落流畅，描绘了一幅绝美的西湖佳丽图景。

王安石

　　王安石（1021—1086），字介甫，号半山，抚州临川（今江西抚州）人。庆历二年（1042）进士及第。熙宁二年（1069），升任参知政事，次年拜相，累封荆国公。王安石大力推行变法改革，成效明显。罢相后出判江宁，病逝于钟山，谥"文"，世称"王文公"。有《临川先生文集》。王安石曾知鄞县，任满回乡时逗留杭州，留下名篇，记录行迹。

游杭州圣果寺[1]

登高见山水，身在水中央。

下视楼台处，空多树木苍。

浮云连海气，落日动湖光。

偶坐吹横笛，残声入富阳。

（《王安石文集》卷一六）

注　释

[1] 圣果寺：旧址在杭州凤凰山苕帚湾内山坞。初建于隋代，后因唐代番僧文喜在寺里静坐得道而更名为"胜果"，又名"圣果"，因宋仁

宗赐"崇圣塔"额而称"崇圣寺"。南宋时圣果寺为宫廷内苑供奉之所,后屡建屡毁,整体建筑毁于清咸丰元年(1851)。圣果寺至今留下不少历史遗迹,如宋高宗手书"忠实"摩崖、石刻十八罗汉像等。

赏 析

皇祐二年(1050),王安石三十岁时知鄞县任满,回家乡临川,路过杭州走访名胜古迹写下这首诗,记录了他登高望远、欣赏山水景色的情景。首联表达了诗人身处山水之间的感受,有一种超然物外的意境。颔联通过对圣果寺周围环境的描绘,传达出一种宁静、深远的氛围。颈联通过对自然景象的描绘,展现了天空和湖面的壮丽景色。尾联则以横笛的余音作为结尾,给读者留下悠长的回味。

杭州望湖楼回马上作呈玉汝乐道[1]

水光山气碧浮浮,落日将归又少留。

从此只应长入梦,梦中还与故人游。

(《王安石文集》卷三三)

注 释

[1]望湖楼:原名看经楼,在当时的昭庆寺(故址在今杭州青少年活动中心一带)前。楼为吴越国王钱弘俶所建,宋时改名望湖楼。原建

筑早已不存，现在的望湖楼为二十世纪八十年代重建。玉汝、乐道：韩缜字玉汝，曾出使西夏；杨畋号乐道，将门之后。二人是王安石故交，在杭州一同游览西湖，登望湖楼。

赏　析

皇祐二年，王安石知鄞县任满，在回乡途中，写了四首诗记录他的杭州之行。这首诗是诗人与韩缜、杨畋一同游览西湖登望湖楼，在望湖楼下挥手分别后在马上所作。才分手就牵挂，可见朋友间情谊之浓。诗人以生动的笔触勾勒出一幅水天一色、山气蒸腾的美景，表现了自然景色的壮美；通过夕阳即将落山却又稍作停留的景象，传达出诗人对美好时光的留恋之情；接下来的"从此只应长入梦"表达了诗人因美景而引发的深深怀念，意味着这样的景色和感受会长存于记忆中；最后一句"梦中还与故人游"则直接表达了诗人与友人深厚的情谊。整首诗情感真挚，通过对自然景色的描绘和内心情感的抒发，展现了诗人对美好时光的留恋。

苏　轼

苏轼（1037—1101），字子瞻，号东坡居士，眉州眉山（今属四川）人。嘉祐二年（1057）进士。宋神宗时，曾在杭州、密州、徐州、湖州等地任职。元丰三年（1080），因"乌台诗案"被贬为黄州团练副使。复起兵部尚书、礼部尚书。又出知杭州、颍州、扬州、定州。新党执政，被贬惠州、儋州。苏轼为北宋后期文坛领袖，文为"唐宋八大家"之一，与欧阳修并称"欧苏"，又与父苏洵、弟苏辙合称"三苏"；诗与黄庭坚并称"苏黄"；词与辛弃疾合称"苏辛"；亦工书法，与蔡襄、黄庭坚、米芾并称"宋四家"。有《东坡全集》等。苏轼曾于熙宁四年（1071）通判杭州，又于元祐四年（1089）以龙图阁学士知杭州。苏轼疏浚河道，又沿西湖东西三十里修长堤，受到杭州百姓的爱戴，所修长堤就是著名的苏堤。

怀西湖寄晁美叔同年[1]

西湖天下景，游者无愚贤。

浅深随所得，谁能识其全。

嗟我本狂直，早为世所捐。[2]

独专山水乐，付与宁非天。[3]

三百六十寺，幽寻遂穷年。[4]

所至得其妙，心知口难传。

至今清夜梦，耳目余芳鲜。[5]

君持使者节，风采烁云烟。[6]

清流与碧𪩘，安肯为君妍。

胡不屏骑从，暂借僧榻眠。[7]

读我壁间诗，清凉洗烦煎。

策杖无道路，直造意所便。[8]

应逢古渔父，苇间自延缘。[9]

问道若有得，买鱼勿论钱。[10]

(《苏轼诗集合注》卷一三)

注　释

[1]晁美叔：晁端彦，字美叔，宋仁宗嘉祐二年与苏轼同榜进士。苏轼在《送晁美叔端彦发运右司赴阙》诗中有与晁端彦交往纪事。晁端彦的儿子晁说之、哥哥晁端友都与苏轼有交往，晁端友的儿子晁补之还是"苏门四学士"之一。同年：同科进士。　[2]狂直：指诗人自己的性格豪放直率。捐：抛弃。　[3]山水乐：指对山水的喜爱。宁

非天：难道不是天意吗。　　[4]幽寻：寻幽探胜。　　[5]"耳目"句：指梦中仍然能感受到西湖的清新美好。　　[6]烁云烟：形容风采超群。　　[7]胡不：何不。屏骑从：不让随从跟着。　　[8]直造：径直前往。意所便(pián)：心意安适。便，安适。　　[9]延缘：缓慢移行。[10]勿论钱：不计较金钱多少。

赏　析

熙宁七年，苏轼离开杭州，任密州（今山东诸城）知州，第二年写了这首诗寄给时在杭州任提点两浙刑狱的晁美叔。这首诗表达了诗人对西湖美景的热爱和对个人境遇的感慨。诗人将自己早年的狂放不羁和仕途受挫的经历，都化作对山水的热爱。他游历了西湖的各个角落，但西湖的真正美妙却难以用言语传达，只能存于心中，在梦境中仍能感受到西湖的美好。诗人把对西湖美好景象的回忆当作是人生情绪低落时的慰藉，由此可见他是把西湖当作"亲人"来看的。诗人也表达了对晁美叔的赞叹，认为他的风采超群。诗中还透露出诗人放下世俗、寻求心灵宁静的愿望。

於潜僧绿筠轩[1]

可使食无肉，不可使居无竹。

无肉令人瘦，无竹令人俗。

人瘦尚可肥，俗士不可医。

旁人笑此言，似高还似痴。

若对此君仍大嚼，世间那有扬州鹤？[2]

（《苏轼诗集合注》卷九）

注 释

[1]於潜：今属杭州市临安区。汉时故鄣地置丹阳郡，领於潜县，镇域为县治。宋时於潜县南有寂照寺，僧慧觉在寂照寺出家。苏轼到於潜顺便去了寂照寺，慧觉相陪游寺。绿筠轩在寂照寺内。　[2]此君：指竹子。《晋书》本传载，王徽之曾借住朋友的空宅，见没有竹子，当即命人种竹，说："何可一日无此君。"后因以"此君"为竹子的代称。大嚼：语本曹丕《与吴质书》"过屠门而大嚼，虽不得肉，贵且快意"。扬州鹤：《殷芸小说》故事，一群人相聚各谈志向，有说想当扬州刺史，有说想发财，有说想骑鹤上天做神仙。还有一人说，要"腰缠十万贯，骑鹤上扬州"，意即升官、发财、成仙都想得到。

赏 析

熙宁六年春，苏轼在杭州通判任上，轻车简从去於潜巡查，知於潜县令刁铸（苏轼同科进士）名声很好。心情愉快的苏轼去游寂照寺，对翠竹环绕的绿筠轩十分喜欢，随即写下了这首诗。这首诗明面上谈吃、谈居住环境、赞美竹，实际上在说人活在天地间，首先应该追求精神高洁，不应该太注重物质生活。人不可能做到既追求精神高洁，又追求升官、发财、成仙。诗人的选择是"可使食无肉，不可使居无竹"。在中国传统审美中，竹子象征着高洁、有气节。

宋　李德柔　竹林谈道图

催试官考较戏作 [1]

八月十五夜，月色随处好。

不择茅檐与市楼，况我官居似蓬岛。[2]

凤咮堂前野橘香，剑潭桥畔秋荷老。[3]

八月十八潮，壮观天下无。

鲲鹏水击三千里，组练长驱十万夫。

红旗青盖互明灭，黑沙白浪相吞屠。[4]

人生会合古难必，此景此行那两得？[5]

愿君闻此添蜡烛，门外白袍如立鹄。[6]

（《苏轼诗集合注》卷八）

注 释

[1]催试官：吴自牧《梦粱录》记载，"八月十五日，放贡举应试，诸州郡及各路运司，并于此日放试"。宋时规定，中秋日放榜。而此次八月十七日才出榜，故苏轼有催试官之作。　[2]市楼：市中楼房。指酒楼。　[3]凤咮堂：在杭州凤凰山下。文同《丹渊集·寄题杭州通判胡学士官居诗叙》云："在凤凰山下。此山真如凤有两翅，翅上各建一塔，而凤嘴正落所居池上。旧有一堂，在山欲落处，近葺之，谓之凤咮堂。"剑潭桥：在杭州，其地无考。王文诰认为在蜀中，苏轼此诗写其曾经为官之地（《苏轼诗集》卷八）。　[4]"八月十八潮"

六句：每年八月十八，钱塘江大潮时，浙人有执旗弄潮的风俗。《梦粱录》："每岁八月内，潮怒胜于常时。都人自十一日起，便有观者，至十六、十八日，倾城而出，车马纷纷。十八日最为繁盛……自庙子头直至六和塔……于潮未来时，下水打阵展旗，百端呈艺，号天下壮观。" [5]两得：同时兼得两种长处、两种利益。《荀子》："人一之于礼义，则两得之矣。" [6]白袍：指未做官的士人。唐士子未仕者服白袍，故以为入试士子的代称。立鹄：像伸长脖子站立着的鹄一样，形容士子们引领而望。《后汉书·袁谭传》："今整勒士马，瞻望鹄立。"

赏　析

这首诗在结构上可分为三段。"八月十五夜"六句为诗的第一段，用"月色随处好"总起，以下分述诗人所见月下景致。"八月十八潮"六句为诗的第二段，以"壮观天下无"定调，接着描写吴越健儿扬旗弄潮的英姿，在钱塘大潮里吞吐隐现的壮观景象，以呼应此总评。因为宋时规定，中秋日放榜。而此次八月十七日才出榜，第二天就是八月十八大潮，所以诗人将两种代表性的景观关联起来了。最后四句为诗的第三段，点明题意，转为对话试官的口吻。八月十五中秋之月与八月十八钱江大潮分在不同的日子，自然是难以两得。借此，诗人也将前文所写杭州自然、人文景观上升到了人生哲学的高度。最后又以催促试官加快改卷作结，则在严肃的哲理中插入了诙谐幽默的色彩。

六月二十七日望湖楼醉书五绝(其一)

黑云翻墨未遮山,白雨跳珠乱入船。[1]
卷地风来忽吹散,望湖楼下水如天。

(《苏轼诗集合注》卷七)

注 释

[1] 翻墨:打翻的墨水,形容云层很黑。白雨:指夏日阵雨的特殊景观,因雨点大而猛,在湖光山色的衬托下,显得白而透明。跳珠:跳动的水珠(珍珠)。用"跳珠"形容雨点,说明雨点大且杂乱无序。

赏 析

熙宁五年六月二十七日,苏轼和友人一起泛舟西湖,六月天气多变,由艳阳高照转为乌云密布,继而风雨大作,船夫赶紧把他们送到就近的望湖楼,他们在望湖楼上边饮酒边欣赏晴晴雨雨的西湖美景。此时苏轼诗兴大发,于是有了《六月二十七日望湖楼醉书五绝》,一口气写了五首诗。这里选的是第一首。古人常用"诗中有画"来形容笔意传神,这首诗真的如此。乌云骤聚,大雨突降,顷刻又雨过天晴,水天一色。用"翻墨"写乌云的来势,用"跳珠"描绘雨点飞溅的状态,而"卷地风来忽吹散,望湖楼下水如天"两句又把天气由大雨到晴朗之快描绘得令人神清气爽,眼前陡然一亮,境界大开。诗人更在组诗的第五首里说"故乡无此好湖山",可见他对西湖、对杭州的热爱。

望海楼晚景五绝(其一)

青山断处塔层层,隔岸人家唤欲譍。[1]
江上秋风晚来急,为传钟鼓到西兴。

(《苏轼诗集合注》卷八)

注 释

[1] 譍(yīng):《说文》释为"以言对也",即应答之意。

赏 析

  此诗写秋晚时节诗人在望海楼所见江景。起句即物起兴,勾勒出天色渐暗之时青山与塔影层层叠叠,接着以人事入景,描写黄昏之时山下居民隔江呼应的场景,以当地生活场景入诗,化凡俗而为有陌生感的雅致。这些自然与人文景物的描写,都是铺垫,是为了引出下文对江风的描写。后一联注入诗人匠心,赋予江上晚风以人的情感动作,其风急来仿佛是为了帮助人们将钟鼓之声传递到西兴。风本是无形无质之物,但是诗人以敏锐的洞察力和丰富的想象力塑造了其生动的文学形象,营造出温柔敦厚的诗境。

饮湖上初晴后雨二首（其二）

水光潋滟晴方好，山色空蒙雨亦奇。[1]

欲把西湖比西子，淡妆浓抹总相宜。[2]

（《苏轼诗集合注》卷九）

注 释

[1] 潋滟：水波荡漾的样子。空蒙：细雨迷茫的样子。　[2] 西子：即西施。

赏 析

这是苏轼吟咏西湖最脍炙人口的一首诗。前两句写西湖在晴雨的不同天气中的不同姿态。上句写晴天日照水面，水映日光，波光粼粼的明丽景象；随后转为阴雨，也并不让人遗憾，相反诗人抓住一个"奇"字，描写出雨幕中西湖山水烟雨朦胧的空灵气质。后两句更出奇制胜，发挥了奇特的想象力，把西湖比作西施，以巧思得到广大诗评家的赞誉。陈衍《宋诗精华录》云："遂成为西湖定评。"西湖也因此才有了"西子湖"的别名。其喻体有两个层面的表现：第一，字面上的相似，西湖与西子，都有一个"西"字，且都属于吴越文化区；第二，内在气质上的相似，西湖与西子都特具神韵之美，"淡妆浓抹总相宜"。一、二句以西湖晴雨之景作铺垫，转句以西子作比，结句总括两者内在的联系：西湖的晴雨之景，与西子的淡妆浓抹，正可以相互呼应；西子无论淡妆浓抹，总是美的，而西湖无论晴雨，也总是美的。这样完美的契合，极大地增强了诗人的说服力。

陌上花三首（其一）[1]

陌上花开蝴蝶飞，江山犹是昔人非。
遗民几度垂垂老，游女长歌缓缓归。

（《苏轼诗集合注》卷一〇）

注 释

[1] 题下有作者自注："游九仙山，闻里中儿歌《陌上花》。父老云，吴越王妃，每岁春必归临安，王以书遗妃曰：'陌上花开，可缓缓归矣。'吴人用其语为歌，含思宛转，听之凄然，而其词鄙野，为易之云。"

赏 析

这首诗是诗人听闻吴曲《陌上花》，以其歌情思婉转而用词粗野，故用组诗形式表现。诗共三首，此为第一首，是对吴人所歌《陌上花》事的概括叙述。首句点题，并以花开蝶飞的春景起兴，而这一春景与"陌上花开"的故事并无不同。次句引出诗歌物是人非的主题。江山依旧而人世间改朝换代，引发诗人感叹。第二联对仗工整，并化用《陌上花》之原文，以叠词"垂垂""缓缓"

相对，显示诗人对文辞的锤炼，营造出朦胧婉转的诗境。"几度"之语更表现出对历史循环的体认，并将诗歌主题升华为对王朝变迁、时移世易的思考。

虞美人 有美堂赠述古[1]

湖山信是东南美，一望弥千里。[2] 使君能得几回来？便使尊前醉倒更徘徊。[3] 沙河塘里灯初上，水调谁家唱？[4] 夜阑风静欲归时，惟有一江明月碧琉璃。[5]

（《东坡乐府笺》卷一）

注　释

[1]有美堂：嘉祐二年，梅挚出任杭州知州，宋仁宗赐诗送行，中有"地有湖山美，东南第一州"句。梅挚为报皇恩，在吴山顶上建了一座楼台，取名"有美堂"。参前赵祯《赐梅挚知杭州》。述古：陈襄，字述古，福州侯官（今属福建）人。熙宁五年知杭州，与时任杭州通判的苏轼多有唱和。　[2]"湖山"句：用宋仁宗赐诗意。弥，满。 [3]使君：汉时称州长官为使君。　[4]沙河塘：据《新唐书·地理志》，沙河塘在钱塘县旧治之南五里，唐咸通二年（861）杭州刺史崔彦曾所开。北宋时为热闹繁华之地。水调：曲调名。　[5]琉璃：一种有色半透明的矿物质，这里形容江水清澈。

赏 析

熙宁七年秋,杭州知州陈襄将调任千里之外的陈州(治今河南淮阳)知州,离杭之前宴客于有美堂,苏轼即席赋此词相赠。词上片紧扣有美堂居高临下的特点,把景物和情思交织起来,既描绘出杭州形胜的美好景色,又充分表现了陈襄留恋钱塘之意和苏轼的惜别深情。苏轼与陈襄志同道合,共事两年多,一起治蝗、赈济饥民、疏浚钱塘六井,造福一方,如今即将分隔南北,心情无法平静。下片描写华灯初上时杭州的繁华景象,江上传来的流行曲调更增添离愁别绪。离愁别绪是一种抽象的思绪,能感觉到,却看不见,摸不着,对它本身作具体描摹很困难。诗人借助灯火和歌声,既写出环境,又写出心境,极见功力之深。

瑞鹧鸪 观潮[1]

碧山影里小红旗,侬是江南踏浪儿。[2]拍手欲嘲山简醉,齐声争唱浪婆词。[3]　　西兴渡口帆初落,渔浦山头日未欹。[4]侬欲送潮歌底曲?尊前还唱使君诗。[5]

(《东坡乐府笺》卷一)

注 释

[1]观潮：指八月十八日观钱塘江大潮。　[2]小红旗：吴越风俗，弄潮儿手持小旗踏浪。侬：吴地方言，我。　[3]山简：字季伦，西晋河内怀县（今河南武陟）人。镇襄阳时，耽于酒，每出嬉游，置酒辄醉。李白《襄阳歌》："旁人借问笑何事？笑杀山公醉似泥。"浪婆词：吴地水乡曲调。浪婆，波浪之神。　[4]欹：倾斜。　[5]底：何。使君：指杭州太守陈襄。

赏 析

此为词人观看吴越健儿在钱塘江大潮之中踏浪弄潮的英姿，有感而发之作。《瑞鹧鸪》本为唐人七律谱曲而来，诗人正是用写诗的技法来写这首词。前两句不写事件的起因或是人物，而是将在如山般高大的浪潮中，吴儿踏浪翻涌腾跃招展红旗的壮观画面直接呈现，"碧山""红旗"颜色对比鲜明，气势昂扬，先声夺人。中间四句对仗工整，仍是律诗的作法。其中三、四句用古典与今典对应，书写众人观潮、弄潮的热闹氛围；五、六句以实景山水写归帆夕阳的静景。动静结合，显示出词人构篇的匠心所寄。因身处杭州，词人有意将本地方言"侬""底"之类纳入词句之中，增添了地域风味，制造了别有意趣的阅读体验。

南乡子 送述古[1]

回首乱山横，不见居人只见城。[2]谁似临平山上塔，亭亭，迎客西来送客行。[3] 归路晚风清，一枕初寒梦不成。今夜残灯斜照处，荧荧，秋雨晴时泪不晴。

（《东坡乐府笺》卷一）

注　释

[1]述古：即陈襄，见前《虞美人·有美堂赠述古》注。熙宁七年七月，陈襄移陈州，苏轼作了六首词相送，此为最后一首。　[2]"回首"句：化用唐欧阳詹《初发太原途中寄太原所思》"驱马觉渐远，回头长路尘。高城已不见，况复城中人"。　[3]临平山：在杭州临平北，因山前有临平湖而得名。

赏　析

苏轼追送述古至临平山作这首词，字里行间都流露出作者浓烈的感情。上片以述古不舍回望来反喻作者对述古的不舍，含蓄深永。临平山上的高塔长久伫立此地，因此对客来客往的分别习以为常、无动于衷，而塔的无情，更反衬出人的有情。下片全为设想之辞。作者想象自己送别友人后的归途之中，夜不成寐，泪如雨下。晚风清冷，枕上初寒，残灯斜照，秋雨绵绵，数个极具表现力的意象叠加，营造出清冷孤寂的氛围。末句连用两个"晴"字，将别离之泪与连绵的秋雨相提并论，极具表现力。整首词一反一正的叙述视角，给人耳目一新的观感，更渲染出浓厚的离愁别绪。

八声甘州 寄参寥子[1]

有情风、万里卷潮来，无情送潮归。问钱塘江上，西兴浦口，几度斜晖。不用思量今古，俯仰昔人非。谁似东坡老，白首忘机。[2] 记取西湖西畔，正春山好处，空翠烟霏。[3]算诗人相得，如我与君稀。约他年、东还海道，愿谢公、雅志莫相违。[4]西州路，不应回首，为我沾衣。[5]

（《东坡乐府笺》卷二）

注 释

[1]参寥子：宋僧道潜的别号。苏轼于元祐六年（1091）由杭州知州被召为翰林学士承旨，离杭时作此词送给参寥。　[2]忘机：恬淡自适，消除机心。　[3]空翠烟霏：指青色的潮湿的雾气。　[4]"约他年"二句：典出《晋书·谢安传》。谢安临危受命匡扶社稷，但隐居东山的志趣始终未消失，每每露于形色，打算等到天下安定后再回东山。　[5]"西州路"三句：典出《晋书·谢安传》。谢安病逝前，车驾进入建康西州门，自以为功业未就，感慨万分。名士羊昙是谢安

的外甥，很受谢安器重。谢安病逝后，羊昙一年多不举乐，出行不过西州路。一天醉后沿路唱歌，不觉到了西州门。左右提醒他，他悲伤不已，以马鞭敲门，诵曹植诗："生存华屋处，零落归山丘。"恸哭而去。

赏　析

上片以钱塘江喻人世的聚散离合，潮水一涨一落，有情而来，归于无情，突出离情之悲。曾在钱塘江、西兴、渔浦，多少次看到落照，暗示词人与参寥共游之经历，又承上傍晚时分之"潮归"，更将残照与别情联系在一起。接着转向作者对古今兴衰的哲理思考，认为面对社会人生的无常，不必替古人伤心，而要泯灭机心，达到达观超旷、淡泊宁静的心境。下片先写词人与参寥在西湖的游赏活动，表明与参寥相知之深，像自己和参寥那样亲密无间的至友，在世上是不多见的了。转以谢安、羊昙之典，既表现了词人超然物外、归隐山水的志趣，又安慰友人：自己一定不会像谢安一样雅志相违，老友不必为自己落泪。词人与参寥之间深厚的情谊，与其超旷的心态和古今的人生悲剧交织，意境浑然。

行香子　过七里滩[1]

一叶舟轻，双桨鸿惊。水天清、影湛波平。鱼翻藻鉴，鹭点烟汀。[2]过沙溪急，霜溪冷，月溪明。

重重似画，曲曲如屏。算当年、虚老严陵。君臣一梦，今古空名。[3]但远山长，云山乱，晓山青。

（《东坡乐府笺》卷一）

注 释

[1] 苏轼在宋神宗熙宁四年出任杭州通判，赴任时经过七里滩作此词。　　[2] 藻鉴：刻有鱼藻之类纹饰的铜镜，这里形容明镜一样的水面。烟汀：烟雾笼罩的水边平地。　　[3] 君臣一梦：谓不论为君为臣，都是虚同一梦。此暗用光武帝与严光共寝典故。

赏 析

上片写"过"。苏轼经过七里滩，乘着轻舟，荡着双桨，所见之景美不胜收：水天清澈，波平如镜，鱼翻藻中清晰可见，鹭立沙洲烟汀点点。过滩之时，最突出的地方是"溪"的描写："沙溪急，霜溪冷，月溪明。"同样是溪，作者写出了三个层面：沙溪是沙上的溪流，霜溪是清幽的溪流，月溪是月下的溪流。三个画面的结合，创造出清爽幽美的意境。下片写"感"，感由景生，故言"重重似画，曲曲如屏"。由景联想到人，这就是隐居滩头、千年高名的严子陵。接着几句突出"虚""梦""空"三字。最后三句写山："远山长，云山乱，晓山青。"山势连绵不断，重峦叠嶂，用"长"表现；山上白云飘荡，缭绕纷飞，用"乱"表现；清晨曦光映物，山岚凝翠，用"青"表现。

苏　辙

　　苏辙（1039—1112），字子由，号颍滨遗老，眉州眉山（今属四川）人。苏洵子，苏轼弟。嘉祐二年（1057）登进士第。官至尚书右丞、门下侍郎。因上书谏事被贬，以太中大夫致仕。苏辙为"唐宋八大家"之一，与父洵、兄轼合称"三苏"。有《栾城集》《诗集传》《春秋集传》等。苏辙和苏轼兄弟情深，苏轼在杭州时，经常与苏辙遥相唱和，给杭州留下许多著名诗章。

和子瞻题风水洞 [1]

风送江湖满洞天，洞门可听入无缘。

土囊郁怒声初散，石齿聱牙势未前。[2]

乐奏洞庭真跌宕，歌传帝所亦清便。[3]

何人隐几观遗韵？重使颜成问嗒然。[4]

（《苏辙集·栾城集》卷五）

注　释

[1] 这首诗当作于熙宁六年（1073）正月二十七日之后。当时，苏轼与杭州节度推官李似共游风水洞，有《风水洞二首和节推》，苏辙此

诗当即和此而作。子瞻：苏轼的字。风水洞：旧名恩德洞，位于杭州市西湖区云泉山。因"洞极大，流水不竭，洞顶又有一洞，清风微出"，故名。　　[2]土囊：洞穴。郁怒：气势盛积。石齿：齿状的石头。聱牙：参差不齐的样子。　　[3]乐奏洞庭：典出《庄子·天运》"帝张《咸池》之乐于洞庭之野"。洞庭，广大的庭宇，指天地，非指洞庭湖。跌宕：音节抑扬顿挫。帝所：天帝居住的地方。清便：清通条畅。　　[4]"何人"二句：谓洞中当有似南郭子綦的隐士与弟子问答。典出《庄子·齐物论》："南郭子綦隐几而坐，仰天而嘘，嗒焉似丧其耦。颜成子游立侍乎前，曰：'何居乎？形固可使如槁木，而心固可使如死灰乎？今之隐几者非昔之隐几者也？'"隐几，依靠几案。颜成，即上引文中的南郭子綦弟子颜成子游。嗒然，形容身心俱遗、物我两忘的神态。

赏　析

这首诗是苏辙和苏轼风水洞之作。全诗抓住风水洞"清风之声"的特点，展开了瑰奇的想象。首联总起，言风水洞满是清风之声而人不得入。颔联承接其意，实写洞口乱石与风声，故而人不得入。颈联转为虚写，因不得亲入眼见，诗人展开大胆的想象，将洞中风声比喻为天地之间的美妙音乐，可以直达天帝的住所。尾联以《庄子》"隐几"的典故作结，诗人认为在风水洞耳闻仙乐，游人也能因此像南郭子綦一样进入物我两忘的境界。全诗紧扣一个"风"字敷衍成文，因为此洞只可耳闻不可目睹的奇特游览体验，诗人将听觉的想象发挥到了极致。

道 潜

道潜（1043—1102），本名昙潜，俗姓何，字参寥，号参寥子，於潜（今属杭州）人。苏轼知杭州，道潜卜居智果寺，酬唱颇多。崇宁末，归老于潜山。有《参寥子诗集》。

临平道中 [1]

风蒲猎猎弄轻柔，欲立蜻蜓不自由。[2]

五月临平山下路，藕花无数满汀洲。[3]

（《参寥子诗集》卷一）

注 释

[1]临平：北宋端拱元年（988）置临平镇，隶属仁和县。今为杭州市临平区。　[2]猎猎：形容蒲草随风飘拂的样子。　[3]藕花：荷花。汀洲：水中小洲。

赏 析

这首绝句大致写于宋神宗熙宁年间，为道潜的代表作之一。前两句写蒲草在风中飘拂，好似展现自己柔美的舞姿。由于风吹蒲动，蜻蜓在蒲草上站立不稳。"不自由"一词出自柳宗元诗"春风无限潇湘意，欲采蘋花不自由"，但柳宗元本意是说人的不自由，道潜此处翻用其意，用来形容蜻蜓站不稳，十分别致。第三句点明作者的观察视角，是在下山路上看到的景色。末句则将视线向远处延伸，从岸边的蒲草转向水中一望无际的荷花。和前面蜻蜓与蒲草相戏的场面相对比，这一景象在视野上就显得极为开阔，形成巨大的反差。总体来看，诗歌虽然描绘的是人人可见之景，但作者却能敏锐地捕捉到特定时刻的景物特征，并加以细致的描摹，做到了"诗中有画"。

宋　马麟　荷香清夏图（局部）

孔平仲

孔平仲（1044—1111），字毅父，临江新喻（今江西新余）人。治平二年（1065）进士及第。官至韶州知州。后入元祐党籍，罢职，主管兖州景灵宫。孔平仲与兄孔文仲、孔武仲并称"三孔"，有《清江三孔集》。孔平仲在浙江的诗作有《渡浙江未得》《西兴》等。

西 兴

舟行颇濡滞，累日驿前溪。

大雨翻盆盎，狂风作鼓鼙。[1]

两潮空朝晚，一水限东西。

忆昔游湖棹，新晴傍会稽。

（《清江三孔集》卷二四）

注 释

[1] 鼓鼙：大鼓和小鼓。古代军中用来发号进攻。这里指如战鼓般震响的雷声。

赏 析

　　这首诗记叙了在钱塘江边因为风雨而滞留之事，创作时间应在元祐三年（1088）孔平仲上任提点江浙铸钱的途中。此时作者抵达钱塘江最为繁忙的西兴渡之上，却依旧因为风雨，舟行缓慢，只得停驿渡口边上。颔、颈二联分别从视、听两感状天气的风雨如晦与江水的波涛汹涌。雨水倾盆而下，雷声如战鼓动地而来；潮水阵阵拍打两岸，朝夕不止，钱塘两岸一水分隔，似乎远若东西。在这样的环境下，尾联回溯以往西湖泛舟时的记忆。彼时天气新晴，惠风和畅，流水行船直达会稽。在此，作者以回忆为结，期盼着此刻天气能够转晴，以便继续行船抵达任官处所。

陈师道

陈师道(1053—1102),字履常,一字无己,号后山居士,徐州彭城(今江苏徐州)人。历官徐州教授、太学博士、颍州教授等。陈师道诗宗杜甫,与黄庭坚、陈与义被尊为江西诗派"三宗"。有《后山集》《后山诗话》等。其寓居杭州时作有《钱塘寓居》等诗。

钱塘寓居[1]

山水如相识,豪华异昔闻。
声音随地改,吴越到江分。[2]
门闭萧萧语,风催缓缓云。
会随麋鹿去,长谢犬羊群。

(《后山诗注补笺·后山逸诗笺》卷上)

注 释

[1]钱塘:县名,宋代属两浙路杭州治。 [2]"吴越"句:言钱塘江为吴、越两地的分界。唐代僧人处默《胜果寺》诗云:"到江吴地尽,隔岸越山多。"陈师道化用此诗,合为一句。

赏　析

元丰四年（1081），陈师道趁其兄任杭州主簿之际，南游吴越，八月到达杭州并寓居钱塘，此诗应为刚到杭州时所作。首联总起，传达作者初到杭州时的印象。杭州的山水似曾相识，但是其地之富庶却是首次体会。次联进一步指出杭州的地理特点。不同地方的语音差异较大，而钱塘江更是吴越两地的分界。颈联由"钱塘"转而写"寓居"。作者闭门谢客，隔绝了门外的嘈杂之声，抬头只见云朵在缓缓飘荡，而大风仿佛在催促其前行。这种闲淡宁静的氛围也引发了作者的归隐之心。作者在尾联中以"麋鹿"象征自然生活，以"犬羊"象征世俗生活，表达了对隐居的渴望。诗歌语言质朴，情感真切。

十七日观潮三首（其三）[1]

漫漫平沙走白虹，瑶台失手玉杯空。[2]

晴天摇动清江底，晚日浮沉急浪中。

（《后山诗注补笺·后山逸诗笺》卷下）

注　释

[1] 潮：即钱塘江潮，以农历八月十七日、十八日两日最为壮观。
[2] 平沙：平坦的沙滩。白虹：这里把浪花翻滚的潮水比作白虹。瑶台：古代传说中神仙居住的地方。

赏 析

陈师道于元丰四年秋天南游吴越，八月到达杭州，正好赶上钱塘江大潮，于是写了九首观潮诗。此诗首句把潮水比作"白虹"，显示出作者敏锐的观察力。潮水在行进过程中不断翻滚，涌起层叠的白色浪花，故而言"白"；作者所看到的钱江潮属于一线潮，潮水各处在行进中受到河床的阻力不同，前进速度也会有所不同，通常会呈现为弧形，故而将其比作"虹"。次句作者又展现出奇特的想象力，把潮水比作神仙失手打翻杯子后倾倒在人间的美酒。后两句作者的视线从潮头移向更为广阔的江面，夕阳在江上的倒影伴随着浪花起起伏伏。作者通过"摇动"和"浮沉"两个动词，进一步渲染了钱塘江大潮的水势之盛。整首绝句气势宏大，比喻巧妙。

司马槱

司马槱（yǒu），字才仲，陕州夏县（今山西夏县）人。司马光之侄孙。元祐六年（1091），以苏轼荐，应贤良方正能直言极谏科，赐同进士出身。官终钱塘尉。《全宋词》存词二首。

黄金缕

家在钱塘江上住，花落花开，不管流年度。[1]燕子又将春色去，纱窗一阵黄昏雨。　　斜插犀梳云半吐，檀板清歌，唱彻黄金缕。[2]望断行云无去处，梦回明月生春浦。[3]

（《全宋词·司马槱》）

注　释

[1]流年：时间一去不复返，如同流水一样逝去。　[2]犀梳：犀牛角制成的梳子。檀板：木制的拍板。黄金缕：本为唐代教坊曲，表现多愁善感和缠绵悱恻的内容。后来变为词牌，又名"蝶恋花"。　[3]春浦：春天的水边渡口。

赏　析

  这首词有着美丽的传说。据张耒《书司马櫄事》记载，司马櫄制举中第后，调关中幕官，行次里中，一日昼寐，恍惚间见一美人执板歌此词上阕而去，司马櫄接着续成下阕。后来转为杭州幕官，或称其舍下即苏小小墓，司马櫄就卒于幕官任上。上片描写残春风景，这位女子家住钱塘，天真浪漫，无忧无虑，不惜春光与年华无端流逝。直到燕子衔物，黄昏雨响，春色将尽，才触动女子惜春的情绪。下片表现凉夜情怀，仍然描写女子的状态：犀梳斜插，云鬟半垂，檀板轻拍，歌声清丽。最后两句写梦中情景如行云飘逝无处可觅，梦醒只见春江明月冉冉而上，留给自己的是无限的怅惘，留给读者的是无穷的余味。全词造境婉约，出语明快，琢句工妍，传情凄婉。

徐　俯

　　徐俯（1075—1141），字师川，号东湖居士，洪州分宁（今江西修水）人。黄庭坚之甥。神宗元丰末以父荫授通直郎，累迁司门郎，官至信州知州。有《东湖集》。

春游湖[1]

双飞燕子几时回？夹岸桃花蘸水开。[2]

春雨断桥人不渡，小舟撑出柳阴来。[3]

（《分门纂类唐宋时贤千家诗选校证》卷一五）

注　释

[1]诗题一作《春日游湖上》。湖，指杭州西湖。徐俯绍兴四年（1134）兼权参知政事，因议事不合，提举洞霄宫。这首诗应为其在春雨当中游览杭州西湖之作。　[2]"夹岸"句：谓桃花夹着两岸，贴近水面开放。蘸水，谓花枝低垂，贴近水面。　[3]断桥：位于杭州白堤东端。渡：这里指过桥。

赏　析

　　前两句写景而景中寓人，作者仰看双飞的燕子在春雨中飞翔，俯看夹岸的桃花贴着水面开放。这里的"夹岸桃花"特指西湖白堤的桃花，因为白堤在西湖的中间，两边有岸，因此这句诗切时切地，写得最为精切。后两句写人而人景融合，因为雨天游览西湖的人较少，作者一眼望去也就没有见到经过断桥的游人，只有自己的小舟撑出柳阴穿过断桥，由里西湖再到外西湖把整个西湖游遍。燕子、桃花、春雨、柳荫把春天写足。写法上前两句是设问，后两句是对比，突出春的信息与人的惊叹，这也增加了春雨中乘舟游湖的情韵。这首诗非常著名，以至于赵鼎臣在《和默庵喜雨述怀》中赞叹说："解道春江断桥句，旧时闻说徐师川。"

清　恽寿平　湖山春暖图（局部）

朱淑真

朱淑真,号幽栖居士,钱塘(今浙江杭州)人,祖籍歙州(今安徽歙县)。出生于官宦家庭,后嫁与小吏为妻,夫妻不睦。战乱后郁郁而终。有《断肠诗集》《断肠词》等。朱淑真生于杭州,留下了许多描写杭州风光的诗篇,诗有《马塍》,词有《清平乐·夏日游湖》等。

马 塍[1]

一塍芳草碧芊芊,活水穿花暗护田。[2]

蚕事正忙农事急,不知春色为谁妍。

(《宋诗纪事》卷八七)

注 释

[1] 马塍:杭州今松木场至香积寺一带区域,在宋元时期,俱为马塍,以今武林门为界,大致分为东、西两部分。相传吴越王曾畜马于此。
[2] 芊芊:草木茂盛貌。

赏　析

　　这首诗用明快的语言描绘了春天杭州东马塍一带的田园风光。作者先从东马塍的风景写起，塍上芳草葱茏，繁花盛开，一泓活水从塍上穿过，让水田生机盎然。花草水田，本无生气，但用"穿""暗护"等词勾勒便有了人的感情色彩，也让诗歌呈现的画面更加生动有趣。后两句转向写人，也蕴含理趣。作者笔下的农民忙于农事与蚕事，不知这尽态极妍的春色为谁而生。尽管春色美丽，但农民却无暇欣赏，更衬托出东马塍上的农忙景象，也体现了农民劳作的辛苦。末句以反问带出感慨，兼有议论与抒情之长。根据《咸淳临安志》，东西马塍是临安主要的花卉产地，那么"不知"一句或许有更深的含义：农民辛勤种花，所产却尽为权贵欣赏，两相对比，富含深意。

李　纲

李纲（1083—1140），字伯纪，祖籍邵武（今属福建），生于无锡（今属江苏）。政和二年（1112）进士，官至尚书右仆射兼中书侍郎，拜相仅七十余日即黜去。有《梁溪集》。李纲曾两度提举洞霄宫，与杭州结下了不解之缘。描写杭州的作品有《望潮》《渡浙江》《将次钱塘》等。

渡浙江[1]

理棹适桐江，随潮过鱼浦。[2]

山寒雪犹积，江迥月初吐。

御气凌烟霄，乘槎渡星渚。[3]

空蒙老龙吟，仿佛翠蛟舞。

境清人自愁，夜静气尤古。

独坐不成眠，霜晴听津鼓。[4]

（《全宋诗》卷一五四三）

注　释

[1]这首诗是宣和元年（1119）李纲从汴京（今河南开封）被贬至沙县（今福建三明境内）途中渡钱塘江时所作。　[2]理棹：启航。　[3]"乘槎"句：据张华《博物志》记载，海边有人每年八月见海上有浮槎来去，遂乘之浮海而至天河。星渚：指银河。　[4]津鼓：渡口上设置的信号鼓。

赏　析

这首诗以作者渡江时的感受为主题，描写了渡江所见所感，并转入抒情。诗先从渡江的路线写起，"随"字颇有闲适之感。其时是冬季，作者见到两岸的群山仍然覆盖着积雪，江面开阔，视野辽阔，明月初升，一派清冷肃然气象。接着写行舟江上的感受。诗人身处钱塘江的烟波浩渺之中，如同在云中御气而行，又如在银河中穿梭。朦胧缥缈的意境造就空游之感，仿佛听到老龙吟唱，看到蛟龙舞蹈。随后便转入抒情，在清冷的环境中，诗人心中的愁绪被无限放大，因而无法入睡，直至听见渡口的鼓声。彼时李纲由于上书力陈水灾之害被贬至沙县，心中有所郁结。但他此时毕竟正值壮年，仍然怀有远大抱负，因此在他眼中，江景仍然是清冷美丽的，并未因为自身际遇而寓愁于景，所抒发的也仅仅是一种淡淡的愁绪。

吕本中

吕本中（1084—1145），字居仁，号紫微，世称东莱先生，寿州（治今安徽凤台）人，祖籍莱州（今山东莱州）。以恩荫补承务郎。官至中书舍人兼侍讲。有《东莱先生集》《紫微诗话》《江西诗社宗派图》等。吕本中南渡后长期在临安朝廷中任职，因此也与杭州渊源颇深。今存描写杭州的作品有诗《暮步至江上》《舟行至桐庐》《伍员祠》等。

伍员祠[1]

伍员庙前一丈碑，上有野鹤双来栖。

水云杳杳凉去远，风雨冥冥秋到迟。

江花相趁野花发，旧燕不随新燕归。[2]

大夫遗恨竟何许，楚越勾吴今是非。[3]

（《全宋诗》卷一六〇八）

注　释

[1]伍员祠：位于杭州吴山。　[2]相趁：跟随。　[3]大夫：指越国大夫文种。越王勾践复国后，赐剑逼文种自杀。勾吴：即吴国。

赏　析

　　这首怀古诗是作者在伍子胥祠的吊古之作。伍子胥在古代被百姓视为潮神。首联从祠前景象入手，庙前碑高丈余，野鹤栖息于上，写出了伍员祠所在环境的幽深僻静。颔联从祠堂转入自然环境，此时正值秋季，作者所见是渺茫的水云相接之景，风雨如晦，给人凉爽之感。同时用"杳杳""冥冥"营造了幽深昏暗的氛围，而这也与作者站在伍员祠边的心境一致。颈联写江花野花次第开放，旧年的燕子却未归来，流露出对时光流逝、物是人非的感慨。尾联是说越国大夫文种被勾践赐剑自杀，吴、越两国相互攻伐，两国功臣的结局却同样悲惨，如今春秋列国已经成为过去，是非难评。作者怀古而伤今，沉郁又顿挫，在当时南宋偏安一隅，主和派把持朝政的背景下，这首诗中蕴含的批评和担忧不言而喻。

李清照

　　李清照（1084—约1155），号易安居士，齐州章丘（今属山东济南）人。早年随夫赵明诚任官居于莱州、淄州等地，夫亡后，流寓浙东，辗转于台、越诸州间。李清照词风婉约，语言清新平易，形成独特的"易安体"。有《易安居士集》。李清照晚年在杭州居住二十余年，直至终老，写下了不少脍炙人口的诗词，诗有《夜发严滩》，词有《永遇乐·元宵》《怨王孙》《声声慢》等。

夜发严滩[1]

巨舰只缘因利往，扁舟亦是为名来。[2]

往来有愧先生德，特地通宵过钓台。[3]

（《李清照集校注》卷二）

注　释

[1]严滩：即严陵濑。　[2]巨舰：大船。扁舟：小船。　[3]先生：指严子陵。

赏 析

这篇诗作于绍兴四年(1134)十月。当时金人南侵,临安百姓纷纷逃离避难,李清照亦是逃难的一员。她雇舟沿水路前往金华,途经桐庐,路过严滩,写下此诗。前两句描写舟船经过严滩的场景,讥讽当时官员往来此地多是趋于名利之心,与严光为了避开名利隐居此地的节尚正好相反。在当时国土沦丧的大背景下,这种蝇营狗苟的行为就显得更加可耻。然而,李清照此番经过严滩却也是为了个人生计,故而她在后两句又进行了自我批判,想到严光的高风亮节自己就感到很愧疚,所以没有选择在白天出行,而是特意等到晚上才悄悄过滩。这首诗借咏史而讽时世,从中可以看出李清照勇于自我反省的真诚坦率。

永遇乐 元宵

落日熔金,暮云合璧,人在何处?[1]染柳烟浓,吹梅笛怨,春意知几许。[2]元宵佳节,融和天气,次第岂无风雨?[3]来相召,香车宝马,谢他酒朋诗侣。　　中州盛日,闺门多暇,记得偏重三五。[4]铺翠冠儿,撚金雪柳,簇带争济楚。[5]如今憔悴,风鬟霜鬓,怕见夜间出去。[6]不如向,帘儿底下,听人笑语。

(《李清照集校注》卷一)

注 释

[1]落日熔金:落日的余晖像熔化了的金子。暮云合璧:傍晚的云彩像围合着的璧玉。 [2]吹梅笛怨:用笛子吹奏《梅花落》曲,其声哀怨。梅,指乐曲《梅花落》。 [3]次第:转眼。此句意为转眼恐有风雨来临。 [4]中州:中土,中原,此处指北宋都城汴京。三五:指正月十五日,即元宵节。 [5]铺翠冠儿:指用翠鸟羽毛作装饰的帽子。铺,镶嵌。撚金:用金线捻丝。雪柳:元宵节妇女佩戴的一种饰物,通常用绢或纸制成。簇带:意谓头上插戴各种饰物。簇,聚集貌;带,通"戴"。济楚:整洁,漂亮。"簇带"与"济楚"都是宋时口语。 [6]风鬟霜鬓:意即发不整而鬓已白,为李清照自述晚年形象之语。怕见:怕,懒得。见,语助词。

赏 析

这首词作于李清照晚年寓居临安之时。上片写临安元宵之夕的场景。傍晚天空绚烂多彩,但词人看到落日的美景,不由想起昔日承平之时,而今却流落他乡,故而发出物是人非的感慨。初春时节,春意尚浅,天气虽佳,但词人却总怀揣着不安和忧虑,担心有风雨来临,于是拒绝了一同游赏的邀请。下片由写今转为忆昔。词人回想当初在汴京鼎盛之时,自己也曾打扮整齐,元宵节与好友一同赏灯游玩。但如今步入老年,早已憔悴不堪,不敢出门。结尾说自己只能躲在暗处偷听别人嬉笑,看似轻描淡写,却充满了辛酸苦楚。整首词并没有大量铺陈元宵节的热闹景象,而是通过今昔对比,抒发深沉的盛衰之感和身世之悲,也生动描绘出李清照在生活和精神上的变化。

怨王孙

湖上风来波浩渺。秋已暮、红稀香少。[1]水光山色与人亲,说不尽、无穷好。　　莲子已成荷叶老,清露洗、蘋花汀草。眠沙鸥鹭不回头,似也恨、人归早。

(《李清照集校注》卷一)

注 释

[1] 红稀:指荷花凋落。

赏 析

这首词描写的是深秋景致。上片开头以湖上之景引入,微风拂过湖面,泛起阵阵涟漪,湖面上凋落的荷花,正宣告深秋的到来。"水光山色与人亲"使用拟人的手法,表现出人与自然景物的和谐融洽。下片仍旧从荷花着笔,但表现方式却从宏观转入微观,由笼统变为具体。莲子成熟,荷叶枯萎,露水洗净湖畔的花草。末尾两句同样使用拟人的手法,描写沙滩上趴伏的水鸟头也不回,似乎在埋怨人们回去得太早。总体来看,上下片章法相近,但表现的却是作者不同的心情:上片写赏湖的喜悦,下片写归去的不舍。从词中可以感受到作者对自然生活的热爱,也可以看到易安词"有浅俗之语,发清新之思"(《金粟词话》)的特色。

王十朋

王十朋(1112—1171),字龟龄,号梅溪,温州乐清(今属浙江)人。绍兴二十七年(1157)举进士第一,授绍兴府签判。官至太子詹事,以龙图阁学士致仕。有《梅溪集》。王十朋初入仕时一直在临安朝中任职,留下了许多吟咏杭州美景的作品,如《春日游西湖》《夜泊萧山酒醒梦觉月色满船感而有作》《荷花》《腊月与守约同舍赏梅西湖》等。

春日游西湖

山色绿如染,湖光青似磨。

峰高捧日久,波阔浸天多。

瑞气浮城阙,春光醉绮罗。[1]

能将比西子,妙句有东坡。[2]

(《王十朋全集·诗集》卷八)

注 释

[1]城阙:都城,京城。这里指临安。绮罗:泛指丝绸衣服。这里指服饰华美的人。 [2]"能将"二句:苏轼《饮湖上初晴后雨二首》

有"欲把西湖比西子,淡妆浓抹总相宜"之句。

赏　析

　　这首诗描写西湖春景,堪称"诗中有画,画中有诗"。其描写方法是对王维"诗画一体"的心摹手追。首联总写西湖的湖光山色,作者所见是青山翠绿如染,湖面平静无波,用"青""绿"等颜色词勾勒出西湖的整体特征,同时"染""磨"等拔俗的比喻也让画面富有质感。颔联在首联基础上对应作了延伸,把"日""天"也纳入西湖一体范围之内,调和整个画面;"捧""浸"等动词另辟蹊径,增强了画面的动态感,富有诗意。颈联开始转入写人文景象。祥瑞之气浮于临安城上,春光让岸边游赏的贵妇都为之沉醉,营造了春日西湖边祥和的氛围,表现了临安市民对于西湖的喜爱。尾联则化用苏轼的名句,赞美西湖的同时兼而追忆前人,言虽尽却余韵无穷,拓展了诗歌的语言内涵。

夜泊萧山酒醒梦觉月色满船感而有作[1]

　　候届星虚午夜凉,更堪停棹水中央。[2]
　　短篷破处漏明月,归梦断时思故乡。
　　客里未忘诗酒趣,老来厌逐利名场。
　　明朝又向钱塘去,十里西风桂子香。

(《王十朋全集·诗集》卷四)

注　释

[1]萧山：县名，其辖境约当今杭州市萧山区、滨江区等地。这首诗作于绍兴二十一年（1151）中秋王十朋赴太学途中。　[2]候届：犹届候、届时。星虚：即二十八宿中的虚宿。《尚书》有"宵中，星虚"之语，后遂以星虚指代午夜之时。

赏　析

　　这首诗是作者舟行杭州途中停留萧山时有感而发，直抒己怀。首联通过"候届""星虚"等词语点明当天是中秋节夜晚。与标题"酒醒梦觉"对读，其中秋并非阖家团圆，而是酒醉上船沉睡，午夜醒来，忽见月色满船，实寓孤独之感。颔联用"漏"字形象地写出了月光满船的场景，而这自然而然地引起了作者对故乡的思念。"短篷""破处""归梦"也塑造了一个劳碌奔波的游子形象。随后从思乡转向对自身的思考。尽管身在行旅当中，诗酒之趣仍然在。而对于功名利禄的向往则随着年龄的增长而愈发减少。王十朋作诗时年已四十，却只是个太学生。但他并未因此自怨自艾乃至意志消沉，而是在尾联中对杭州，尤其是对秋天桂花的香气充满了期待。

康与之

康与之,字伯可,号顺庵,洛阳(今属河南)人。曾官监杭州太和楼酒库,坐事免官。谄事秦桧,为"秦门十客"之一。秦桧死,康与之自福建路安抚司主管机宜文字除名,送钦州编管。晚年还临安,流落而死。有《顺庵乐府》。康与之曾在临安为官,描写杭州的名篇有《长相思》等。

长相思 游西湖

南高峰,北高峰,一片湖光烟霭中。[1]春来愁杀侬。[2] 郎意浓,妾意浓,油壁车轻郎马骢。[3]相逢九里松。[4]

(《全宋词·康与之》)

注 释

[1]南高峰:山名,位于西湖西南面。北高峰:山名,位于南高峰北面。南、北二高峰即构成西湖名景"双峰插云"。 [2]侬:吴地方言,我。 [3]"郎意"三句:用《钱唐苏小歌》"妾乘油壁车,郎骑青骢马"句意。 [4]九里松:地名,在西湖北。唐刺史袁仁敬守杭

时，于洪春桥至灵隐、三天竺间植松，左右各三行，凡九里，苍翠夹道，人称九里松。后以九里松名其地。元代钱塘十景有"九里云松"。

赏　析

　　这首词以女性视角描写了主人公春天在湖畔与情郎相遇的场景，带有浓厚的南朝民歌色彩。而其内容是实写还是回忆也众说纷纭。词的上片从西湖著名的美景"双峰插云"写起，南、北两座高峰与整个西湖都隐没在云雾中，若隐若现。这春景也引发了女子的愁绪。以"愁"结上片，借此引出下片中的回忆，交代愁之因由。下片"郎意浓""妾意浓"用高度重叠的句式突出有情男女之间的情意。"油壁车"一句化用南朝乐府《钱唐苏小歌》中"妾乘油壁车，郎骑青骢马"，想象二人在九里松相逢的场景，颇有一见钟情的浪漫情调。全词语言清新自然，杂用吴地方言，并无穿凿痕迹。杨慎评价该词"盖效林和靖'吴山青'之调也。二词可谓敌手"。

陆 游

陆游(1125—1210),字务观,号放翁,越州山阴(今浙江绍兴)人。绍兴三十二年(1162)赐进士出身,为枢密院编修。官至宝谟阁待制。有《渭南文集》《剑南诗稿》等。陆游曾多次在临安、严州等地为官、闲住,其描写杭州的诗歌有《临安春雨初霁》《西湖春游》等。

雨中泊舟萧山县驿[1]

端居无策散闲愁,聊作人间汗漫游。[2]

晚笛随风来倦枕,春潮带雨送孤舟。[3]

店家菰饭香初熟,市担莼丝滑欲流。[4]

自笑劳生成底事,黄尘陌上雪蒙头。[5]

(《剑南诗稿校注》卷一六)

注 释

[1]这首诗作于淳熙十一年(1184)三月,陆游赋闲出游。 [2]端居:平常居处。汗漫游:远游。语出《淮南子·道应训》"吾与汗漫期于九垓之外"。 [3]"春潮"句:化用韦应物《滁州西涧》"春潮带雨晚

来急，野渡无人舟自横"句意。　[4]菰饭：用菰米煮的饭。菰米为水生草本植物菰之种子，秦汉时与稻、黍、稷、粱、麦并称"六谷"，也叫雕胡或茭米。　[5]劳生：辛苦劳累的生活。底事：何事。黄尘：这里指俗世。

赏　析

　　这首诗写于淳熙十一年，陆游年届花甲，赋闲在家，在出游泊舟时即景抒怀。首联点明此次出游的原因是为了消愁。"无策""聊作"等词形象地写出了赋闲在家时的无聊。颔联写夜泊时诗人在舟中对外界的感知，正在失眠之际，远方传来笛声，兼之江潮涌动，春雨降临，多感官地勾勒出一幅清新闲适的雨夜图景。颈联继续调动嗅觉和味觉，岸上店家煮熟的菰米饭散发出阵阵香气，市上莼菜滑嫩无比。这两种极具江南特色的意象细致地体现了钱塘江两岸的民风民俗。尾联抒怀，诗人为国半生辛劳却只能赋闲在家，回顾己身，早已是白发满头。全诗蕴自嘲、悲愤、无奈等复杂情感于一体，并与钱塘江两岸的闲适景象形成对比，更显舟中之人的孤苦。

临安春雨初霁[1]

世味年来薄似纱，谁令骑马客京华。[2]

小楼一夜听春雨，深巷明朝卖杏花。[3]

矮纸斜行闲作草，晴窗细乳戏分茶。[4]

素衣莫起风尘叹，犹及清明可到家。[5]

（《剑南诗稿校注》卷一七）

注　释

[1]临安：南宋的都城（行在），即今浙江杭州。霁：雨后或雪后转晴。
[2]世味：世态。京华：京城。　[3]深巷：陆游居孩儿巷，北宋时名保和坊砖街巷，南宋时巷内多泥孩儿铺，故又名泥孩儿巷，后来省略"泥"字，名孩儿巷，一直延续至今。　[4]矮纸：短纸。斜行：字倾斜的行列。草：草书。细乳：沏茶时水面呈白色的小泡沫。分茶：宋人饮茶之点茶法，将茶粉置盏中，缓注沸水，以茶筅搅动，使汤水波纹幻变成种种形状。　[5]"素衣"句：语出西晋陆机《为顾彦先赠妇诗二首》其一"京洛多风尘，素衣化为缁"。意为京洛风尘很多，令白衣都变黑了。比喻污浊的名利场让人心变得不纯洁。此反其意用之。素衣，白色的衣服。家：指陆游山阴老家。

赏　析

淳熙十三年，在家乡山阴赋闲五年的陆游已六十二岁，这年春天被起用为严州知州，赴任之前先到临安觐见皇帝，住在孩儿巷里等候召见，写下了这首诗。无事而作草书，晴窗下品着清茗，表面上看闲适恬静，然而在这背后，正藏着诗人无限的感慨与牢骚。陆游素有为国收复中原的宏愿，如今中原尚未收复，而诗人却在作书品茶消磨时光,不免有不如归田躬耕的怨愤。这首诗中"小楼一夜听春雨,深巷明朝卖杏花"两句绘声绘色,小楼听雨、春雨如丝、杏花繁丽、深巷卖花,通过画一般的场景,典型地表现了江南二月的都市之春,流传甚广。传说这两句诗后来传入宫中,深为宋孝宗所赞赏。2004年,杭州市将孩儿巷98号一座清代古宅定为陆游纪念馆。

初寒在告有感三首(其三)[1]

横林吹叶水生洲,身落穷山古睦州。[2]
到枕雨声酣旅梦,背窗灯影动清愁。
气冲星斗有孤剑,力挽栋梁无万牛。[3]
未灭匈奴身已老,此生虚负幄中筹。[4]

(《剑南诗稿校注》卷一九)

注 释

[1]在告:官吏在休假中。这首诗作于淳熙十四年知严州任上。 [2]穷山:深山。睦州:古州名,北宋时改睦州为严州。 [3]星斗:天上的星星,特指北斗星。这里用丰城剑气直射牛斗的典故,见《晋书·张华传》。"力挽"句:化用杜甫《古柏行》"大厦如倾要梁栋,万牛回首丘山重"句意。万牛,形容巨大的力量。 [4]未灭匈奴:《史记》载霍去病曾拒绝汉武帝赏赐的宅第并说"匈奴未灭,无以家为也"。

幄中筹：《史记》载刘邦赞张良"运筹帷幄之中，决胜千里之外"。

赏 析

这首诗作于陆游六十三岁知严州任上。首联写风吹过枝叶横生的丛林和水上的小洲，营造了安静冷寂的外部环境，引出作者彼时的处境——在严州的深山之中为官。颔联调动听觉和视觉，雨声伴随着旅人入睡，窗户上映照的幢幢灯影又牵动着愁绪。用雨、灯这样的典型意象渲染雨夜的孤冷气氛，而正是在这样的气氛中，作者的思绪又流动了起来，开始回顾自身数十年的报国之路。颈联抒写自己的心志和处境，在陆游看来，此时年过花甲的自己仍有一腔冲天的报国之志，但却没有力挽狂澜的巨大力量，只能在严州蹉跎岁月。尾联两句分写霍去病和张良，并反其意而用之，表明自己对国家前途的担忧，对岁月流逝的感慨，以及自己有心无力的无奈，蕴含着诗人赤诚的爱国之情。

渔 浦

桐庐处处是新诗，渔浦江山天下稀。

安得移家常住此，随潮入县伴潮归。

（《剑南诗稿校注》卷一三）

赏　析

　　淳熙七年，陆游从临川出发，途经衢州、桐庐、萧山等地回到山阴老家，一路写诗描绘沿途景色与内心感受。这首诗主要写舟行经过渔浦时的场景。渔浦是钱塘江、浦阳江、富春江三江交汇之处。陆游刚从桐庐离开，欣赏了桐庐境内七里滩、桐江等胜景，因此有"桐庐处处是新诗"之感叹，也与后文产生对比。当他来到渔浦时，更是被此处的美景吸引，认为渔浦山水之美天下罕见。结尾直抒胸臆，甚至想搬家在此长住，每日伴随着潮信往返。当时陆游在江西任上因被弹劾而愤然辞官，自临川至山阴路上的美景让他烦闷的心情多少有所舒缓。他在诗中不吝对渔浦的赞美，既有因为途中见到美景的心情舒畅，也蕴含着对于南宋官场的失望，产生了终老山水的想法。

长相思（其四）[1]

　　暮山青，暮霞明，梦笔桥头艇子横。[2] 蘋风吹酒醒。[3]　　看潮生，看潮平，小住西陵莫较程。莼丝初可烹。

（《放翁词编年笺注》卷下）

注 释

[1] 这组词作于淳熙十五年八月，共五首。时陆游严州任满，在山阴老家闲居。　[2] 梦笔桥：俗称江寺桥，在今杭州市萧山区。艇子：小船。　[3] 蘋风：微风。

赏 析

　　这组词作于陆游卸任严州知州后，不久之后他便又被召入京任军器少监，写作本词时，正处于难得的官闲时光。在组词中，陆游也多有表达对自身衰老的无奈。这首词上片从暮色下的青山和晚霞写起，小船横在著名的梦笔桥头，此时一阵微风吹过，词人的酒意也消散了几分。词的上片通过描写西陵一带的环境营造了轻松闲适的气氛。下片从看潮写起，但并未将笔力用在写潮水上，而是通过看潮起潮落反衬内心的平淡和释怀。赋闲五年之后又在严州为官三年，陆游此刻对回家充满了期待，而在返乡的路上他也有心情欣赏沿途景色。此时正是莼菜成熟时节，因而想在西陵小住几日品尝鲜美的莼菜羹。全篇语气舒缓，采取典型的江南意象，勾勒出西兴一带的风光，借此体现自己闲居自适的心情。

范成大

范成大(1126—1193),字致能,晚号石湖居士,苏州吴县(今江苏苏州)人。绍兴二十四年(1154)登进士第。官至敷文阁待制、四川制置使。晚年退居石湖,加资政殿大学士。有《范石湖集》。范成大曾途经严州、杭州,以地名为题留下十五首行旅诗,包括《桐庐》《淳安》《富阳》《昌化》等,描绘今杭州各地景色。

富 阳[1]

不到江湖恰五年,歙山青绕屋头边。[2]

富春渡口明人眼,落日孤舟浪拍天。[3]

(《范成大集》卷七)

注 释

[1]这首诗作于绍兴二十九年途经富阳时。 [2]五年:范成大于绍兴二十四年到临安(今杭州)参加科举考试,登进士第,至此恰好五年。歙山:歙县之山。此时范成大为徽州司户参军,徽州治所在歙县。 [3]富春:这里指富春江。

赏 析

绍兴二十九年，时任徽州司户参军的范成大因公务沿途经过严州、杭州，一路作诗，有《桐庐》《淳安》《余杭》《富阳》等篇，描绘了严州至杭州一带的风光。这首诗的开篇，作者并未用组诗中惯用的环境描写破题，而是回忆往昔自己中进士以来的五年。这五年范成大一直在徽州，因此他在看到富春江两岸的青山时也想起了环绕屋头的歙县的青山。前两句是因景而生的对过去生活的概括。第三句写富春江上渡口之景让人眼前一亮。富春江两岸素以美景著称，此时正值落日时分，夕阳西下，滔天巨浪中，一叶孤舟行于江上，用孤舟和巨浪的对比呈现出了意境辽阔的场景。

冷泉亭放水[1]

古苔危磴著枯藜，脚底翻涛汹欲飞。[2]
九陌倦游那有此？从教惊雪溅尘衣。[3]

（《范成大集》卷九）

注 释

[1] 冷泉亭：在飞来峰下、灵隐寺前，建于唐代中期。放水：绍兴年间疏浚冷泉溪，在冷泉亭附近建闸蓄水。当水位过高时会开闸泄水，人称"冷泉放闸"，至今仍为奇观。这首诗作于范成大在临安为官时。

[2]危磴：高峻的石阶。枯藜：指用藜做的手杖。　　[3]九陌：原指汉长安城中九条大道，泛指繁华的街道。从教：听凭。

赏　析

冷泉亭是杭州著名景点，白居易、苏轼等人都有诗文传世。范成大在临安任职多年，《冷泉亭放水》是他为数不多描写此处风光的诗。诗的首句写冷泉亭附近的石阶覆满青苔，诗人挂着藜杖拾级而上，脚下的泉水上下翻飞，波涛汹涌。前句写静景，后句写动态，一静一动互为衬托，既写出环境的幽静，又展现了放水时的如雷声势，读来仿佛身临其境。之所以说"脚底翻涛"，是因为冷泉亭此时建造在冷泉池的中央。后两句即景生情，诗人认为冷泉亭放水时的奇观世上罕有，余处皆无法比拟。奔流的泉水仿佛能洗去心中对功名利禄的渴求，带来内心的平静。末句用"惊雪"比喻汹涌的泉水，"溅尘衣"与"倦游"前后呼应，道尽了范成大对仕宦生活的厌倦和短暂获得心灵宁静的欣慰。

吴 琚

吴琚,字居父,号云壑,汴京(今河南开封)人。乾道九年(1173)以恩荫授临安通判。官至少师,判建康府兼留守。有《云壑集》。吴琚工翰墨,多次与宋孝宗谈论书法。其作品大多已经散佚,今见描写杭州美景的作品有《酹江月·观潮应制》《水龙吟·紫皇高宴》等。

酹江月 观潮应制[1]

玉虹遥挂,望青山隐隐,一眉如抹。[2]忽觉天风吹海立,好似春霆初发。[3]白马凌空,琼鳌驾水,日夜朝天阙。飞龙舞凤,郁葱环拱吴越。　　此景天下应无,东南形胜,伟观真奇绝。好是吴儿飞彩帜,蹴起一江秋雪。[4]黄屋天临,水犀云拥,看击中流楫。[5]晚来波静,海门飞上明月。[6]

(《全宋词·吴琚》)

注　释

[1]本词作于淳熙十年（1183），宋高宗、宋孝宗与群臣观潮时，命臣下作观潮词，高宗以吴琚词为群臣第一。　[2]一眉：喻指远山。徐俯《念奴娇》："素光练静，照青山隐隐，修眉横绿。"　[3]"忽觉"句：本于苏轼《有美堂暴雨》诗"天外黑风吹海立"。　[4]秋雪：喻指浪花。　[5]黄屋：帝王车盖。水犀：水军。　[6]海门：指钱塘江入海处。

赏　析

　　吴琚此词虽为应制之作，但以观潮为主题，描写了潮水的形态、弄潮儿的英姿，并隐含了收复中原的志向，是应制词中的上乘之作。上片描写江潮，用词富丽，先从远方的宁静环境写起，白虹横贯，青山隐现。"忽觉"句转写海潮的声势自远而近，犹如春雷。在作者眼中，潮水虽然雄壮，却非险恶，因此用"白马""琼鳌"来比喻潮的形态，与后文"朝天阙"呼应。"飞龙"句宕开一笔，转入下片。下片首句道出高宗、孝宗对杭州的评价，随后从写景转入写人，弄潮儿身姿英武，泅于浪潮中，进行表演；岸边皇家观潮车队车盖齐整，水军列阵，作者用祖逖北伐击楫中流之典来迎合宋孝宗收复失地的心理。最后以景作结，海潮过后水面波平，明月高悬，意境静美开阔，隐含了对朝廷的歌颂。

杨万里

杨万里（1127—1206），字廷秀，号诚斋，吉州吉水（今属江西）人。绍兴二十四年（1154）进士及第。官至江东转运副使。有《诚斋集》。杨万里于其官宦生涯中多次入京离京，留下了很多描写杭州的诗歌，西湖诗尤为突出，如诗有《晓出净慈送林子方》，词有《昭君怨·咏荷上雨》。

晓出净慈送林子方（其二）

毕竟西湖六月中，风光不与四时同。
接天莲叶无穷碧，映日荷花别样红。[1]

（《杨万里集笺校》卷二三）

注 释

[1] 别样：宋代俗语，特别。

赏 析

本题有两首，约作于淳熙十四年（1187），为送别林子方所作，这是组诗的第二首。诗人通过描写六月西湖的美丽景色，曲折地表达对林子方的依依惜别之情。诗句描绘了在一片无穷无尽的碧绿之中那红得"别样"、娇艳迷人的荷花，将六月西湖迥异于平时的绮丽景色，写得十分传神，既意韵生动又凝练含蓄，因而此诗成为千古传诵的名篇。也有人以为杨万里写此诗是为了劝林子方留在杭州，在皇帝身边有更好的发展机会，此意不能明说，故以此诗暗表心曲。

清晓湖上（其三）

六月西湖锦绣乡，千层翠盖万红妆。

都将月露清凉气，并作侵晨一喷香。[1]

（《杨万里集笺校》卷二二）

注 释

[1]月露：月光下的露水。侵晨：天快亮的时候。

赏 析

这首诗描写清晓时分西湖清新秀丽的景色。开篇即直抒胸臆，直接点明六月的西湖是美丽斑斓的"锦绣乡"。随后的"千层翠盖万红妆"，一方面是作者对称西湖为"锦绣乡"的解释，另一方面也用了夸张、比喻的手法，形象地写出了六月西湖的美景，这里有层层叠叠的绿树与五彩缤纷的花卉。"千翠"与"万红"的对比，给读者的视觉带来极大的冲击，这也极大地提高了诗歌的张力与表现力。随后作者发挥想象，认为湖滨清晨的那一喷香气，是由昨晚月下露珠的"清凉气"孳衍而来。由视觉到触觉再到嗅觉多感官的切换，也是本诗的最大特色。至于"喷"字，更是绝妙至极，生动形象地体现出了那缕香气的短促与强烈，给人一种夺面而来、身临其境的感觉。诚斋文笔之细腻，可见一斑。

过临平莲荡（其四）[1]

人家星散水中央，十里芹羹菰饭香。

想得薰风端午后，荷花世界柳丝乡。[2]

（《杨万里集笺校》卷二九）

注 释

[1]临平：北宋置临平镇，属仁和县。今为杭州市临平区。莲荡：种植荷花的湖。此似指临平湖。临平湖一名鼎湖，又名石函湖，与西湖相对，也称东湖或东江。　[2]薰风：和风，特指夏天的南风或东南风。

赏 析

这首诗是杨万里于仲春时节经过临平湖之作。首句从视觉与嗅觉的角度入手，让星星点点的人家、香飘十里的饭香共同构筑成一幅春暖莲荡图。随后作者便径直发挥自己的想象,想象这里端午节后,暖风徐徐吹过,荷花遍铺湖面,柳丝摇曳空中,一幅淳真自然的夏日莲荡图景缓缓展开。与诚斋大部分写景状物诗相似,本诗沿袭了其"野趣"的特征。作者通过对莲荡周围风景的细致描写,一方面让读者领略了周遭胜景,另一方面也抒发了自己对淳朴自然的向往,正所谓"直而不野,婉转赋物"。同时兼具意趣和理趣,作者在表达对至乐至美人间生活憧憬的同时,也通过描写莲荡春夏不同的景色,展示了自然界万物的生长规律,富有理趣。最后以景结情,以夏日莲荡图煞尾,令读者回味无穷又充满期待。

昭君怨 咏荷上雨

午梦扁舟花底,香满西湖烟水。[1] 急雨打篷声,梦初惊。 却是池荷跳雨,散了真珠还聚。[2] 聚作水银窝,泻清波。[3]

(《杨万里集笺校》卷九七)

注 释

[1]烟水:雾霭迷蒙的水面。 [2]真珠:即珍珠,这里形容荷叶上的雨滴。 [3]水银窝:形容荷叶上聚集的雨水。荷叶上水珠似水银,故称。

赏 析

这首词最引人入胜之处便是巧妙的构思。作者欲咏荷上雨,上片却先言自己午梦西湖扁舟,周围有氤氲烟水、馥郁花香,突然听到雨打船篷之声,随之惊醒,下片才解释道是雨滴打在荷叶上所致。作者别致地将荷上雨声与篷上雨声联系起来,引出下文的同时,也拉近了庭院与西湖的距离。作者运用比喻,对事物形态的描摹逼真传神。"香满西湖烟水"之"满"跟"池荷跳雨"之"跳",分别生动地表达了湖中香气弥漫与荷上水珠跳动之景。同时将水珠比作珍珠,将水窝比作水银窝,更是形象描绘了这些事物的形态,令人耳目一新。

朱 熹

朱熹（1130—1200），字元晦，一字仲晦，号晦庵，别称紫阳，晚号晦翁，谥"文"，后人称为"朱文公"。祖籍徽州婺源（今属江西）人，生于南剑州尤溪（今属福建）。绍兴十八年（1148）登进士第，官至焕章阁待制兼侍讲。朱熹是南宋著名理学家，其思想被称为"朱子学"，与二程学说合称"程朱理学"，对后世产生了广泛而深远的影响。著有《晦庵先生文集》。

题安隐壁[1]

征车少憩林间寺，试问南枝开未开？[2]

日暮天寒无酒饮，不须空唤莫愁来。[3]

（《全宋诗》卷二三九二）

注 释

[1]安隐：安隐寺，位于杭州临平山西南麓。唐宣宗时始建，初名永兴院，至宋治平二年（1065）始称安隐寺。　[2]征车：远行旅人乘坐的车。南枝：代称梅花。　[3]莫愁：古乐府传说中的女子，善歌。见《旧唐书·音乐志》。此处意指无酒可饮，故不需找歌女来唱歌助兴。

赏 析

　　这首诗是朱熹旅途中停留临平安隐寺时所作。安隐寺的唐梅十分著名,其地亦是古杭州一处赏梅胜地。首句点题,言安隐寺少憩,故于壁间题诗。次句"南枝"指代梅花,又因古诗"胡马依北风,越鸟巢南枝"而带有怀乡的寓意,并化用了王维"君自故乡来,应知故乡事。来日绮窗前,寒梅著花未"之诗意,含蓄委婉地传达自己对故乡、亲人的挂念之情。后两句的思乡愁苦更进一层,第三句让人联想到"天寒翠袖薄,日暮倚修竹",天寒日暮本是思乡思亲情感最浓烈之时,但羁旅途中条件有限,无酒可浇愁。既无酒喝,自然不必再叫歌女助兴,只留待诗人独自消化这思乡愁绪,悲戚惆怅转深。全篇语言平实,用轻快的口语写思乡,似是作者的自我宽慰,又在对比中突出了悲愁。

辛弃疾

辛弃疾（1140—1207），字幼安，号稼轩，历城（今山东济南）人。二十一岁参加抗金义军，曾任耿京军的掌书记，不久投归南宋，官至浙东安抚使、镇江知府。著有《稼轩长短句》。辛弃疾一生曾多次居官临安，如早年为仓部郎中，即作《念奴娇·西湖和人韵》等。淳熙五年（1178）在临安任大理少卿，作《满江红·题冷泉亭》。

念奴娇 西湖和人韵[1]

晚风吹雨，战新荷声乱，明珠苍璧。谁把香奁收宝镜，云锦周遭红碧。[2]飞鸟翻空，游鱼吹浪，惯趁笙歌席。坐中豪气，看君一饮千石。　　遥想处士风流，鹤随人去，已作飞仙伯。[3]茅舍疏篱今在否？松竹已非畴昔。欲说当年，望湖楼下，水与云宽窄。醉中休问，断肠桃叶消息。[4]

（《稼轩词编年笺注》卷一）

注 释

[1]这首词作于淳熙二年夏,时作者在仓部郎中任上。 [2]香奁收宝镜:喻指落日西沉。云锦:喻指残照下之荷花。 [3]处士:指林逋。飞仙伯:飞仙与仙伯的合称。仙伯,仙人僚属的一种,又有仙郎、仙监、仙丞等。 [4]桃叶:王献之爱妾名桃叶,后代指爱妾或者所爱恋的女子。

赏 析

作者先言"晚风""新荷",点明游湖时间为初夏傍晚。随后连用"香奁""宝镜""云锦"三个比喻,加以"红碧"色彩渲染,极言碧水彩霞之艳、湖光山色之美。静物描写之后,作者又开始言及周遭"飞鸟"与"游鱼",而"翻"字与"吹"字,更是将动态美表现得淋漓尽致。下片接上片"一饮千石"的豪气,联想到西湖名士林逋,随后又感慨茅舍疏篱不在,松竹已非畴昔,只能闲谈望湖楼下水云变幻。物也不存,人也不见,人去楼空,悲凉忧愤之情达到顶点。最后醉眼蒙眬之中,作者便劝同行友人尽情饮酒、恣意游湖,像林逋一样潇洒逸兴,不再去念及儿女情长之事。上片写景,下片抒情,表现出西湖之美、游兴之豪、名士之逸、古今之思,加以活泼生动的语言,别有一番韵味。

青玉案 元夕[1]

东风夜放花千树,更吹落,星如雨。[2]宝马雕车香满路。[3]凤箫声动,玉壶光转,一夜鱼龙舞。[4]

蛾儿雪柳黄金缕,笑语盈盈暗香去。[5]众里寻他千百度。蓦然回首,那人却在,灯火阑珊处。[6]

(《稼轩词编年笺注》卷二)

注 释

[1]元夕:农历正月十五。 [2]花千树:花灯之多如千树花开。星如雨:形容焰火星星点点,乱落如雨。 [3]宝马雕车:豪华的马车。 [4]凤箫:箫的美称。玉壶:明月,亦可解释为灯。鱼龙舞:古代百戏杂耍节目。 [5]蛾儿、雪柳、黄金缕:古代妇女过节时头上佩戴的各种饰品。 [6]阑珊:零落稀疏的样子。

赏 析

此词大约写于淳熙年间。当时的南宋,强敌压境,国势日衰,而统治阶级却偏安江左,沉湎于歌舞享乐。一心想收复失地的辛弃疾报国无门,元夕上街赏灯写下了此词。上片渲染了南宋都城(行在)临安元宵节的盛况。"花千树"描绘五光十色的彩灯缀满街巷,好像一夜之间被春风吹开的千树繁花一样。民间艺人们载歌载舞、鱼龙漫衍的"社火"百戏,极为繁华热闹,令人目不暇接。下片写人,不仅有盛装的美女,更有词人关切之人。在人群中苦苦寻找却丽影难觅,正满心失落时,忽然在灯光幽暗处看见了她,词人不由万分惊喜。词人苦苦寻觅的人是谁?历来有各种解释,有人认为是词人的意中人,有人认为是词人自己,有人认为是指宋孝宗,还有人认为是指北宋旧都汴京,这些解释各有可通之处,无不意在言外。

好事近 西湖

日日过西湖,冷浸一天寒玉。山色虽言如画,想画时难邈。[1] 前弦后管夹歌钟,才断又重续。[2] 相次藕花开也,几兰舟飞逐。[3]

(《稼轩词编年笺注》卷一)

注 释

[1]难邈:即难貌,难以描画。 [2]歌钟:乐器名。 [3]兰舟:木兰舟,舟之美称。

赏 析

这首词风格淡雅清新,语言明白晓畅,迥异于稼轩其他作品。首句"日日"可以看出作者游玩西湖次数之多、时间之长,暗示西湖胜景美不胜收，令人百看不厌。描写完湖水清冽澄澈之后，作者又紧接着从侧面衬托山色秀美空蒙，特别是"想画时难邈"一句，颇有"彩舟云淡，星河鹭起，画图难足"之感。正侧结合，虚实相生，词人从多个角度表现了西湖的水光山色，也为下片描写游湖作好了铺垫。而同样的，作者在描写西湖游人之多时，也没有选择直接描写，而是以点代面，只写歌声不断，此起彼伏。末句则又从听觉转移成视觉，藕花相继开放，小舟飞逐其间，动与静的交织给画面赋予了极大的感染力，也给读者留下了较大的想象空间。

满江红　题冷泉亭[1]

直节堂堂，看夹道、冠缨拱立。[2]渐翠谷、群仙东下，佩环声急。谁信天峰飞堕地，傍湖千丈开青壁。[3]是当年、玉斧削方壶，无人识。[4]　　山木润，琅玕湿。[5]秋露下，琼珠滴。向危亭横跨，玉渊澄碧。醉舞且摇鸾凤影，浩歌莫遣鱼龙泣。[6]恨此中、风物本吾家，今为客。

（《稼轩词编年笺注》卷一）

注 释

[1]冷泉亭：在西湖灵隐寺西南飞来峰下。　[2]直节：指劲直挺拔的树木。冠缨拱立：比喻挺拔的树木如同衣冠楚楚的官员拱手而立。冠缨，本指帽带，结于领下，使帽固定于头上。　[3]天峰飞堕：天峰即灵隐飞来峰，又名灵鹫峰。相传东晋时，有天竺僧慧理见此山曰："此乃中天竺国灵鹫山之小岭，不知何以飞来。"因称"飞来峰"。[4]玉斧：仙斧，神斧。方壶：即壶山，道教传说中的仙山。　[5]琅玕：原指青玉，这里指翠竹。　[6]鸾凤：传说中的神鸟。

赏 析

冷泉亭位于灵隐寺西南飞来峰下，历来为文人墨客流连忘返的胜地。白居易为杭州刺史时，多次到冷泉亭，并作了著名的文章《冷泉亭记》。辛弃疾的这首词是宋孝宗乾道六年（1170）任司农寺主簿供职临安时所作。上片烘托冷泉亭的气势，从亭前古杉和山谷泉水着笔，表现手法则运用拟人和夸张。拟人则高树以衣冠楚楚的官员拟之，水声以群仙东下的佩声拟之；夸张则集中表现在对飞来峰的描写。下片书写冷泉亭之游览，着力于细节描写。如"山木""琅玕""秋露""琼珠"的刻画，加以亭之高危，泉之清碧，描写达于极致。最后又由此亭之美，想到家乡的美景，表现出为客之恨，也暗寓对北宋灭亡的感慨。

刘 过

刘过（1154—1206），字改之，号龙洲道人，吉州太和（今江西泰和）人。四次应举不中，流落江湖之间，布衣终身。与刘克庄、刘辰翁享有"辛派三刘"之誉，又与刘仙伦合称为"庐陵二布衣"。著有《龙洲集》《龙洲词》。刘过前半生多次前往杭州应举，后半生也几次羁留杭州，留下诗词有《西湖别舍弟润之韵》《西湖》《沁园春·寄稼轩承旨》等。

沁园春 寄稼轩承旨[1]

斗酒彘肩，风雨渡江，岂不快哉![2]被香山居士，约林和靖，与东坡老，驾勒吾回。[3]坡谓西湖，正如西子，浓抹淡妆临镜台。二公者，皆掉头不顾，只管衔杯。 白云天竺飞来，图画里、峥嵘楼观开。[4]爱东西双涧，纵横水绕，两峰南北，高下云堆。[5]逋曰不然，暗香浮动，争似孤山先探梅。[6]须晴去，访稼轩未晚，且此徘徊。

（《全宋词·刘过》）

注 释

[1]稼轩承旨：即辛弃疾。辛弃疾曾于开禧三年（1207）被任为枢密院都承旨，但此时刘过已死，题中"承旨"盖为后人所加。 [2]斗酒彘肩：鸿门宴上，樊哙瞋目视项王，项王赐以斗卮酒和生彘肩。 [3]香山居士：谓白居易，白居易晚年自号香山居士。林和靖：谓林逋，林逋谥号和靖先生。东坡老：谓苏轼，苏轼自号东坡居士。 [4]天竺：即天竺上、中、下三寺。 [5]东西双涧、两峰南北：化用白居易《寄韬光禅师》"东涧水流西涧水，南山云起北山云"句意。 [6]暗香浮动：化用林逋《山园小梅》"暗香浮动月黄昏"句意。

赏 析

这首词开头三句极其富有气势，恍如平地起高楼，作者直接想象在风雨中渡过钱塘江，与辛弃疾一起把酒言欢的场景。"岂不快哉"之"快"字，也正是本词的词眼。词人尊重辛弃疾的雅意，又暗写钱塘风雨的壮阔豪迈，显得豪情逸志犹如大江奔腾。而着一"岂"字，其实暗含了作者无法前往的意思，但妙在作者并不直言，而是引出三位古代诗人为自己推脱，写得妙趣横生。随后作者更是匠心独具，化用三人诗意，隐括他们诗中描绘杭州景物的佳句，让情节更显鲜活生动，同时也突出表达了杭城风光之美。尾句"须晴去"，与前文"风雨"相呼应，结构绵密。宋人黄昇在《中兴词话》中认为这首词"甚奇伟"，清人王奕清在《历代词话》中称其"纤刻奇丽可爱"，都是中肯的评价。

姜　夔

姜夔（约1155—约1221），字尧章，人称白石道人，饶州鄱阳（今属江西）人。自幼随父宦居汉阳，成年后旅食江淮，往来湘、鄂等地。在杭州生活二十多年，卒葬杭州西马塍。著有《白石道人诗集》《白石道人歌曲》《续书谱》《绛帖平》等。姜夔对杭州一往情深，曾有《湖上寓居杂咏》十四首、《雪中六解》等组诗，词有《鹧鸪天·正月十一日观灯》等。

萧　山

归心已逐晚云轻，又见越中长短亭。[1]

十里水边山下路，桃花无数麦青青。

（《姜白石诗集笺注·集外诗》）

注　释

[1] 越中：本指会稽，春秋时越国建都于此，故称。唐宋后指越州所辖八县，即山阴、会稽、上虞、余姚、诸暨、萧山、嵊县、新昌。今萧山属于杭州。长短亭：古代为供行旅差役之人食宿，道路上五里设一短亭，十里设一长亭，故称"长短亭"。后常代指送别之处。

赏　析

宋光宗绍熙四年(1193),姜夔曾客居越中,这首诗当是他由杭州归往绍兴居所、途经萧山时所作。整首诗笔调轻快,意境浑融。首句写归心追逐着晚云轻飞,一"逐"字,写归心之急迫,而后一"轻"字,可见心情之愉悦。此时虽只到萧山,可是诗人的思绪已随晚云飘至越中。"又见",说明离开越中时诗人已见路中长亭短亭,而于归途中再见,心情则是喜悦且饱含期待。后两句以白描手法写途中所见,生机勃勃之景象正是诗人此刻畅快心情的写照。萧山县以山命名,自是依山傍水,风景秀丽,故诗言"十里水边山下路"。末句以"无数"状桃花繁盛之势,"青青"描麦苗嫩绿之色,字俗而意不俗。江南娟秀,于此可见。

鹧鸪天　正月十一日观灯[1]

巷陌风光纵赏时,笼纱未出马先嘶。[2]白头居士无呵殿,只有乘肩小女随。[3]　　花满市,月侵衣,少年情事老来悲。沙河塘上春寒浅,看了游人缓缓归。[4]

(《姜白石词笺注》卷五)

注 释

[1]据周密《武林旧事》载,上元节前,临安有"试灯"习俗,农历十二月下旬即开始,街巷装饰彩灯预赏,直至正月十四日。 [2]巷陌:街道的通称。纵赏:尽情观赏。笼纱:灯笼,又称纱笼。 [3]白头居士:作者自指。呵殿:前呵后殿,指身边随从。乘肩小女:坐在肩膀上的小女孩。《武林旧事·元夕》:"都城自旧岁冬孟驾回,则已有乘肩小女,鼓吹舞绾者数十队,以供贵邸豪家幕次之玩。" [4]沙河塘:地名,在钱塘县南五里。南宋定都临安后,沙河塘成为日益繁盛的地区。

赏 析

庆元三年(1197),姜夔已四十多岁,离开湖州移居临安。临安的灯市本为词人熟识和喜爱,满市花灯,当空皓月,当年良辰美景依然历历在目,只是此时韶华已逝,情事全非,便觉慨恨良多,可谓"少年情事老来悲"。据《百城烟水》云:"吴俗十三日为试灯日。"临安的灯市,在元宵节之前就已经非常热闹。词的前两句从视觉和听觉的角度写出"试灯"时一派华贵气象,而热闹之后,是寂寞冷清的"白头居士",形成了鲜明的对照。末两句写夜深之后春寒袭人,游人逐渐归去。来时巷陌花灯,人喧马嘶,热闹开篇;去时游人缓归,词人独立,又何其冷清。虽只寥寥数语,却写得纡徐顿挫,舒卷自如,委婉地道出内心感慨。

俞国宝

俞国宝，号醒庵，抚州临川（今属江西）人。宋孝宗淳熙间为太学生。江西诗派诗人之一，著有《醒庵遗珠集》。

风入松

一春长费买花钱，日日醉花边。玉骢惯识西湖路，骄嘶过、沽酒垆前。[1]红杏香中箫鼓，绿杨影里秋千。　　暖风十里丽人天，花压鬓云偏。[2]画船载取春归去，余情寄、湖水湖烟。明日重扶残醉，来寻陌上花钿。[3]

（《全宋词·俞国宝》）

注　释

[1]玉骢：即玉花骢，毛色青白相杂的马，泛指骏马。　[2]丽人天：指丽人结伴出游的春天。杜甫《丽人行》："三月三日天气新，长安水边多丽人。"鬓云：形容丽人头发乌亮光洁如云。　[3]花钿：用珠玉金翠制作成的花朵形首饰。

赏　析

据周密《武林旧事》卷三，这首词最初题写在西湖断桥边一家酒肆的屏风上。淳熙十二年（1185），宋高宗赵构一日游览西湖，偶然看见了这首词，注目称赏许久，将"明日重携残酒"改为"明日重扶残醉"，并为俞国宝赐官。全词从感叹醉心西湖而起，开篇"长费"与"日日"二词，充分体现出词人享受风景的闲暇心情。接下来写游人、骏马脚步悠闲，湖边红杏绿柳，笙歌处处，一派明媚春光。暖风之中歌舞连绵，丽人结伴，热闹非凡。直到画船归去，湖上云烟缱绻，词人终有余情，故以来日预期。全词结构循环往复，首尾相连。词中可见宋时人饮酒、听箫、泛舟闲游等多种游春活动，展现出来的西湖景致与游宴情形自然可喜，犹如一幅优美的都市风情画。

叶绍翁

叶绍翁（1194—？），字嗣宗，号靖逸，祖籍建州浦城（今属福建），定居龙泉（今属浙江丽水）。早年曾参加进士试，任朝廷小官，后弃官隐居。他长期隐居钱塘西湖之滨，与真德秀交往甚密，与葛天民互相酬唱，诗中多见杭州之名胜。著有《四朝闻见录》《靖逸小集》等。

题鄂王墓[1]

万古知心只老天，英雄堪恨复堪怜。
如公更缓须臾死，此虏安能八十年。
漠漠凝尘空偃月，堂堂遗像在凌烟。[2]
早知埋骨西湖路，学取鸱夷理钓船。[3]

（《全宋诗》卷二九四九）

注　释

[1]鄂王墓：即岳飞墓。宋宁宗时追封岳飞为鄂王。岳飞是南宋初期中线防御的军事负责人，曾任湖北、京西路宣抚使，其宣抚司就设在鄂州。封国以"鄂"，寓有岳飞的功烈"与鄂相终始"之意。　[2]偃

月：半月形，这里指唐李林甫的偃月堂。李林甫常在此定计谋害大臣，见《新唐书·李林甫传》。后以"偃月堂"喻称权臣嫉害忠良的地方。诗中借指秦桧。凌烟：阁名，唐太宗图画表彰开国功臣的地方。　[3]鸱夷：原意为皮制的口袋，古人用以盛酒。据《越绝书》载，春秋时越国大夫范蠡隐居江湖，自号"鸱夷子皮"，驾扁舟游五湖而不返。

赏　析

　　这首诗当为叶绍翁前往鄂王墓追悼时所作。诗的首联便直抒胸臆，连用两个"堪"字，就英雄冤死发出悲凉的感叹。颔联两句对比悬殊，极具张力，"须臾"与"八十年"相对，进一步突出岳飞在当时身系国家安危的历史作用。颈联描绘出一幅极肃穆而苍凉的画面，既是实写鄂王墓周围景象，又是虚笔表达关于历史变迁、英雄逝去的怅惘。诗的最后两句借范蠡自我保全之典故，表达对岳飞境遇的沉痛惋惜。全诗情感深沉，音调悲怆，从中能够读到诗人对英雄的无限敬仰与追思。西子湖畔，有着无数可以言说的往事，岳王庙的存在，也为杭州秀丽的山水增添了几分坚贞与刚毅。

林 升

林升,字云友,又字梦屏,号平山居士,温州平阳人。擅诗文。生平事迹不详。

题临安邸[1]

山外青山楼外楼,西湖歌舞几时休。
暖风熏得游人醉,直把杭州作汴州。[2]

(《全宋诗》卷二六七六)

注 释

[1]临安:南宋都城(行在),即今杭州。 [2]汴州:北宋都城汴梁,今河南开封。

赏 析

这是林升题写在临安城里某旅邸(客栈)墙上的一首诗。这首诗感慨时事,达官贵人们过着纸醉金迷的日子,陶醉于西湖的美景和歌女的美色之中,已经把杭州当成了往日繁华为天下之最、如今已被金人占据的大宋京城汴梁。这首诗文字浅显易懂,饱含怨恨的情感很容易引起北方流人的共鸣，毕竟逃难到江南的人中绝大多数是北方的老百姓。流离失所，故土难回，《题临安邸》说出了北方流民心中的悲愤怨恨，由此而广为流传。南宋初期，类似《题临安邸》这样揭露、批评南宋统治者苟且偷安的诗词还有不少。如高孝璹的《题临安西湖》："朱帘白舫乱湖光，隔岸龙舟舣夕阳。今日欢游复明日，便将京洛看钱塘。"即与此诗同一机杼。

元　佚名　西湖图

吴文英

吴文英（约1212—约1272），字君特，号梦窗，晚年又号觉翁，四明（今浙江宁波）人。一生未第，布衣终身。居苏州、杭州、越州最久。著有《梦窗词》。游踪所至，每有题咏，特别是在杭州作《莺啼序·丰乐楼》，历来颇负盛名。

高阳台 丰乐楼分韵得如字[1]

修竹凝妆，垂杨驻马，凭阑浅画成图。[2]山色谁题？楼前有雁斜书。[3]东风紧送斜阳下，弄旧寒、晚酒醒余。自销凝，能几花前，顿老相如？[4]

伤春不在高楼上，在灯前欹枕，雨外熏炉。[5]怕舣游船，临流可奈清癯。[6]飞红若到西湖底，搅翠澜、总是愁鱼。[7]莫重来，吹尽香绵，泪满平芜。[8]

（《梦窗词汇校笺释集评》）

注　释

[1]丰乐楼：宋代西湖名胜之一，在丰豫门外。原名众乐亭，改名耸

翠楼，宋徽宗政和间改名丰乐楼。元兵入杭州，毁于兵火。分韵：数人相约作诗词，选择若干字为韵，各人分拈，依拈得之韵为诗词，谓之分韵。　　[2]凝妆：精心打扮。　　[3]雁斜书：指雁阵排列成字形。　　[4]销凝：销魂凝魄，形容极度悲伤。相如：西汉文学家司马相如。这里是作者自指。　　[5]"伤春"三句：谓高楼宴赏之后，词人孤灯听雨，倚枕熏香，感伤春事，倍觉伤神。欹，斜靠。熏炉，以炉熏香。　　[6]舣：停船靠岸。清癯：清瘦。　　[7]飞红：落花。愁鱼：鳜鱼目常不闭，似人有愁辗转不寐，故云。用法与"哀蝉""怨蛩"相似。张先断句："愁似鳜鱼知夜永。"　　[8]香绵：指柳絮。平芜：草木丛生的平旷原野。

赏　析

此词虽为应酬分韵而作，却不落俗套，别有寄托。词的上片写景，由远及近，层次井然。登楼远望，修竹翠柳，湖山如画，雁阵字斜题，如为这幅大作题字落款。"斜阳"二句，由乐转悲，从而引出"自销凝"三句，自伤"顿老"，触景生情。下片换头三句，既紧承"伤春"之情，又以"不在高楼"转换词笔，另辟新境。接着词人临湖畅想，自己伤春清瘦，羞于临流自照，并推己及物，湖底游鱼也为花落春去而愁。结尾"重来"，点出词人伤感之由，故地重游而山河已异，忧时伤乱，感今伤昔，并非只是伤春而已。刘永济《微睇室说词》评此词曰："此词写登高眺远，感今伤昔，满腔悲慨。作者触景而生之情，绝非专为一己，盖有身世之感焉。以身言，则美人迟暮也；以世言，则国势日危也。大有'举目有河山之异'之叹。"

吴锡畴

吴锡畴(1215—1276),字元范,后更字元伦,号兰皋子,休宁(今属安徽)人。三十岁弃举子业,后隐居山林。所居之处遍植兰草以自况,著有《兰皋集》。吴锡畴曾行旅至杭州,游览名胜古迹,留有《六和塔》《林和靖墓》《遇梅初花》等诗。

六和塔[1]

直上浮屠最上头,茫茫渺渺入双眸。[2]

斜阳断雁新秋意,惹起西风一段愁。[3]

(《兰皋集》卷二)

注 释

[1]六和塔:又称"六合塔",在杭州钱塘江北月轮山上。北宋开宝三年(970),吴越王钱俶建以镇江潮,以其地旧有六和寺,故名。
[2]浮屠:佛教语中的佛塔,此处指六和塔。　[3]断雁:失群之雁,孤雁。

赏　析

　　这是一首悲秋之作，尾句"愁"字点明全诗的情感基调。诗人登上六和塔眺望，所见之秋景顿时引发心中的愁绪。前两句写自己登塔直达最高层，广阔的景色尽收眼底，"茫茫渺渺"渲染出苍茫飘渺的氛围。接着诗人具体描绘眼前景色，夕阳西斜，孤雁南飞，带来了新一年的秋意。此处写景着重写境，无浓墨重彩之描摹。而新秋之意也恰恰引发了西风吹起的愁思，"斜阳""断雁"的意象奠定了悲秋的情感基调。诗人融情于景，过渡自然流畅，夕阳下的西风、断雁组成的凄凉萧瑟之景正是作者内心悲伤愁苦的写照，这份愁绪可能也和诗人在南宋末年眼见家国飘零有关。全诗不事雕琢，圆融和谐，情感自然流露，体现诗人内敛的创作追求。

林和靖墓[1]

遗稿曾无封禅文，鹤归何处但孤坟。[2]

清风千载梅花共，说着梅花定说君。

（《兰皋集》卷一）

注　释

[1]林和靖墓：在今杭州西湖孤山北麓，南宋绍兴年间修建。林和靖，即林逋。　[2]"遗稿"句：本于林逋《自作寿堂因书一绝以志之》"茂

陵他日求遗稿，犹喜曾无封禅书"。封禅文，司马相如言封禅的遗书，此处指歌颂帝王功德的文章。

赏　析

　　这是一首凭吊林逋墓的佳作，风格清新淡然而韵味隽永，语言简练朴直。开篇借用汉武帝求司马相如遗稿而得封禅书的典故，赞颂林逋未曾写过阿谀奉承之文，肯定其不事权贵的气节和隐逸襟怀。接着写仙鹤归来，无处可栖，往日的家园只余下一座孤坟，逾见物是人非，沧桑变迁，也暗含了诗人对林逋的同情与不平。而孤山的梅花与千载清风犹在，后人说起梅花必然想到林逋，梅花成了林逋的文化符号。梅花向来是高洁傲岸的象征，后两句借景物寄托情怀，语淡意足，既是赞颂与敬佩，也体现诗人对林逋这一类隐士高洁自赏、清净隐逸的认同和向往。诗人拒绝征聘而归隐山林，与清风同在，与梅花共生，其精神气质正与林逋息息相通。

陈允平

陈允平，字衡仲，一字君衡，号西麓，四明（今浙江宁波）人。曾在睦州等地任职。罢官后放情山水，足迹遍布江浙皖一带，寄居杭州之日为多。常与周密、张枢、李彭老、王沂孙等以词酬唱，宋理宗景定年间参与杨缵、张枢等组织的"临安吟社"，其间曾应周密之约，作西湖十景词。词学周邦彦，与吴文英、翁元龙齐名。有《西麓继周集》《日湖渔唱》《西麓诗稿》。

八声甘州　曲院风荷[1]

放船杨柳下，听鸣蝉、薰风小新堤。[2]正烟苼露蓼，飞尘酿玉，第五桥西。[3]遥认青罗盖底，宫女夜游池。[4]谁在鸳鸯浦，独棹玻璃。[5]　　一片天机云锦，见凌波碧翠，照日胭脂。[6]是西湖西子，晴抹雨妆时。[7]便相将、无情秋思，向菰蒲深处落红衣。[8]醺醺里，半篙香梦，月转星移。[9]

（《全宋词·陈允平》）

注　释

[1]这首词为《西湖十咏》组词之一，作者应周密之约作于景定四年（1263）。曲院风荷："西湖十景"之一，位于西湖西侧。南宋时，此处有官家酿酒的作坊，取金沙涧的溪水造曲酒，附近的池塘又种有菱荷，故名。　　[2]薰风：特指夏天的风，也称"南风"。小新堤：即赵公堤，"西湖三堤"之一，南宋淳祐间临安知府赵与𥲅（chóu）建造，自北新路第二桥通至曲院。　　[3]烟茳露蓼：茳、蓼，均为蓼属植物名，多生长于水边、湿地。第五桥：即东浦桥，一称束浦桥，"西湖六桥"之一。始建于北宋，通曲院港。　　[4]青罗盖：青罗制成的伞盖，喻指荷叶。宋胡寅《游云湖》："荷花千叶装，一一青罗盖。"　　[5]鸳鸯浦：鸳鸯栖息的水滨，比喻美色荟萃之所。玻璃：此处喻指平静澄澈的湖面。　　[6]天机云锦：原比喻云霞，此处指湖面，即将湖面比作精美的丝织品。　　[7]"是西湖西子"二句：本于苏轼《饮湖上初晴后雨二首》之二"欲把西湖比西子，淡妆浓抹总相宜"。　　[8]菰蒲：两种水草，喻指湖泽。红衣：指荷花瓣。　　[9]半篙：形容水不深。苏轼《和鲜于子骏郓州新堂月夜二首》其一："池中半篙水。"以半篙水吟咏浅水池塘。篙，撑船工具。

赏　析

　　这首词为《西湖十咏》之一，词人泛舟于曲院边的池塘，描写风起时湖面与荷花相互映衬的景致，使人有身临其境之感。上阕描写自己独自泛舟于湖上。蝉鸣阵阵，夏风吹过清澈澄明的湖面，花香与酒香相得益彰。词人由此联想到宫女在此地夜游的景象，又为这美景增添了几分明丽。下阕景中有情。落日照耀在碧绿的水波上，水面如同美丽的绸缎，其晴姿雨态可比西施。而面对此种湖光山色，词人心中不禁有愁绪暗涌，只好向荷花深处，将秋思交付与醉中的一梦。全词不仅体现词人的审美情趣，同时也展现了山水所触发的词人愁绪，在赏玩之外，又透射出作者对故国的追思。

清　董邦达　曲院风荷图

文及翁

文及翁，字时学，号本心，绵州（今四川绵阳）人，徙居吴兴（今浙江湖州）。宝祐元年（1253）举进士。官至签书枢密院事。时元兵将至，弃官而遁。词存一首，即《贺新郎·西湖》。

贺新郎 西湖[1]

一勺西湖水。渡江来、百年歌舞，百年酣醉。回首洛阳花世界，烟渺黍离之地。[2]更不复、新亭堕泪。[3]簇乐红妆摇画艇，问中流击楫谁人是。[4]千古恨，几时洗？　余生自负澄清志。[5]更有谁、磻溪未遇，傅岩未起？[6]国事如今谁倚仗，衣带一江而已。[7]便都道、江神堪恃。借问孤山林处士，但掉头、笑指梅花蕊。[8]天下事，可知矣。

（《全宋词·文及翁》）

注 释

[1] 文及翁于南宋宝祐元年登第后，与同年进士游杭州西湖作此

词。　　[2]洛阳花世界：洛阳盛产牡丹，故云。北宋欧阳修《洛阳牡丹记·花品序》："牡丹……出洛阳者今为天下第一。"北宋覆亡，洛阳为金人所占。黍离：谓禾黍繁盛茂密，后借指国破家亡之悲。典出《诗·王风·黍离》。　　[3]新亭堕泪：晋室南渡后，群臣多宴于新亭。一日众人怀念故国，相视流泪，唯王导愀然变色，勉励众人辅佐王室、收复失地。事见《世说新语·言语》。后指感怀故国、志图恢复。　　[4]中流击楫：东晋祖逖率军北伐，渡江至中流时，拍打船桨，立誓恢复中原。事见《晋书》本传。比喻收复失地、振兴事业的决心。　　[5]"余生"句：东汉范滂为清诏使，按察冀州，登车揽辔，慨然有澄清天下之志。事见《后汉书》本传。澄清，谓肃清混乱局面。　　[6]磻溪：水名，相传为姜太公垂钓处。傅岩：古地名，在今山西平陆东。传说商代贤士傅说为奴隶时筑版于此，被武丁起用。事见《史记·殷本纪》。　　[7]衣带一江：隋文帝伐陈时，以长江为"一衣带水"，言其狭窄仅如衣带，不足为阻。参见《南史·陈后主纪》。[8]"借问"二句：北宋林逋志趣高洁，隐居孤山，其人爱梅，故云。

赏　析

这首词写游西湖所感，抨击苟安，表达忧国忧民之怀。起首极写西湖"一勺"之小与酣醉"百年"之久，中原之昔盛与今衰，已是鲜明对比；而在逸乐之中，群臣连如新亭对泣般哀痛反思也不能做到，就更显可笑可悲。面对西湖游船，词人不由想到中流击楫的祖逖，连问今之祖逖何在、长恨何时洗雪，悲愤之情溢于言表。过片直抒澄清之志，又连用吕尚、傅说之典，呼吁举贤任能,文气为之一振;但现实却是君上迷信天险,朝臣明哲保身,词人反用林逋爱梅之事,对南宋小朝廷的丑态予以辛辣讽刺。最后于卒章显志,既可见对国运的深刻忧虑,也流露事不可为的绝望。全词沉郁顿挫,振聋发聩,可见新科进士锐气。清谢章铤《赌棋山庄词话》称"是真《小雅》诗人之义",可谓切中肯綮。

王 洧

王洧,号仙麓,闽县(今福建福州)人。宋末诗人。宝祐四年至咸淳元年(1256—1265)在浙江任职,曾至临安九锁山。王洧有《湖山十景》十首,是描写"西湖十景"的佳作。

湖山十景 平湖秋月[1]

万顷寒光一席铺,冰轮行处片云无。[2]
鹫峰遥度西风冷,桂子纷纷点玉壶。[3]

(《咸淳临安志》卷九七)

注 释

[1]这首诗是王洧组诗《湖山十景》中的第五首。平湖秋月,"西湖十景"之一。南宋时无固定观景地址,后康熙帝题书"平湖秋月"匾额,景点固定于白堤西端。 [2]寒光:指秋天的月光。冰轮:代指月亮。 [3]鹫峰:即飞来峰,是杭州灵隐山的标识。

赏 析

这首诗吟咏"西湖十景"之一的平湖秋月,以月夜湖面为中心展开。首句"万顷"极言西湖湖面之开阔,皓月当空,月光铺洒在湖面上,形成一片水月相融的景象,"寒光"点明深秋时节。次句从俯视湖面转向仰望,描写空中月亮的皎洁,月光没有云层遮挡,完全泼洒在湖面上。接着作者选取了"月中桂子"这一典型意象,描绘了飞来峰上微冷的秋风吹过,桂花纷纷飘落,点缀在湖面上的景象,为诗歌增添了几分明丽的色彩。天竺一带多桂花,有月中落桂子一说,不少诗人曾吟咏此景。"玉壶"的比喻生动体现秋夜湖面的姿态。全诗描写清秋月夜西湖的整体景致,画面过渡流畅,水、月、花交相辉映,令人神往。

清 董邦达 平湖秋月图

王 恽

王恽（1227—1304），字仲谋，号秋涧，卫州汲县（今河南卫辉）人。官至翰林学士、知制诰。著有《秋涧先生大全集》。

富阳道中（其一）

两浙风烟入富春，眼中形胜斗横陈。[1]

一樽不吸江山渌，笑煞桐庐把钓人。[2]

（《王恽全集汇校》卷三〇）

注 释

[1]横陈：横卧。　[2]渌：一作"绿"，本指美酒，这里一语双关，又指山水的青绿之色。桐庐把钓人：指严光。

赏 析

这首诗描写诗人行经富阳道中所见所感。上联写景，为诗人眼中之景，"以我观物，故物皆著我之色彩"，是王国维所论的"有我之境"。诗以"两浙风烟"作为开篇，气势恢弘，也写出了富阳的地理特点。富阳整体地貌为"两山夹江"，天目山余脉绵亘西北，仙霞岭余脉蜿蜒东南，富春江西入东出，斜贯中部，将境内一分为二。第二句承接首句而下，富春江两岸山峦嶙峋奇绝，为诗人眼中之形胜。下联由实入虚，结合此地典故抒发感慨。诗句将江水比作美酒，行经此地的人没有品尝此等美酒的豪迈洒脱，因而会遭到汉代敝屣荣名、隐居垂钓的严光嘲笑。以此反笔，既将江水赋予诗意，又表达了诗人放诞不羁的性情与对退隐江湖的歆羡。

清　王鉴　富春山居图（局部）

俞德邻

俞德邻（1232—1293），字宗大，号佩韦，又号太玉山人，永嘉（今浙江温州）人。咸淳十年（1274）进士。宋亡后遁迹于山林。自名其斋为佩韦，著有《佩韦斋文集》《佩韦斋辑闻》。入元后俞德邻曾陆续几次游杭州，留下不少诗文，如《癸未游杭作口号十首》等。

登六和塔

僧舍倚松北，浮图界竹西。[1]

江通严濑远，云压越山低。[2]

槐里三原隔，襄城七圣迷。[3]

临风悲往事，月落冻乌啼。

（《佩韦斋集》卷四）

注　释

[1]浮图：佛教语，指佛塔。　[2]越山：古越地的山。越即春秋越国，以绍兴为中心，越王城山遗址在今杭州市萧山区。　[3]槐里三原：槐里为汉武帝茂陵所在地，三原为唐高祖献陵所在地。这里用槐

里、三原指代宋朝诸帝陵墓。"襄城"句：典出《庄子》，黄帝携方明等六人往见大隗于具茨之山，"至于襄城之野，七圣皆迷"。

赏　析

  诗人登临六和塔，由眼前之景联想到往事，不禁勾起心中的黍离之悲，诗歌整体基调低沉。首联描写六和塔的地理位置，这里松竹环绕，清净幽深。颔联描写远望之景，江水相通，云压山峰，浩渺广阔。而诗人来到曾经的南宋都城，面对眼前的自然景色，又不可避免地产生联想。颈联写故国之思，上句言自己不能凭吊宋帝诸陵，下句用七圣迷失的典故，很可能指宋末皇帝的仓皇出逃。尾联情景交融，"悲"字直接点明诗人情感，诗人登临六和塔，由临风所见想到往事，不禁悲从中来。末句以景作结，月落乌啼，渲染萧瑟凄凉的氛围，表达诗人国破家亡、漂泊天涯的悲痛。全诗自然深远，面对阔大之景，不觉自失，难掩沉郁。

周 密

周密（1232—约1298），字公谨，号草窗、蘋洲、四水潜夫等，祖籍山东济南，迁居吴兴（今浙江湖州）。以门荫入仕，曾任两浙运司掾属、丰储仓检查等。入元后不仕。与吴文英（号梦窗）并称"二窗"。著有《草窗韵语》《蘋洲渔笛谱》《云烟过眼录》《齐东野语》《武林旧事》《癸辛杂识》等，编有《绝妙好词》。周密曾在杭州任职、居住，留下许多描写杭州景致的诗文，如《谒金门·吴山观涛》《观潮》。

谒金门 吴山观涛[1]

天水碧，染就一江秋色。鳌戴雪山龙起蛰，快风吹海立。[2] 数点烟鬟青滴，一杼霞绡红湿。[3] 白鸟明边帆影直，隔江闻夜笛。[4]

（《蘋洲渔笛谱笺疏》卷二）

注 释

[1]吴山：在杭州市西湖东南，山势绵亘起伏，左带钱塘江，右瞰西湖。 [2]鳌戴：传说渤海中有五座山，由巨鳌背负支撑。见《列

子·汤问》。起蛰：此用惊起蛰伏的蛟龙来比喻潮起。"快风"句：本于苏轼《有美堂暴雨》诗"天外黑风吹海立"。快风，快有痛快意，此处指疾风。语本宋玉《风赋》"快哉此风"。　[3] 烟鬟：喻指云雾缭绕的峰峦。一杼霞绡：此处将晚霞比作纺织的轻纱。　[4] 白鸟明边：化用杜甫《雨四首》之一"白鸟去边明"句意。白鸟指白羽的鸟。

赏　析

　　这首词作于咸淳年间词人任两浙运司掾属时，描写钱塘江涨潮的场面。首句描写涨潮前风平浪静的碧绿江面，"染"富有动态，"秋"点明时令。接着描绘疾风将潮水吹得几近竖立的景象，连用比喻，说潮水像巨鳌背负的雪山，又像潜伏的巨龙苏醒，想象瑰丽，气势雄浑。下片描写退潮后的景色。远处青翠的山峦笼罩着烟雾，天边的晚霞像红绡一般，飞鸟追逐着天边的帆船。词人从大处着笔，"青""红""白"色彩层次丰富，勾勒出广阔又斑斓的图景。尾句转而描写隔江传来的笛声，以听觉收束全词，衬托出退潮后的万籁俱寂，余韵无穷。全词从白昼写到夜晚，以画入词，有动有静，有声有色，囊括万象，李调元《雨村词话》称其"直字字如锦"。

汪元量

汪元量(约1241—约1317),字大有,号水云,钱塘(今浙江杭州)人。原系宫廷琴师。元灭宋,他随三宫被掳北去,将亲身经历写入诗歌,时人以"诗史"相誉,比之杜甫。后回杭州为道士。有《湖山类稿》《水云集》。

湖州歌九十八首(其五)[1]

一挼吴山在眼中,楼台叠叠间青红。[2]

锦帆后夜烟江上,手抱琵琶忆故宫。[3]

(《增订湖山类稿》卷二)

注 释

[1]德祐二年(1276),汪元量北徙途中作《湖州歌九十八首》,此为其五。湖州,指杭州城北傍运河之湖州市,南宋时为商贸集市。其地在今杭州城北湖墅一带,非今浙江湖州。伯颜灭宋时曾屯兵于此,故组诗以"湖州歌"为题。 [2]一挼:一捧,形容诗人视野中吴山之小。挼,同"挪"。 [3]锦帆:装饰华丽的船。故宫:旧时的宫殿,指南宋皇城。

赏　析

南宋沦亡后,君臣宫女被押送去燕京,其间多走水路。吴山是杭城地标,又是南宋皇宫所在,诗人以"一抔"言其小,似在感慨南宋政权经不起元军铁蹄一蹴。接着由吴山而延及宫室楼台,写宫殿的层层叠叠与红墙青瓦。第三句用一"锦"字美化这段极其艰辛的北上路程,以此维护故国的最后一丝尊严。身为琴师,"手抱琵琶"是诗人的自画像。从"在眼中"到"忆故宫",写实与抒情相结合,折射了种种复杂的心绪。听其弦外之音,味其言外之意,似呜咽悲歌,有故宫离黍之感。全诗未下一字判断,然天翻地覆、家国破亡之痛皆在其中,深得风人之旨。

西湖旧梦(其一)[1]

南高峰对北高峰,十里荷花九里松。[2]
烟雨楼台僧占了,西湖风月属吾侬。[3]

(《增订湖山类稿》卷四)

注　释

[1] 至元三十一年(1294),汪元量作《西湖旧梦》十首,怀念故国,此为其一。　[2] 九里松:在西湖北。　[3] "烟雨"句:元代尊崇释教,宋室皇宫多为僧人所占。吾侬:我。

赏 析

元世祖至元二十五年（1288），汪元量黄冠南归，次年抵钱塘。此后，他组诗社，过潇湘，入蜀川，访旧友，又于钱塘筑"湖山隐处"，终老山水。《西湖旧梦》十首以西湖为中心，用白描手法写其周边风物，且涉及风俗民情、游冶活动等，语言平易自然。此首中，诗人目睹南北高峰，再一次想起了那些前尘往事，柳永《望海潮》词中的"十里荷花"与眼前的荷花之盛虚实相应，江山易主而风月无主，闲者如他，便是主人。箫韶犹在，陵寝难寻，西湖在汪元量眼中成为一种国家衰亡的符号印记，寄托着他的遗民情怀。

张　炎

张炎(1248—1314后),字叔夏,号玉田、乐笑翁,临安(今浙江杭州)人。南宋名将张俊之后。早年过着世家大族的生活,纵情湖山,与临安文人相互唱和。宋亡后家道中落,行踪遍布杭州、绍兴一带,与周密、王沂孙等交往酬唱,参与结社雅集。与蒋捷、王沂孙、周密并称"宋末四大家"。有词集《山中白云词》,词论著作《词源》。

高阳台　西湖春感[1]

接叶巢莺,平波卷絮,断桥斜日归船。[2]能几番游,看花又是明年。东风且伴蔷薇住,到蔷薇、春已堪怜。更凄然。万绿西泠,一抹荒烟。[3]

当年燕子知何处,但苔深韦曲,草暗斜川。[4]见说新愁,如今也到鸥边。无心再续笙歌梦,掩重门、浅醉闲眠。莫开帘。怕见飞花,怕听啼鹃。

(《山中白云词笺》卷一)

清　关槐　西湖图

注　释

[1]这首词为宋亡后词人重到西湖所作,大致作于祥兴年间。　[2]断桥:位于西湖白堤东端,为白堤第一桥。　[3]西泠:桥名,在杭州西湖,位于栖霞岭麓到孤山之间。　[4]"当年"句:暗用刘禹锡《乌衣巷》"旧时王谢堂前燕,飞入寻常百姓家"诗意。韦曲:在陕西西安长安区,唐朝时韦姓世代居住于此,故名。韦氏是唐朝士族,时谚称

"城南韦杜，去天尺五"，此处指南宋都城杭州的权贵住宅。斜川：在江西星子、都昌二县县境，临近鄱阳湖。陶渊明曾游斜川，并作诗。此处借指杭州名胜。

赏 析

  这首词写于都城陷落后，词人面对一番萧瑟之景，感叹家国身世之飘零。开篇描写西湖之良辰美景，其后陡转，词人眼见蔷薇开放，春光即将逝去，但最终无可奈何，只能道一句"又是明年"，不可挽留的春天也象征着故国的颓势。而如今，西泠桥边只剩一片荒芜惨淡，更是与往日的繁华形成强烈对比，充分体现西湖的残败景象。下片起句"苔深""草暗"互文见义，繁华景象早已不再，重游西湖，已有凭吊古迹的昔盛今衰之感。种种愁绪之下，词人无心追寻往日欢乐，只好掩门醉眠。尾句以景示情，婉转蕴藉，又添几分凄凉，词人不忍触及暮春时节的"飞花""啼鹃"，两个"怕"字可见哀思之深。全词无一沉痛字眼，但亡国之痛体现得淋漓尽致，无怪乎陈廷焯在《白雨斋词话》中说："凄凉幽怨，郁之至，厚之至。"

真山民

真山民,括苍(今浙江丽水)人。宋末进士。宋亡后不仕,遁迹山林,所至之处好题咏,自称"山民"。著有《真山民诗集》。

泊白沙渡[1]

日暮片帆落,渡头生暝烟。[2]

与鸥分渚泊,邀月共船眠。

灯影渔舟外,湍声客枕边。

离怀正无奈,况复听啼鹃。

(《真山民集》)

注 释

[1]白沙渡:在今杭州新安江边,原址现建有白沙大桥,横跨新安江南北。 [2]暝烟:傍晚的烟霭。

赏 析

这首诗以自然清新的语言描绘了日暮白沙渡的景色和诗人的离情愁绪。首联交代时间、地点,寥寥几笔渲染了日暮时分白沙渡的宁静氛围。颔联抒写从鸥鸟游憩、邀明月共眠的生活，展现自己身处江湖的境况。结合诗人宋末遗民的身份，此处也显示了诗人不仕元朝的决心。颈联的"客"字交代了诗人背井离乡的处境，渔船、灯光和水声令诗人难以入眠，可见其内心的辗转。句中不直接出现"愁"字，显得更为含蓄委婉。尾联直接点明"离怀"，而听到杜鹃啼鸣又再次深化了诗人内心的寂寞哀伤。相传杜鹃是蜀帝杜宇所化，"啼鹃"的意象暗含诗人的亡国之痛。全篇展现了诗人在晚烟中停泊于渡口，与鸥鸟、明月相伴的美好画面，前三联景中有情，尾联情随景出，颇有深意。

陈德武

　　陈德武，三山（今福建福州）人。宋亡后仍在世。具体事迹不详。曾途经钱塘等地。著有《白雪遗音》。

水龙吟 西湖怀古

　　东南第一名州，西湖自古多佳丽。[1]临堤台榭，画船楼阁，游人歌吹。十里荷花，三秋桂子，四山晴翠。[2]使百年南渡，一时豪杰，都忘却、平生志。[3]

　　可惜天旋时异，借何人、雪当年耻？[4]登临形胜，感伤今古，发挥英气。[5]力士推山，天吴移水，作农桑地。[6]借钱塘潮汐，为君洗尽，岳将军泪！[7]

（《全宋词·陈德武》）

注　释

[1] 东南第一名州：指杭州，化用宋仁宗《赐梅挚知杭州》"地有湖山美，东南第一州"句意。佳丽：风光绮丽。　[2] "十里"句：化用柳永《望海潮·东南形胜》"重湖叠巘清嘉，有三秋桂子，十里荷花"。

[3]百年南渡：靖康二年（1127）赵构南下即位，改元建炎，建立南宋王朝。作者创作本词时，距离赵构南渡已有一百多年，百年是约数。平生志：即收复中原的志向。　　[4]天旋时异：时世变迁。借：凭借。当年耻：指靖康之变。靖康二年金军南下攻占北宋首都，掳走徽、钦二帝，北宋灭亡。　　[5]形胜：山川壮美之地。　　[6]力士推山：传说巴蜀有五丁力士能移山。出自《蜀王本纪》："天为蜀王生五丁力士，能徙山。"天吴移水：天吴是传说中的海神，能移水。见《山海经·海外东经》。　　[7]岳将军：指岳飞。

赏　析

　　这首词应写于南宋灭亡之际，词人"登临形胜，感伤今古"。上阕起句不凡，大处落笔，感叹西湖之繁华由来已久。接着从时间和空间上描写西湖的秀丽，游人之乐与湖山之美构成和平繁荣的景象。但繁华只是表面，词人以此为铺垫，指责朝廷沉迷享乐，偏安一隅。下阕由怀古转入伤今抒怀，纵笔想象。"借何人"的诘问掷地有声，沉痛至极。而后词人展开想象，拓展新的语境。词人盼望有神明推山移水，将西湖变为农桑之地造福人民，又盼望潮水能告慰岳飞的精忠报国之志。结句豪放有力，体现一心复国的渴望，也更显出词人作为遗民的满腔郁愤。全词感情激越，既有亡国之哀痛，也含复国之期望，幻想的奇特与现实的沉痛融合为一。

鲜于枢

鲜于枢(1246—1302),字伯机,号困学民、直寄老人,祖籍渔阳(今天津市蓟州区),生于汴梁(今河南开封)。元世祖时曾官两浙转运使经历。后定居钱塘西溪,筑困学斋。大德六年(1302)授太常寺典簿,未及到任,逝于钱塘。著有《困学斋集》。

建德溪行

山截溪将断,川回路忽通。

鸟飞青嶂里,人语翠微中。[1]

玄圃参差是,桃源想像同。[2]

平生苦行役,翻爱石尤风。[3]

(《石仓十二代诗选·元诗》卷五)

注 释

[1]青嶂:像屏障一样的青山。翠微:淡青色的山岚。　[2]玄圃:神话中仙人居所,在昆仑山顶。桃源:陶渊明《桃花源记》中所描绘的世外之境。　[3]行役:因兵役或公务等事而出行。石尤风:逆风。

赏 析

 这首诗写作者行经建德山溪间的所见所感。首联写诗人沿着山溪行船,看前方山峦好似截断了溪流,而转过弯后又复豁然开朗,有"山重水复""柳暗花明"之意境。颔联承接而下,实写山间景致。两句为互文关系,意为在青山之间有鸟鸣、人语,动静结合,更显环境清幽。颈联由实转虚,将此地比作玄圃、桃源等世外仙境。诗的前三联都是对仗的,中间两联上下句意思相近,但首联结构对称而语意上前后承接。尾联放开一笔作结,诗人说自己本为行役所苦,但是现在却反过来喜欢上了此时的逆风,含蓄地表达了对建德溪沿途景观的叹赏,是明放暗收,显示出作者的锤炼功夫。

谢 翱

谢翱（1249—1295），字皋羽，号晞发子，福安（今属福建）人，后迁居浦城（今属福建）。少时随父谢钥赴杭州应进士考试，途经桐庐凭吊严光。后应试不第，即弃举子业。晚年寓居杭州西湖，去世后友人从其志葬于严子陵钓台。著有《晞发集》，编有《天地间集》。

西台哭所思 [1]

残年哭知己，白日下荒台。[2]

泪落吴江水，随潮到海回。[3]

故衣犹染碧，后土不怜才。[4]

未老山中客，唯应赋八哀。[5]

（《全元诗》第一四册）

注 释

[1] 这首诗作于至元二十七年（1290），诗人登严子陵钓台祭奠文天祥。西台：严子陵钓台有东、西两钓台。　[2]"残年"句：指哭祭文天祥。文天祥在至元十九年十二月初九被杀害，是一年将尽之日，故称

为残年。谢翱此次哭祭也在冬天。　　[3]吴江：指富春江，严子陵钓台在富春江上。　　[4]故衣：指文天祥被杀害时仍穿着宋朝官服。碧：碧血。《庄子·外物》："苌弘死于蜀，藏其血，三年而化为碧。"后土：土地神，此处泛指天地。　　[5]山中客：作者自称。八哀：杜甫有《八哀诗》，共八首，悼念王思礼等八位唐代著名大臣。

赏　析

　　这首诗为悼念文天祥之作。首联点明时间、地点，"知己"二字体现两人的深厚友谊与共同的复国之志。"残年""荒台"寥寥几笔描绘出惨败荒芜的景象，使全诗蒙上悲凉之色。在这样的气氛中，诗人不禁泪洒江水。颔联写自己这些年的泪水随着潮水入海，又流回江中，不仅写眼前的凭吊，也追忆多年以来对故人之死的感伤，更显悲恸之深沉，如江水般回旋往复，永无休止。颈联由哭转思，诗人用苌弘之典故，想象文天祥就义时染血的"故衣"，赞颂其忠贞不屈，更埋怨天地不仁，使贤才被害。尾联从文天祥写到自身，故人已逝，自己却无能为力，只能苟活于世，赋诗缅怀，"未老"二字，更显内心的哀痛与无奈。全诗用语平实无华，字面之下难掩心中悲怆，令人如闻痛哭之声。

赵孟頫

赵孟頫（1254—1322），字子昂，号松雪道人，湖州（今属浙江）人。宋太祖赵匡胤十一世孙，宋末以父荫任真州司户参军。元至元二十三年（1286），应召入朝，官至翰林学士承旨。赵孟頫是著名书法家、画家，在诗文方面也有很高成就，备受世人推崇。著有《松雪斋文集》。

岳鄂王墓[1]

鄂王坟上草离离，秋日荒凉石兽危。[2]

南渡君臣轻社稷，中原父老望旌旗。[3]

英雄已死嗟何及，天下中分遂不支。[4]

莫向西湖歌此曲，水光山色不胜悲。[5]

（《松雪斋集》卷四）

注 释

[1]岳鄂王墓：即岳坟，在今西湖栖霞岭岳庙内。 [2]石兽：古代帝王、官僚墓前的兽形石雕，其种类和多寡依墓主的身份而分不同的等级。危：高耸屹立的样子。 [3]南渡君臣：指以宋高宗赵构为

代表的统治集团。北宋灭亡后,高宗渡过长江,迁于南方,建都临安(今杭州),史称南渡。社稷:本指土神和谷神。因社稷为帝王所祭拜,后用来泛称国家。望旌旗:意为盼望以岳家军为代表的南宋大军北伐。旌旗,代指军队。 [4]嗟何及:叹息英雄不再,后悔已来不及。嗟,叹息。中分:分裂。不支:难以长久维持。 [5]不胜:不尽,无限。

赏 析

《岳鄂王墓》写得沉痛压抑,寄托深远。全诗紧扣题目,即景生情,咏史抒怀,议论感慨,一气直下。诗以景语起,以情语结,哀婉深沉,感情强烈。全诗对仗工稳,格调诚挚,在起承转合上极有规则,抑扬顿挫,深得杜甫律法。一般而言,怀古之作,大多好用典故,但此诗基本上未用典故,而且语言平易,不事雕饰,真实地表达了诗人的思想感情。诗人以赵宋宗室后裔的身份写下此诗,诗中充满了对英雄的叹息和哀悼,对南宋君臣偷安误国的谴责,以及深藏于字里行间的故国之思,极具感染力。陶宗仪《南村辍耕录》记载,时人读此诗后"不堕泪者几希",应该不是虚言。

黄公望

　　黄公望（1269—1354），本姓陆，名坚，常熟（今属江苏）人，出继于永嘉（今浙江温州）黄氏，字子久，号一峰、大痴道人等。顺帝至元中辟为书吏，不久隐于富春。后皈依全真教，一度在松江卖卜。工画山水，师法董源、巨然，自成一家。与王蒙、倪瓒、吴镇合称"元四家"。传世画作以《富春山居图》最著名。著有《写山水诀》《大痴山人集》。

西湖竹枝词[1]

水仙祠前湖水深，岳王坟上有猿吟。[2]

湖船女子唱歌去，月落沧波无处寻。

（《全元诗》第二三册）

注　释

[1] 竹枝词：本是流行于四川一带的民歌，唐时刘禹锡曾加以剪裁，后传于世。形式多为七言绝句，用语通俗轻快，内容多为表现当地风俗或男女情爱。　[2] 水仙祠：西湖边水仙王庙，祀钱塘龙君。在孤山南麓，西湖第三桥北。岳王坟：岳飞之墓。岳飞于宋宁宗时被追封为鄂王，故称"岳王"。

赏 析

这首诗写西湖景观。诗人以一位山水画家独特的眼光,捕捉了四种有特点的西湖景象,超越静态的图画,保存了西湖的实况,读来使人有身临其境之感。全诗以白描的手法并列起来,一句一景,每一句是相对独立的个体,但是合并起来便构成一个和谐的整体,组合成诗人对西湖的印象。这与中国山水画通景屏的形式有共通之处,通景屏的装裱形式是将四幅画连成一幅,内容是一个整体。正是诗人在绘画领域的杰出造诣,才能以画入诗,将两种不同的艺术表现形式自然结合起来。全诗语言只写景而不抒情,却以意象构建出了静谧朦胧的诗境,含不尽之意于言外,余音绕梁。

王　冕

王冕（1287—1359），字元章，号煮石山农、梅花屋主等，诸暨（今属浙江）人。屡次应举不中，遂绝意仕途，隐居于家乡九里山。有《竹斋集》。王冕工诗善画，尤以墨梅知名，晚年遂卖画为生。他曾多次出游，并在杭州居住过。

素梅（其三十一）

玛瑙坡前春未来，几番空棹酒船回。[1]

西湖今日清如许，一树梅花压水开。

（《竹斋集》续集）

注　释

[1] 玛瑙坡：位于今孤山北麓，因石如玛瑙而得名。

赏　析

这首七绝的首句透露出时在早春，且春意尚浅。次句云"几番""空棹"，说明诗人多次乘舟出游，却因春未至而略有遗憾，但字里行间又透露出作者饱含期盼。第三句"西湖今日清如许"，笔锋一转：前几次徒然而返，今日西湖如此清澈，不知道春色如何。末句以景结情，空灵澄净，"一树梅花压水开"，可知诗人数日的期盼终于实现。古人说写七绝有起承转合之法，在此诗中得到淋漓尽致的展现。前两句中规中矩，起承平缓，第三句突然笔锋一转，第四句则一笔绾合。如此，则诗的前后两部分对比鲜明，空棹船回的惆怅落寞，一下子被见到梅花压水的欣喜所取代，从而营造出一种通透醒目、意境悠远之感。

元　赵孟籲　停舟访梅图

杨维桢

杨维桢（1296—1370），字廉夫，号铁崖、东维子等，善吹铁笛，自称铁笛道人，诸暨（今属浙江）人。元泰定四年（1327）进士。因兵乱避居富春山，迁杭州。明洪武三年（1370），召至京师，旋乞归，抵家即卒。杨维桢诗名擅一时，号铁崖体。擅诗文、书法、戏曲。所创《西湖竹枝歌》通俗清新，和者众多。有《东维子文集》《铁崖先生古乐府》等。

西湖竹枝歌（其一）[1]

苏小门前花满株，苏公堤上女当垆。
南官北使须到此，江南西湖天下无。[2]

（《杨维桢诗集·铁崖乐府》卷一〇）

注 释

[1]《元诗选》题下有作者自序："予闲居西湖者七八年，与茅山外史张贞居、苕溪郯九成辈为唱和交。水光山色，浸沉胸次，洗一时尊俎粉黛之习，于是乎有《竹枝》之声。好事者流布南北，名人韵士属和者无虑百家。道扬讽谕，古人之教广矣。是风一变，贤妃贞妇，兴国显家，而《烈女传》作矣。采风谣者，其可忽诸？至正八年秋七月，

会稽杨维桢书于玉山草堂。"　　[2]南官北使:指经过此地的南北官员。

赏　析

  这首诗是诗人所作《西湖竹枝歌九首》的第一首。开篇即以西湖著名古迹点题,"苏小""苏公"均是西湖名人,且都姓苏,诗人将两者并举,尤显构思巧妙。"花满株""女当垆"都是充满生机活力的场景,所写虽是古迹,但诗歌基调并非怀古之作的低回沧桑,而别具烂漫的生命力。后两句由实入虚,表达议论,认为南北官使都应该到这里来欣赏西湖天下无双的美。全诗风格清新,用语通俗,描写精巧,情感真挚,是咏西湖诗中的佳作。

萨都剌

萨都剌（约1307—1359后），字天锡，号直斋，回鹘人，世居雁门（今山西代县）。元泰定四年（1327）进士。官至江南行台侍御史。著有《雁门集》。萨都剌晚年居杭州，留有不少诗句。

西湖绝句六首（其一）

涌金门外上湖船，狂客风流忆往年。[1]

十八女儿摇艇子，隔船笑掷买花钱。

（《雁门集》卷一二）

注 释

[1] 涌金门：古代杭州西城门之一。传说为西湖中金牛涌现之地，因而得名。历来为百姓从杭州城里到西湖游览的通道。

赏 析

这首诗写诗人重上西湖游船，回忆往年游览经历之事，风流俊逸，令人神往。首句引入主题，写诗人经过涌金门登上西湖游船，则此地的繁华与热闹已不言而喻。见此情此景，诗人自称"狂客",回忆起了其年轻时游玩西湖的经历。后两句全是虚写,是诗人回忆中游湖的经历。当时西湖之上也正如此时此刻,热闹非凡,卖花的少女撑着小艇穿梭往来,诗人隔着船直接将买花钱掷向少女的小船,饶有趣味。诗歌并未正面描写西湖景观,而从诗人年轻时清新活泼的回忆着笔,这是西湖留给诗人的美好印象,也是"西湖自古多佳丽"的真实写照,在众多题咏西湖的诗词中别具一格。

贡性之

贡性之,字友初,一作有初,宣城(今属安徽)人。元代以胄子除簿尉。明洪武初,避居山阴,更名悦。躬耕自给,以终其身。以世家宣城之南湖,因号"南湖先生"。著有《南湖集》。

涌金门见柳

涌金门外柳垂金,三日不来成绿阴。

折取一枝入城去,使人知道已春深。[1]

(《南湖集》卷下)

注 释

[1]春深:春意浓郁。

赏 析

全诗信手拈来,语言平易浅近,明白如话,深得自然真趣。诗人言浅意远,委婉含蓄地表达了春光不等人的惜春之情,抒发了对春天的热爱,诗味隽永,浑然天成。丰子恺曾以此诗后两句题画,绘女子手执桃花归来,所折虽异,寄意则同。

张　昱

　　张昱，字光弼，号一笑居士，又号可闲老人，庐陵（今江西吉安）人。官至江浙行省左、右司员外郎，行枢密院判官。晚居西湖寿安坊，明太祖征至京，厚赐遣还。张昱身处元明易代之际，常以诗自娱。风格或豪迈超拔，或沉郁悲凉。著有《庐陵集》。

船过临平湖[1]

船过临平欲住难，藕花红白水云间。
只因一霎溟濛雨，不得分明看好山。[2]

（《全元诗》第四四册）

注　释

[1] 临平湖：在今杭州市临平区西南。　[2] 溟濛：小雨貌。山：此指临平山，在临平湖西北。

赏　析

　　此诗为诗人行船经过临平湖所作。首句破题，接着写诗人在湖中所见，水面倒映白云，水天似乎一体，而在水云之间则是或红或白的藕花，诗人以简洁的语言写尽澄澈而鲜明的湖景。后两句写一场烟雨，雨中湖山迷蒙，所以诗人不能将湖边临平山看得分明，将江南之地烟雨蒙蒙的意境渲染得淋漓尽致。诗句蕴含了诗人的巧思，看似是在抱怨突如其来的一场小雨，实则绵绵细雨、朦胧湖山亦是足堪入诗的美景，从而造成诗歌正反层叠的意蕴，言尽意不尽，令人反复寻味。

浙江诗话

明清

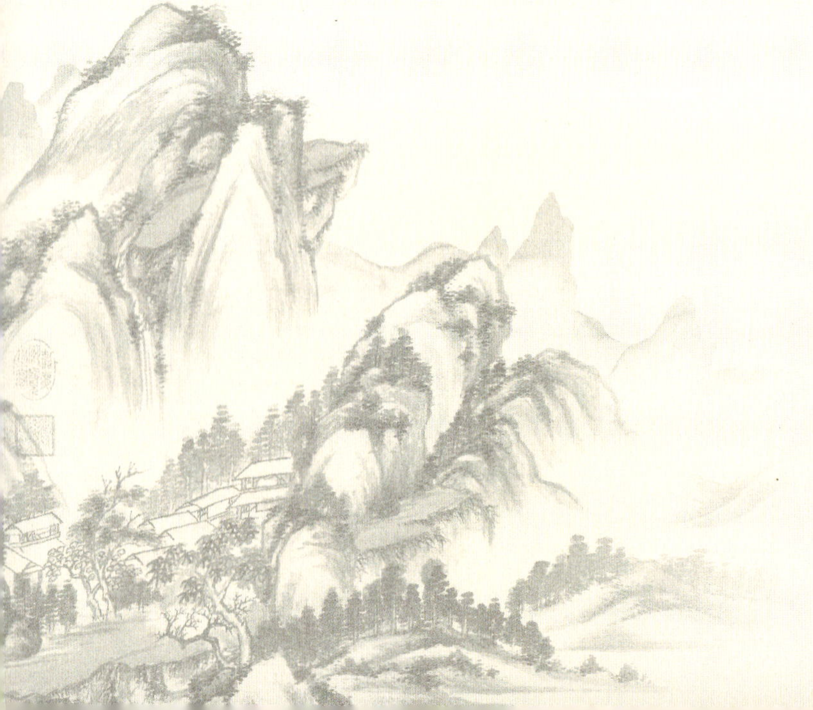

刘 基

　　刘基（1311—1375），字伯温，青田南田（今属浙江文成）人。元元统元年（1333）进士，授高安县丞。辅佐朱元璋成就帝业，为明朝开国元勋之一，官至御史中丞兼太史令，封诚意伯。晚年被胡惟庸构陷，郁愤而终。刘基为元明间浙派文人领袖，与宋濂、高启并称为"明初诗文三大家"。著有《诚意伯刘先生文集》。刘基于元至顺三年（1332）由青田赴杭州省试。至正八年至十三年（1348—1353）又到杭州任浙江省儒学副提举、行省考试官，前后寓杭州多年。作有《题湘湖图》《癸巳正月在杭州作》《玉涧和尚西湖图歌》等诗，以及散文名作《卖柑者言》。

题湘湖图[1]

君山洞庭隔江水，彭蠡无风波浪起。[2]

明窗晓晴图画开，兴入湘湖三百里。

湘江两岸山纵横，湘湖碧绕越王城。[3]

越王城荒陵谷在，古树落日长烟平。

游子天寒孤棹远，七十二溪飞雪满。[4]

浩歌不见濯缨人,沙鹤野猿相对晚。[5]

湖东云气通蓬莱,我欲从之归去来。[6]

蛟鼍塞川陆有虎,两臂无翼令心哀。[7]

(《刘伯温集》卷二一)

注　释

[1]湘湖:位于杭州市萧山区,风景秀丽,被誉为西湖的"姐妹湖"。　[2]彭蠡:彭蠡湖,即鄱阳湖。　[3]越王城:春秋时期越王勾践所建的军事城垒,位于湘湖,今存遗址。　[4]七十二溪:泛指溪水众多。　[5]濯缨:洗濯冠缨,典出屈原《渔父》,比喻超脱世俗。　[6]蓬莱:传说中的海上三神山之一。　[7]蛟鼍:指水中凶猛的鳄类动物。

赏　析

　　刘基于元至正十三年被任命为江浙行省都事,其间创作了多篇描写湘湖的诗文。此诗是一首题画诗,所题湘湖图很可能也是刘基自己所绘。诗歌开篇以洞庭湖和鄱阳湖起兴,随着画卷的展开,湘湖的图景徐徐显现。湘湖位于越王勾践所建的城垒旁,然而城垒已经荒废,唯余古树落日依旧。画卷中一位游子泛舟于湘湖之上,寒日里大雪飘飞,落满水面。作者观此画中之景,不免产生了归隐之心,想象游子放声高歌,却不见沧浪濯缨的高士,四周只有沙鹤与野猿在陪伴自己。湘湖的云气或可通往蓬莱仙山,

明　沈周　湖山佳趣图（局部）

但是路途之中亦有蛟龙猛虎的阻拦，这也暗喻作者在烦杂的世事面前无能为力。刘基此诗虽是为画而作，但也可以看出对元末社会现实的不满。

高　启

　　高启（1336—1374），字季迪，号槎轩、青丘子，长洲（今江苏苏州）人。元末隐居吴淞青丘，自号青丘子。明初应召入朝，授翰林院国史编修。后因《上梁文》"龙蟠虎踞"之句，触怒朱元璋，腰斩于南京。高启为明代成就最高的诗人之一，与宋濂、刘基并称"明初诗文三大家"。著有《高太史大全集》《凫藻集》《扣舷集》。高启于至正十八年（1358）冬和至正二十年春两次客居钱塘，作有《钱塘送马使君之吴中》《吊岳王墓》等诗。

吊岳王墓 [1]

大树无枝向北风，十年遗恨泣英雄。[2]

班师诏已来三殿，射房书犹说两宫。[3]

每忆上方谁请剑，空嗟高庙自藏弓。[4]

栖霞岭上今回首，不见诸陵白露中。[5]

（《明诗别裁集》卷一）

注　释

[1]岳王墓：即岳飞墓，在今西湖栖霞岭岳庙内。　　[2]大树：岳坟

前高大的墓木，亦借指不居功自傲的将领。《后汉书·冯异传》载大将冯异为人谦退，"每所止舍，诸将并坐论功，异常独屏树下，军中号曰'大树将军'"。无枝向北风：即枝条无一向北。明《一统志》载岳坟"木枝皆南向，识者谓其忠义所感云"。十年：《宋史·岳飞传》载岳飞一天接十二道金牌后，有"十年之功，废于一旦"之叹。　[3]班师诏：绍兴十年（1140），岳飞大败南侵的金兵，进军朱仙镇，金兀术准备北还。宋高宗和秦桧却阴谋投降，一日之间连下十二道金牌，严令岳飞退兵。事见《宋史·岳飞传》。班师，还师、退兵。三殿：唐朝麟德殿有三面，故称三殿。此处借指南宋朝廷。射房书：把书信绑在箭上射向敌营。此指岳飞请求抗金杀敌继续进军的奏章。两宫：指宋徽宗、宋钦宗，二人于靖康二年（1127）被金人俘虏北去。此指岳飞曾上书说要迎回徽宗、钦宗事。　[4]上方：同"尚方"。官署名，主管制造、储藏、供应帝王及皇宫中所用刀剑、衣食及日用玩好器物。

宋　佚名　中兴四将图卷·岳飞像

请剑：意为忠直敢谏，请诛奸佞。典出《汉书·朱云传》。高庙：赵构庙号高宗，故称。藏弓：指杀害功臣良将。《史记·越王勾践世家》："蜚鸟尽，良弓藏；狡兔死，走狗烹。"　[5]栖霞岭：在杭州西湖边，为岳坟、岳庙所在地。诸陵：指南宋六个皇帝的陵墓，在今浙江绍兴宝山（又名攒宫山）。白露：秋天的露水。《诗·秦风·蒹葭》："蒹葭苍苍，白露为霜。"

赏　析

　　这是高启诗中的名作。全诗结构严谨，对仗工稳，音律铿锵，风格悲慨。全诗只有首句写岳王墓之所见，却传神之至，画面感极强，有如一组浮雕，撼人心魄。诗人以精准的语言、深沉的感情，以及强烈的反衬手法，塑造了岳飞的忠义及壮志未酬的遗恨，表达了对南宋小朝廷自毁长城的痛恨和惋惜，尤其末联，写得委婉哀伤，含而不露，是全诗的诗眼。

于 谦

于谦（1398—1457），字廷益，号节庵，钱塘（今浙江杭州）人。永乐十九年（1421）进士。官至兵部尚书。英宗复辟，被诬陷谋反，下狱弃市，后葬于杭州三台山麓。于谦与岳飞、张煌言并称"西湖三杰"。著有《于忠肃集》。于谦生前与死后都结缘于杭州，名篇有《夏日忆西湖风景》《岳忠武王祠》等。

夏日忆西湖风景

涌金门外柳如烟，西子湖头水拍天。

玉腕罗裙双荡桨，鸳鸯飞近采莲船。[1]

（《于谦集·文集》卷六）

注 释

[1]玉腕罗裙：代指采莲女子。唐王勃《采莲曲》："罗裙玉腕轻摇橹。"

赏 析

于谦这首诗为夏日回忆西湖风景所作。涌金门作为西湖边最热闹的地方之一，成片的柳树又是其最为突出的特点。本书所收贡性之《涌金门见柳》前两句"涌金门外柳垂金，三日不来成绿阴"也同样描写了这一景色。故而于谦回忆西湖风景，首先想到的就是涌金门的柳树，并在首句中予以题写。次句的描写视角由柳树转至西湖。天空映照在水面之上，水波涌动，就如同在拍击天空一般。三、四两句作者的视线再由西湖近岸转至湖中央，诗人看见采莲女划着船在湖中荡漾，而在水中嬉戏的鸳鸯正飞近船边，或是期待着喂食。诗歌描绘了一幅生意盎然的采莲图，展现出西湖的旖旎风光，从中也可以体会到于谦对故乡的眷恋。

元　佚名　仿李嵩西湖清趣图（局部）

商　辂

商辂（1414—1486），字弘载，号素庵，浙江淳安人。宣德十年（1435）举乡试第一，正统十年（1445）会试、殿试皆第一，授翰林修撰。官至吏部尚书、谨身殿大学士。著有《商文毅疏稿略》《商文毅公集》。

桐江独钓图

拂袖长歌入富春，沧江深处独垂纶。[1]

短蓑不换轩裳贵，千载高风有几人。[2]

（《商辂集》卷二〇）

注　释

[1] 富春：此处指富春江。沧江：指江水。以江水呈青苍色，故称。
[2] 短蓑：短蓑衣，雨具，代指隐居生活。轩裳：代指官位爵禄。

赏　析

商辂这首诗为题画诗，或作于成化初年削籍在家之时。诗歌前两句概括了画卷的主体部分。一位高士泛舟于富春江上，垂钓放歌，悠然自得。虽然诗中未言垂钓者是谁，但这很容易让人想到东汉时期隐居于富春山的严光。富春江边至今仍保存有严子陵钓台，据说是其垂钓之所。诗歌后两句重点围绕严光不慕名利的品质进行发挥。严光拒绝了刘秀的聘请，不去朝廷做官，选择隐居于富春山，这样高洁的品格又有几个人能够做到呢？商辂在《山水图秋景》中也表达了对严光的景仰："千载严陵滩上路，令人犹自忆高风。"虽然商辂并没有选择远离尘俗的隐居生活，但他在官场上也始终保持了像严光一样的高风亮节，为人简重，为官正直。

日本使者

日本使者,名字不详,明正德间出使中国,曾游览西湖并题诗。

经西湖题诗

昔年曾见此湖图,不信人间有此湖。
今日打从湖上过,画工还欠费工夫。

(《西湖游览志余》卷二〇)

赏 析

据明田汝成《西湖游览志余》卷二〇记载,明正德间,有日本使者途经西湖,写了这首诗。前两句说作者未到杭州之时,曾经观赏过西湖的画图,这幅画图太优美了,以至于自己并不相信人间真有这样美好的地方。后两句说作者出使时经过西湖,发现西湖实景比以前看到的图画更美,觉得画工虽然非常努力,但还是欠了一点工夫,没有把西湖最美的形态呈现出来。诗人通过看画和看湖不同感受的对比,衬托出西湖之美。这首诗对于西湖的赞美出人意表,故问世以来,常被人们引用,成为西湖魅力影响外邦人士的见证。

唐 寅

唐寅（1470—1523），字伯虎，一字子畏，号六如居士、桃花庵主等，吴县（今江苏苏州）人。弘治十一年（1498），中应天府乡试第一。次年入京参加会试，因科举舞弊案受牵连入狱，后游荡江湖，以卖画为生。著有《六如居士全集》。

题西湖钓艇图[1]

三十年来一钓竿，几曾叉手揖高官。[2]

茅柴白酒芦花被，明月西湖何处滩。[3]

（《江村销夏录》卷一）

注 释

[1]西湖钓艇图：据清代高士奇《江村销夏录》卷一所著录，为唐寅画并题。　[2]几曾：何曾。叉手：古代一种行礼方式。揖：拱手行礼。　[3]茅柴：对劣质酒的贬称。冯时化《酒史·酒品》："恶酒曰茅柴。"芦花被：用芦苇花絮做的被子，喻粗劣之被。

赏 析

　　清代高士奇所编《江村销夏录》录"唐子畏《西湖钓艇图》"一则，并说明其画为"绢本，立轴，长四尺一寸，阔一尺七寸七分，水墨画。清远山仿李唐，笔法纤秀。款在右方，楷书作四行"。后录这首题画诗。首句由画中"钓竿"起笔，"三十"与"一"相对照，有感慨年华流逝之意，下句直言"几曾叉手揖高官"，可见其坎壈之中的狂放和孤傲。后两句言以茅柴白酒为伴，以芦花为被，可见此时唐寅清贫自守的生活与清高脱俗的出世心态。这首诗题于画上，既说明"西湖钓艇"之画意，又借以阐发诗人的处世态度。用字造语不拘成法，以口语、俗语入诗，却饱含深切的感慨，语浅而意隽。

文徵明

　　文徵明（1470—1559），初名壁，字徵明，以字行，改字徵仲，号衡山居士，长洲（今江苏苏州）人。世宗即位，文徵明参与纂修《武宗实录》，并担任经筵讲官。后辞官南归，筑玉磬山房，以翰墨自娱。文徵明与祝允明、唐寅、徐祯卿合称为"吴中四才子"，与沈周、唐寅、仇英合称画坛"明四家"。著有《甫田集》。文徵明曾游览西湖，作《西湖书事》等诗作。又曾作《满江红》词以感叹岳飞的冤狱。

满江红

题宋思陵与鄂王手敕墨本，石田先生同赋。[1]

　　拂拭残碑，敕飞字、依稀堪读。[2]慨当初、倚飞何重，后来何酷。[3]岂是功成身合死，可怜事去言难赎。最无辜、堪恨更堪悲，风波狱。[4]

　　岂不念，中原蹙。[5]岂不念，徽钦辱。[6]念徽钦既返，此身何属。千载休谈南渡错，当时自怕中原复。笑区区、一桧亦何能，逢其欲。[7]

（《全明词·文徵明词》）

注 释

[1]宋思陵：宋高宗赵构之墓为永思陵，简称思陵，在今浙江省绍兴市越城区。此处代指宋高宗。鄂王：指岳飞。手敕：皇帝亲笔诏书。[2]残碑：诗人所见手敕刻石。　[3]倚：倚重。酷：残暴，暴虐。这两句说宋高宗对待岳飞的态度变化。　[4]风波狱：指岳飞冤狱，亦称"三字狱"。南宋大理寺狱内的风波亭，相传为岳飞遇害处，今址在西湖六公园。　[5]蹙：收缩，指国土减少。　[6]徽钦：指宋徽宗与宋钦宗。金军灭辽后南下攻宋，靖康二年（1127），金军虏徽、钦二帝北返，北宋灭亡。　[7]逢其欲：指秦桧逢迎宋高宗私欲。

赏 析

历来论者多把岳飞冤狱归咎于秦桧，而文徵明在此词中一针见血地指出宋高宗才是制造岳飞冤狱的主导者，有秉笔直书之势。词的上阕由残碑引出岳飞冤狱，直言宋高宗对于岳飞的态度转变。"岂是"一语可见反诘之意，而后代的言说终究无法挽回英雄的逝去，只能无奈感叹"可怜事去"。下阕以两句"岂不念"与一句"念"进行对照，不仅使得词意富有层次变化，而且暗示赵构以帝位得失为重而非以恢复中原为重，是他为保一己统治而主导了岳飞冤狱，秦桧只不过是迎合了赵构的心意而已。整首词以叙、论为主，语言直截了当，议论痛快淋漓。作者的一腔义愤倾泻而出，感情沉着而慷慨，极具感染力。

王守仁

王守仁（1472—1529），字伯安，世称阳明先生，浙江余姚人。弘治十二年（1499）进士。官至南京兵部尚书、左都御史。王阳明是"心学"的集大成者。著作由门人辑成《王文成公全书》。王阳明一生曾多次来杭州。弘治十六年（1503），他曾在西湖边的几个寺庙里养疴习禅，并写下不少诗文。

寄西湖友

予有西湖梦，西湖亦梦予。
三年成阔别，近事竟何如。
况有诸贤在，他时终卜庐。
但恐吾归日，君还轩冕拘。[1]

（《王文成公全书》卷一九）

注　释

[1] 轩冕：古代指卿大夫的车服。古时大夫以上的官员可以乘轩车、穿冕服。此处借指荣华富贵。

赏 析

这首诗发端不凡,说主体"予"与客体"西湖"相互思念,写法颇类李白《独坐敬亭山》的"相看两不厌,只有敬亭山"。接着说自己与西湖(同时也指杭州旧友)阔别三年,近事不知如何,意思一贯而下。随后直抒胸臆,说很多贤士皆与西湖有不解之缘,他年我终将卜居隐逸于此。最后则话锋一转,显得颇有意味:我担心的是,我来的时候,你恐怕还被官位爵禄所拘束吧?全诗语言明白如话,质朴自然,读起来就像是一封书信。王阳明就像在跟友人谈心,娓娓道来,充满了对友人的思念和关怀。从诗的最后两句可以看出,王阳明高洁傲岸,颇有隐逸之心,而友人似乎拘于轩冕,故王阳明暗带劝慰之意。古人所谓"君子赠人以言",大概就是如此吧。

孙一元

孙一元(1484—1520),字太初,自称关中(今陕西)人。善诗,有超逸才,特立独行,游历极广,其诗歌带有浓厚的山林隐逸色彩。因辞家入太白山,号太白山人,时人称其为"孙山人"。曾居杭州,游览南屏山、龙井山、虎跑寺等。后流居乌程,与刘麟、龙霓、陆昆、吴琉结社作诗,称"苕溪五隐"。有《太白山人漫稿》。

饮龙井 [1]

眼底闲云乱不开,偶随麋鹿入云来。[2]

平生于物元无取,消受山中水一杯。[3]

(《太白山人漫稿》卷八)

注 释

[1]龙井:指龙井茶。 [2]乱不开:指山间积云终日不散。 [3]元:同"原"。消受:享受,享用。

赏 析

北宋时杭州龙井茶已颇具美名,以"香郁、色绿、味甘、形美"四绝著称，许多文人墨客曾于杭城饮茶作赋，遣兴抒怀，传为佳话。明代高士孙一元曾于西湖游历寓居，留下了不少吟咏西湖的诗作，这首《饮龙井》便为其代表作之一。诗的前半写饮茶之地的清幽，山中云积不散，诗人身随麋鹿，直入云山深处，如此景况，恍如仙境。后半写饮茶之感，世间万物皆可抛却，但有龙井茶水一杯，便是无上享受。茶已然成为诗人隔绝俗世之屏障，成为追求高雅生活的一种象征。全诗四句，清空如话，别有隽味，颇有高人逸士的襟怀和风度。

李攀龙

李攀龙（1514—1570），字于鳞，号沧溟，历城（今山东济南）人。嘉靖二十三年（1544）赐同进士出身。官至河南按察使。李攀龙主张"文主秦汉，诗规盛唐"，为"后七子"领袖，主盟文坛二十余年。著有《白雪楼诗集》《沧溟先生集》，编有《古今诗删》《唐诗选》等。李攀龙曾为浙江按察司副使、浙江布政司左参政，吟咏杭州的诗有《九里松图为马侍御作》《灵隐寺同吴马二公作》《苏堤春晓》等。

苏堤春晓

桃红柳绿竞春天，澹点烟波倚岸妍。[1]

画舫停桡观翠袖，长堤勒马踏晴烟。[2]

花朝曾问西泠渡，谷雨重登锦坞巅。[3]

纵目楼台穷眺望，万山争列酒杯前。

（《西湖览胜诗志》卷一）

注　释

[1] 澹点烟波：谓岸边的垂柳轻拂水面。澹，水波摇动的样子。　[2] 翠

袖：女子青绿色的衣袖，此处指岸边歌女。晴烟：指水面湿气如同薄烟。　[3]花朝：旧时江南一带以农历二月十五日为百花生日，简称花朝。西泠：西泠桥，位于栖霞岭麓到孤山之间。锦坞：《西湖游览志》卷八有锦坞的相关记载，"在宝云山东，宋时，此地花卉灿然若锦，故名"。

赏　析

　　南宋时，苏堤春晓被列为"西湖十景"之首。堤旁遍植桃柳，每逢春日，繁密花叶掩映湖面，色彩缤纷。首联是苏堤春晓景色的总揽。一个"竞"字凸显出春日西湖的勃勃生机，下句"点""倚"两个动词写出微风拂柳的场景，颇有悠闲从容之感。颔联转而描写人物活动，诗人乘画舫泛湖，观美人歌舞、看骏马踏春，种种游春情形，可谓趣味横生。颈联写花朝节于西泠渡口寻芳，谷雨时节重登锦坞，可见诗人对西湖的多次造访与深厚情感，同时展现出西湖春日的多方神采与不同风情。尾联写诗人登高远眺，尽览湖光胜景，无限春光皆付酒杯，不禁让人为之沉醉。全诗笔触细腻，将自然风光与人文雅趣巧妙融合，描绘了一幅生动的春日西湖画卷。

徐　渭

　　徐渭（1521—1593），初字文清，后改字文长，号青藤道士、天池山人等，山阴（今浙江绍兴）人。二十岁为诸生，屡次乡试不中。曾担任浙直总督胡宗宪幕僚。一生不治产业，以鬻卖字画为生，晚年贫病交加，抱愤而卒。徐渭在诗文、戏剧、书画等方面都各有成就，与解缙、杨慎并称"明代三才子"。著有《四声猿》《南词叙录》《徐文长逸稿》《徐文长三集》等。徐渭常到西湖吟诗作画，如《平湖秋月》藏头诗，别出机杼。

吊牛皋墓 [1]

将军气节高千古，震世英风伴鄂王。[2]
岭上云霞增慷慨，洞中风雨起凄凉。[3]
泪挥野草生红药，骨瘗青山化凤凰。[4]
老桧至今遗恨在，裹尸何必向疆场。[5]

（《西湖览胜诗志》卷二）

注　释

[1] 牛皋：南宋抗金将领，岳飞部将。牛皋墓现位于杭州西湖栖霞岭

紫云洞口。　　[2]鄂王：指岳飞。　　[3]岭：指栖霞岭。慷慨：感叹，慨叹。　　[4]红药：芍药。瘗：掩埋，入葬。　　[5]老桧：指秦桧。"裹尸"句：《宋史·牛皋传》载牛皋死前有"恨南北通和，不以马革裹尸，顾死牖下耳"之语。

赏　析

　　牛皋为著名抗金将领，遭秦桧毒手，死后葬于杭州西湖栖霞岭紫云洞口，这首诗就是徐渭经牛皋墓的凭吊之作。首联高度赞颂了牛皋之英风气节，语言简劲，提挈一篇旨意。现今牛皋墓前所立石牌坊即镌刻此二句。牛皋担任岳家军副帅，在许昌、汴京等多次战役中立下汗马功劳。岳飞死后，秦桧置毒酒大会诸将，牛皋就此遇害，临死前仍遗憾未能恢复中原。诗人凭吊遗迹，感叹其大义凛然，谓"气节高千古"。现今的牛皋墓位于栖霞岭上，与岳飞墓相邻不远，因此诗言"伴鄂王"。中间两联写牛皋墓所处环境，四句既咏古迹又抒悲情，可谓情景交融，感受深切。尾联引用牛皋死前的悲愤之语，有感喟世事、劝慰英魂之意。

王世贞

王世贞(1526—1590),字元美,号凤洲、弇州山人,太仓(今属江苏)人。嘉靖二十六年(1547)进士。官至南京刑部尚书。王世贞与李攀龙、徐中行等人合称"后七子",李攀龙故后,王世贞独领文坛二十余年。著有《弇州山人四部稿》《弇山堂别集》《艺苑卮言》等。王世贞隆庆时期曾担任浙江左参政,莅职杭州,写下许多吟咏杭州的诗篇,如《游南高峰》《喻杭州邦相寄我长歌适李郡山人在坐倩作西湖图报之而系以一诗》等。

游南高峰[1]

从游指点南高胜,躐屐攀萝兴不赊。[2]
画里余杭人卖酒,镜中湖曲棹穿花。[3]
千岩半出分秋雨,一径微明逗晚霞。[4]
最是夜归幽绝处,疏林灯火傍渔家。[5]

(《弇州山人四部稿》卷四〇)

注 释

[1]南高峰:在西湖景区。　[2]从游:同行游览之人。躐屐(juē):

穿草鞋行走。屩，古代一种草编的鞋履，轻便宜行路。攀萝：攀援藤萝爬山。兴不赊：兴致不减。　　[3]镜：指西湖水面如镜。　　[4]"千岩"句：指山岩于蒙蒙秋雨中看不真切，半藏半露。　　[5]幽绝处：清幽殊绝、远离繁华之处。

赏　析

诗人听闻杭州南高峰是游览胜地，趁兴出游，登高揽胜，果然饱览湖山之佳趣。南高峰古木葱茏，怪石嶙峋，故诗言"蹑屩攀萝"。于峰顶极目纵眺，能将波平如镜的西湖尽收眼底。诗的第二联写俯瞰西湖之景，卖酒人家仿佛身置山水画卷，湖面游船于荷花丛中悠然穿行，静中有动，写景状物如在目前。颈联抒写了蒙蒙秋雨中山色给人的诗意感受，天色将晚，山林中的归路微有光亮，"分""逗"两个动词鲜明生动。尾联结以白描，疏林之中映出点点渔灯，一派静谧景象，透露出诗人游览归家时的闲逸心情。全诗纪游，暗寓时间与空间的变化，画意诗情，佳句盈篇，颇有含蓄蕴藉、自然空灵的风格。

汤显祖

汤显祖（1550—1616），字义仍，号海若、若士，别署清远道人，临川（今江西抚州）人。万历十一年（1583）进士，官至浙江遂昌知县。创作传奇《还魂记》（即《牡丹亭》）、《紫钗记》、《南柯记》、《邯郸记》，合称"临川四梦"。著有《红泉逸草》《问棘邮草》《玉茗堂集》等。

天竺中秋[1]

江楼无烛露凄清，风动琅玕笑语明。[2]
一夜桂花何处落，月中空有轴帘声。[3]

（《玉茗堂全集·诗集》卷一六）

注 释

[1]天竺：指天竺山，位于杭州西湖西。 [2]琅玕：原指神话中的仙树，后多喻美竹。 [3]轴帘：即卷帘。轴，用作动词，卷。

赏 析

这首诗为中秋之夜诗人于天竺山赏月所作，全诗含蓄隽永，耐人寻味。首句写诗人独倚江楼赏月,为了不减圆月清辉,诗人特意没有点烛。秋天夜深露重,静谧之中有"凄清"之感。而下句写风吹过竹林,传来赏月之人的谈笑声,打破了夜的寂寥,也增添了节日的氛围,从听觉角度拓展了诗境。"一夜桂花何处落"化用宋之问《题杭州天竺寺》"桂子月中落,天香云外飘"句意,但尾句没有铺陈月色皎洁,也不赋写蟾宫美人,而用"轴帘声"三字侧写月夜之静谧,从听觉角度引人想象月宫之情形,可谓言简意足,别出心裁。"空有"二字,带有徒闻其声而不见其影的遗憾,透露出诗人内心的孤寂之感。

袁宏道

袁宏道（1568—1610），字中郎，号石公、六休，公安（今属湖北）人。万历二十年（1592）进士，历任吴县知县、礼部主事等职。万历三十八年，以吏部验封司郎中告归，不久患病去世。袁宏道与其兄袁宗道、弟袁中道并有才名，称"公安三袁"，其文学流派又称"公安派"或"公安体"。著有《袁中郎全集》。袁宏道曾多次游览杭州，留下了《西湖》《孤山》《飞来峰》《灵隐》等许多精彩的游记，诗作有《湖上别同方子公赋》《游虎跑泉》《余杭雨》等。

三生石[1]

此石当襟尚可扪，石旁斜插竹千根。[2]

清风不改疑圆泽，素质难雕信李源。[3]

驱入烟中身是幻，歌从川上语无痕。[4]

两言入妙勤修道，竹院云深性自存。

（《袁宏道集笺校》附录一）

注 释

[1]三生石：位于杭州下天竺法镜寺后之莲花峰东麓，《西湖佳话》中所言的"西湖十六遗迹"之一。　　[2]扣：抚摸，按压。　　[3]"清风"二句：据唐代袁郊《甘泽谣》记载，唐代洛阳惠林寺僧圆观，与公卿之子李源为忘言交。二人同游三峡，见妇人王氏，观云是其托身之所，当为其子。相约十二年以后的中秋月夜，相会于杭州天竺寺。后观亡而妇乳。后十二年秋八月至杭州如其约，所到寺时作歌云："三生石上旧精魂，赏月吟风不要论。惭愧情人远相访，此生虽异性长存。"又歌云："身前身后事茫茫，欲话因缘恐断肠。吴越溪山寻已遍，却回烟棹上瞿塘。"宋代苏轼作《僧圆泽传》，其情节与《甘泽谣》大致相同。　　[4]身是幻：佛教认为身体是因缘和合而成，没有固定的自性，是虚幻的。"歌从"句：用《甘泽谣》事。据《甘泽谣》记载，十二年之后的中秋，李源前往杭州天竺寺赴约，时"山雨初晴，月色满川，无处寻访，忽闻葛洪川畔有牧竖歌竹枝词者"。

赏 析

　　三生石位于杭州下天竺法镜寺后之莲花峰东麓。"三生"是佛家语，指前生、今生和来生，是佛教因果轮回的一种体现。三生石的故事来源于唐人袁郊的《甘泽谣》和宋人苏轼的《僧圆泽传》，二者所述的情节大致相同，只是"圆观"和"圆泽"僧名稍异。袁宏道的这首诗是其游览天竺法镜寺观赏三生石之作。首联扣题，直咏此石，谓三生石直对胸襟，手可抚摸，千竿翠竹，斜插石旁，风景无限。颔联即用圆泽和李源的故事，这一故事虽然发生于唐宋，但作者对着面前的三生石，颇觉清风不改、素质难雕，仍然是原初的模样。颈联描写自己身处天竺山烟霞云雾之中，如同进入了幻境，歌声从川上传来，似乎又没有痕迹，仿佛一切都如佛法所言"一切有为法，如梦幻泡影"。尾联是即景悟道之语，是说修行佛法就能达到神妙的境界，而身处白云深处的佛寺，自己也会领悟到原初的本性。

明　丁云鹏　三生图（局部）

钱谦益

　　钱谦益（1582—1664），字受之，号牧斋，晚号蒙叟、东涧遗老，又称虞山先生，常熟（今属江苏）人。明万历三十八年（1610）中探花，明末为东林党首领。明亡后，依附南明弘光政权，为礼部尚书。后降清，任礼部侍郎。钱谦益学问渊博，诗文极负盛名，东南一带奉为"文宗"和"虞山诗派"领袖。著有《初学集》《有学集》《投笔集》等。明亡以后，钱谦益曾作《西湖杂感二十首》，表现了易代之际反清复明的遗民心态，成为吟咏西湖的名作。

桐庐道中[1]

空山云雾眇天涯，信宿回舟兴已赊。[2]

作客有诗频削草，涉江无事但寻花。[3]

兰舟是处皆湘水，钓渚于今属汉家。[4]

寄谢桐君莫相笑，因君转自爱蒹葭。[5]

（《牧斋有学集》卷三）

注 释

[1]桐庐：今杭州市桐庐县。　　[2]眇：辽远，高远。信宿：连宿两夜。兴已赊：游兴消减。赊，减弱。　　[3]削草：作诗为求谨慎严密而将底稿销毁。　　[4]湘水：即湘江。钓渚：这里指严子陵钓台。[5]寄谢：寄诗答谢。桐君：传说中的仙人，一说为黄帝大臣。相传桐君结庐于桐木之下，采药治病。人问其名，桐君指桐木示意，当地人因称其为"桐君"，其地则得名"桐庐"。

赏 析

  清顺治七年（1650），钱谦益经兰溪到金华游说金华总兵马进宝反清复明。但游说不成，怅怅而返，途经桐庐时写下这首诗，因此全诗寓古今之叹，透露出诗人内心的茫然。首联写空山云雾，呈现出一片辽远景象，可是诗人只是眺望天际，游览的兴致已然消减。颔联"频削草"是指作诗后又反复将草稿销毁，这不仅是内心烦乱的表现，还指向诗人心中难以言明的政治忧虑，因此下句言"涉江无事"，其实不然。颈联转接湘水、汉家之吊古伤今句，隐约寄托了故国之思，可谓寓意深长。尾联回应诗题之"桐庐"，提到此地采百草的桐君，"转自爱兼葭"语也暗寓诗人自身的寄托。

张 岱

张岱（1597—1689），一名维城，字宗子、石公，号陶庵、蝶庵，山阴（今浙江绍兴）人。崇祯八年（1635）参加乡试，因不第而未入仕。明亡后，避兵灾于剡中，兵灾结束后隐居四明山中。著有《石匮书》《陶庵梦忆》等。张岱与杭州渊源深厚，童年随祖父来杭州，居于西湖别墅，后来寓居杭州，留下很多生活和创作的痕迹。酷爱西湖，著有《西湖梦寻》，诗有《西湖十景》。

秋雪庵[1]

古宕西溪天下闻，辋川诗是记游文。[2]

庵前老荻飞秋雪，林外奇峰耸夏云。[3]

怪石棱层皆露骨，古梅结屈止留筋。[4]

溪山步步堪盘礴，植杖听泉到夕曛。[5]

（《西湖梦寻》卷五）

注 释

[1] 秋雪庵：原名大圣庵，建于宋淳熙初年，位于杭州西溪河渚湿地中心水域。明人陈继儒取唐诗"秋雪蒙钓船"意境，题名"秋雪

庵",成为"西溪八景"之一。　　[2]古宕:即古荡,位于杭州市西湖区。古时多水洼河荡,遂名。辋川诗:王维于辋川所作的山水诗。辋川,水名,在陕西蓝田县南,王维筑别业于此。此句指本诗像王维诗一样,是游览西溪的纪游之作。　　[3]荻:芦荻,多年生草本植物。[4]棱层:山石高耸突兀的样子。结屈:梅枝曲折延伸貌。　　[5]盘礴:盘桓,逗留。植杖:立杖。夕曛:黄昏时分。曛,落日的余晖。

赏　析

这首诗收在《西湖梦寻》卷五"西溪"一条,题写"西溪八景"之一秋雪庵。首联以议论开篇,概括地写出西溪久负盛名,自言为纪游之作。全诗情景交融,也似辋川诗具有"诗中有画"的特点。颔联则具体写秋雪庵之景,同时对庵名进行释意。夏秋之交时,庵前芦荻一片洁白,纷飞如雪,如此景致,正是庵名的由来。层林之外还有奇峻的山峰耸立云中,可见西溪之景错落有致,颇多意趣。颈联写沿途怪石奇巘,梅枝曲折遒劲,"露骨""留筋"二语格外生动。尾联写溪山处处皆堪游赏,诗人倚杖听泉,直到黄昏仍徘徊不去。张岱曾于《西湖梦寻》中写道:"欲寻深溪盘谷,可以避世如桃源、菊水者,当以西溪为最。"由这首诗便可理解西溪何以为避世的最佳去处。

吴伟业

吴伟业（1609—1672），字骏公，号梅村、鹿樵生，太仓（今属江苏）人。明崇祯四年（1631）进士，授编修，迁左庶子。入清后，官至国子祭酒。后乞假归。吴伟业与钱谦益、龚鼎孳并称"江左三大家"，为娄东诗派开创者。长于七言歌行，后人称之为"梅村体"。著有《梅村家藏稿》《梅村诗余》等。

客 路

客路惊心里，栖迟苦未能。[1]
龙移对江塔，雷出定龛僧。[2]
林黑人谈虎，台荒吏按鹰。[3]
清波门外宿，潮落过西兴。[4]

（《吴梅村诗集笺注》卷四）

注 释

[1]栖迟：旅途中停留。 [2]"雷出"句下有作者自注："武林近事。"所指待考。南宋李曾伯《轿中假寐》："篮摇小儿卧，龛定老僧禅。"

[3]按鹰：驯鹰行猎。　　[4]清波门：杭州古城门之一。

赏　析

　　这首诗为吴伟业奔波流徙时途经杭州所作。诗人匆忙行路而无法停留，其内心颇为烦闷，故首联直言"苦未能"。联系到晚明时期政治环境的动荡，诗人此时的焦灼心情不难想见。颔联境界忽开，笔力苍劲。沿途江水激荡如蛟龙挪移，惊雷忽起，一个"出"字可见雷声之迅猛。恶劣的天气条件阻碍了行舟，因此诗人不得不在潮落之前宿留清波门外。颈联描写"林黑""台荒"，一片幽暗的环境，突出了城外萧条恐怖的气氛，而此句写村人谈虎、兵吏驯鹰，又暗示了时局的危机四伏，透露出诗人忧思惶恐、压抑沉痛的心情。尾联描写客路投宿景致，在杭州的清波门暂宿，等到潮落后渡钱塘江再经过西兴渡继续南行。这首诗于沉郁之中极顿挫之致，呈现出激楚苍凉的风格。

黄宗羲

黄宗羲（1610—1695），字太冲，号南雷，学者称梨洲先生，浙江余姚人。平生不仕，以课徒授业为主。著有《宋元学案》《明儒学案》《南雷文定》《南雷诗历》等。黄宗羲与顾炎武、王夫之并称明末清初三大思想家。杭州是黄宗羲一生活动的中心，他曾九次寓居杭州，其著述、创作和杭州有极大的关联。

寻张司马墓[1]

草荒树密路三叉，下马来寻日色斜。[2]

顽石鸣呼都作字，冬青憔悴未开花。[3]

夜台不敢留真姓，萍梗还来酹晚鸦。[4]

牡砺滩头当日客，茫然隔世数年华。

（《黄梨洲诗集·南雷诗历》卷二）

注 释

[1] 张司马：指张煌言。司马，古官名，原为六卿之一，后世用作兵部尚书的别称。张煌言曾被南明桂王任命为兵部尚书，故称张司马。
[2] 三叉：指道路多歧。日色：指日影。　[3] 顽石：无光泽且体粗

质钝的石块。冬青：常绿乔木。宋亡后，元僧杨琏真迦盗发南宋帝陵，弃尸骨于草莽之间，义士唐珏收殓诸帝遗骨，葬于兰亭，植冬青树为识。谢翱感其事，为作《冬青树引别玉潜》。后遂以冬青作为遗民情结的象征。　[4]夜台：坟墓。因闭于坟墓，不见光明，故称。萍梗：萍梗随水漂流，不能固定。比喻居处不定。

赏　析

　　张煌言被害后，遗骸为其鄞县同乡冒险收殓并秘密葬于西湖南屏山北麓荔枝峰下。为避清廷耳目，墓前仅草草立一石碑，上题"王先生墓"。在此后清康熙、雍正两朝七十余年中，张煌言墓长年埋没蒿莱。黄宗羲曾为张煌言撰写墓志铭，当他前来凭吊忠魂时，张墓已是荒僻难寻。黄宗羲于南屏山下寻觅良久，才找到张墓，遂一洒追思战友的潸潸热泪。"夜台不敢留真姓，萍梗还来酹晚鸦"，上句正是指张墓"姓"王的严酷境遇，而在这样的高压之下，诗人虽然漂泊流徙，仍不忘前来祭奠忠魂，则其坚贞的遗民心曲可见一斑。

柳如是

柳如是（1618—1664），本姓杨，名爱，后改姓柳，名隐，又改名是，字如是，号河东君，又号蘼芜君，浙江嘉兴人。明末名妓。崇祯五年（1632）流落松江，多与名士交，欲托身陈子龙而未得。十三年访钱谦益，次年嫁之为妾。南明亡，劝谦益殉国而未果。谦益卒，族人争产，遂自缢死。著有《戊寅草》等。一生往来吴越，数游杭州，多有诗作。

西湖八绝句（其一）[1]

垂杨小院绣帘东，莺阁残枝未思逢。[2]

大抵西泠寒食路，桃花得气美人中。[3]

（《湖上草》）

注　释

[1] 本诗为崇祯十二年春作，时柳如是应汪汝谦之邀小住杭州。　[2] 垂杨小院：语本明陈子龙《寒食》"垂杨小院倚花开，铃阁沉沉人未来"。[3] 西泠：桥名，又名"西林""西陵"，在杭州孤山西北尽头处，由此可往北山。寒食路：语本陈子龙《寒食》"应有江南寒食路，美人芳草一行归"。"桃花"句：用唐崔护《题都城南庄》本事。

赏　析

　　这首诗描绘西湖寒食风光。前二句欲扬先抑，选取"垂杨""绣帘""莺阁""残枝"等代表性物象，勾勒出一幅精致秀丽而清幽落寞的湖畔小院图，既契合暮春时令，亦衬托出诗人惆怅寂寞的心绪。后二句将视角转向西泠盛放的桃花，借"人面桃花"的典故，不言美人如花，反说桃花之美得于美人之气，人与花相映衬，由花美更见人美，不仅别出心裁，独具神韵，也可视作诗人自身刚柔并济气质的代言，故颇为时人所赏。钱谦益对此诗更是推崇备至，多次作诗称赞："近日西陵夸柳隐，桃花得气美人中。""杨柳长条人绰约，桃花得气句玲珑。"另外，全诗多处化用陈子龙崇祯八年所撰《寒食》组诗，也于幽微处传递眷恋旧欢之意。

张煌言

　　张煌言（1620—1664），字玄箸，号苍水，浙江鄞县（今宁波市鄞州区）人。明崇祯十五年（1642）中举。南明时官至兵部尚书。张煌言坚持抗清斗争达二十年之久。清康熙三年（1664），被清兵俘获，被害于杭州弼教坊。死后葬西湖南屏山荔枝峰下。张煌言与岳飞、于谦并称"西湖三杰"。著有《张苍水集》。

甲辰八月辞故里（其二）[1]

国亡家破欲何之，西子湖头有我师。[2]

日月双悬于氏墓，乾坤半壁岳家祠。[3]

惭将素手分三席，拟为丹心借一枝。[4]

他日素车东浙路，怒涛岂必属鸱夷。[5]

（《张苍水集》第三编《采薇吟》）

注　释

[1]甲辰：指康熙三年。　[2]欲何之：打算往哪里去。之，往。师：老师，榜样。　[3]于氏墓：指于谦墓，位于西湖三台山麓、乌龟潭畔。岳家祠：指杭州岳坟，又称岳王庙，位于西湖栖霞岭南麓。

[4]素手：空手，徒手。一枝：借喻栖身之所。语出《庄子·逍遥游》"鹪鹩巢于深林，不过一枝"。　　[5]素车：白色灵车。传说伍子胥死后，常有人见他乘素车白马在潮头之中。鸱夷：本指革囊，也即皮袋，伍子胥被赐死后，吴王命人将他的尸体盛以鸱夷之器，投于江中。这里借指伍子胥。

赏　析

　　康熙三年八月，被俘后押至故里鄞县的张煌言，行将解往杭州，他在辞别家乡父老时，写了两首撼人心魄的千古绝唱，此为第二首。诗歌表达了诗人此去杭州，决心效法先烈岳飞、于谦，从容赴死，埋骨西湖的壮烈情怀，可谓字字金石，掷地有声。而诗人死后葬于西湖南屏山荔枝峰下，正像其诗中所预言的那样，与岳飞、于谦一起，被后人推崇为"西湖三杰"。尤其可贵的是，相比诗中所运用的"日月""丹心"之类的特殊意象和双关明王朝的艺术手法，其一气直下、贯彻始终的顽强精神，更能动人心魄，较之纯粹的"留取丹心照汗青"，更足以警愚启顽、廉贪励懦。

毛奇龄

毛奇龄（1623—1713），字大可、齐于，号初晴，一作秋晴，人称西河先生，浙江萧山（今杭州市萧山区）人。明诸生。康熙十八年（1679）举博学宏词，授检讨，预修《明史》。二十四年充会试同考官。旋乞假归，不复出。毛奇龄与毛先舒、毛际可并称"浙中三毛"。著有《西河合集》。

虞美人

九日同姚庸庵、张德远、左夔友诸君泛湘湖，登越王城，和庸庵韵。[1]

平明载酒登高去，湖畔停船处。[2] 几株乌桕未全红，犹喜黄花开遍小桥东。[3]　　长江一望环如带，放眼千山外。[4] 开樽更上越王城，多少夕阳江上晚来情。

（《西河文集·填词》卷五）

注 释

[1]姚庸庵、张德远、左夔友:事迹不详,当为词人之友。越王城:春秋时期越王勾践所建的军事城堡,位于湘湖,今存遗址。 [2]平明:天刚亮时。 [3]黄花:菊花。萧山有菊山,在湘湖畔,山多甘菊。 [4]长江:指钱塘江。

赏 析

这首词描绘湘湖一带秀美开阔的秋景,表现词人与友人同游的闲适喜悦之感。上片首二句交代词作背景,游览之兴已见,并引出下文的描写。虽乌桕叶尚未全红,稍有遗憾,但词人并不在意,仍欣喜于桥边丛菊的盛放,可见其心态之豁达、情致之悠然。过片写登城山时在高处远眺,见钱塘江弯曲如带,意境开阔,想象浪漫。末二句更进一步,词人不仅登临城山之巅的越王城,更开樽对饮,将游览的兴致推向高潮。"情"一本作"晴",此处用双关手法,既描摹出江上夕照的无限灿烂,也指向词人欣赏夕阳的无限感兴,其中既包括对自然美景的珍视、与友人同游的快感,也许还带有一缕"只是近黄昏"的落寞。

朱彝尊

朱彝尊（1629—1709），字锡鬯，号竹垞，又号小长芦钓鱼师、金风亭长，秀水（今浙江嘉兴）人。康熙十八年（1679）举博学宏词，授检讨，纂修《明史》。后充日讲起居注官，出典江南乡试，入直南书房，罢归后闲居著述。朱彝尊为诗与王士禛合称"南朱北王"；作词与陈维崧合称"朱陈"，开浙西词派。著有《曝书亭集》《经义考》《日下旧闻》等，编有《明诗综》《词综》等。朱彝尊数游杭州，诗有《桐庐雨泊》《南山杂咏十七首》，词有《蝶恋花·钱塘观潮》，曲有商调《一半儿·西溪》，文有《湘湖赋》等。

九 溪 [1]

寻遍十五寺，九溪鸣淙淙。

下无一寸鱼，上有百尺松。

缘流思濯足，奈此菖蒲茸。[2]

（《曝书亭集》卷二〇）

注 释

[1] 本诗为康熙四十年四月作，为《南山杂咏十七首》之十一。九溪：

杭州著名景点，位于西湖之西的鸡冠垅下，汇青湾、宏法、渚头、方家、佛石、云栖、百丈、唐家、小康等九坞之水合成，故名。　[2]濯足：原谓洗去脚污，比喻清除世尘，保持高洁。本于《楚辞·渔父》："沧浪之水清兮，可以濯吾缨；沧浪之水浊兮，可以濯吾足。"

赏　析

　　这首诗吟咏九溪清幽风物，寄寓淡泊避世之志。首二句说走遍十五座寺庙，才听见九溪轻柔水声，既交代诗歌背景，引出下文描写，又暗寓九溪之隐秘幽静，给人豁然开朗、柳暗花明之感。三、四句从两个视角分写九溪，水中无鱼既是实写，又暗用"水至清则无鱼"，极写溪水之清；松树高峻，荫蔽水面，更显其境之幽。末二句由景及情，这里"濯足"既是真实心理体验，又借《渔父》语典，表现忘尘避世的高洁志趣。诗人虽有难以如愿的无奈，但整体心境仍淡泊悠然。按诗人此行遗憾颇多，如《杨梅坞》云"我行杨梅坞，惜是孟夏初。是时果未熟，但见柯叶舒"，《龙井》云"起摹襄阳碑，惜为僧所浣"，与本诗事异趣同，可为印证。

王士禛

王士禛（1634—1711），字子真，一字贻上，号阮亭、渔洋山人，新城（今山东桓台）人。顺治十五年（1658）进士，官至刑部尚书。曾入直南书房，纂修《明史》。身后避世宗讳，改"禛"为"正"，后又改"祯"。论诗倡"神韵"之说，主盟诗坛数十年。著有《带经堂集》《渔洋诗话》《渔洋山人精华录》《池北偶谈》《香祖笔记》等。

送刘君宰建德[1]

送者自崖返，君真建德游。[2]
桐庐最萧洒，水木况清秋。[3]
橘柚纷千树，渔商聚一州。[4]
新安江见底，应忆古羊裘。[5]

（《王士禛全集·蚕尾诗集》卷二）

注　释

[1] 本诗为康熙三十年（1691）作，时王士禛在京任兵部督捕右侍郎。刘君：谓刘玥，河南济源人，康熙二年举人，康熙三十年任建德知

县。《渔洋山人精华录》亦收本诗，题注"先考功兄门下士"，即刘玭中举时主考为王士禛兄士禄。二人或由此相识。　[2]"送者"句：为古代送行常用之辞。典出《庄子·山木》："君其涉于江而浮于海，望之而不见其崖，愈往而不知其所穷。送君者皆自崖而反，君自此远矣。"　[3]"桐庐"句：北宋方通罢官还乡，梦中诸公于政事堂语之曰"萧洒，萧洒"，后得知睦州。通往谢宰相，尚书右丞范纯礼云其父范仲淹守睦州时，有《萧洒桐庐郡十绝》，桐庐真萧洒也。事见陈师道《后山谈丛》卷三。桐庐，时为严州府属县，今属杭州。[4]"橘柚"句：用三国吴丹阳太守李衡种柑橘千株以遗其子故事。此借谓建德物产丰饶、人家富足。渔商：渔业商贩。晋郭璞《江赋》："溯洄沿流，或渔或商。"　[5]古羊裘：这里代指严光。严光隐居时披羊裘，钓于泽中。事见《后汉书·严光传》。

赏　析

　　这首诗吟咏建德灿烂丰富的风物人文，寄寓对友人在当地生活的美好期许。首联化用《庄子》语典，既契合送别之事，又突出建德距京之远，为下文描写张本。颔联借方通事及范仲淹诗，拈出"萧洒"二字与"水""木"两种代表性风物，准确概括严州秋景清新闲适的格调。虽标举桐庐，实兼及建德。颈联分用李衡事与郭璞《江赋》，既点明建德以农、渔、商为主的产业，又描绘出物产丰饶、百姓殷实的生活图景，暗示友人除官之幸与作宰之闲。尾联畅想友人游览新安江景，追忆隐士严光，既凸显当地深厚的文化底蕴，又与前文"萧洒"相呼应，饱含对其吏隐身闲、纵情山水的祝福与艳羡。歌咏远方胜地以送别,在王士禛同期诗中尤为常见,深厚情谊与宦游之思亦由此得以传达。

元　曹知白　江树秋声图

洪 昇

洪昇（1645—1704），字昉思，号稗畦，钱塘（今浙江杭州）人。康熙七年（1668）国子监肄业，二十年均科场不第，白衣终身。洪昇以传奇《长生殿》闻名于世，与孔尚任并称"南洪北孔"。晚年归钱塘，生活穷困潦倒，后以酒醉登船，落水而卒。著有《稗畦集》《啸月楼集》等。

钓 台

逃却高名远俗尘，披裘泽畔独垂纶。[1]

千秋一个刘文叔，记得微时有故人。[2]

（《洪昇集》卷二）

注 释

[1] 高名：盛名。《后汉书·严光传》："少有高名，与光武同游学。"俗尘：世俗人的踪迹。　[2] 刘文叔：即汉光武帝刘秀，字文叔。微时：微贱的时候，指未显贵时。故人：老友。《后汉书·严光传》："朕故人严子陵共卧耳。"

赏　析

对于严子陵山高水长的先生之风，鼓吹者代不乏人，不以为然者亦数见不鲜，明达如王夫之尚且表示难以理解。王夫之说："君子者，以仕为道者也。非夷狄盗贼，未有以匹夫而抗天子者也。"说来光武也不是不可共事之君，其时也非不可为之世，但严光却以逃名为高，颇堪令人玩味。是以这诗的前两句概说其逃名远俗，不作更多称誉。后两句诗人翻窠倒臼，别开生面，不赞子陵，反而表彰了光武帝刘秀，感慨他在位高权重时，能不忘微时故人，当真千载难逢、举世罕见。诗人溢美之心，昭然可见。正是立意上的不同凡响，使得本诗让人耳目一新。

查慎行

　　查慎行（1650—1727），初名嗣琏，字夏重，改字悔余，号初白、他山，浙江海宁人。康熙三十二年（1693）举人。四十二年，以献诗赐进士出身，入直南书房，授翰林院编修，数随驾巡游。雍正四年（1726）受弟嗣庭案株连，后从宽放归，旋卒。平生数游杭州。诗兼采唐宋，为"清初六家"之一，自朱彝尊卒后，为东南诗坛领袖。著有《他山诗钞》《敬业堂诗集》等。

淳安谒海忠介祠 [1]

桐乡遗爱在，民自不忘公。[2]
一邑清名著，三朝直节同。[3]
衣冠瞻古貌，俎豆感村翁。[4]
此日流离意，谁怜在野鸿。[5]

（《查慎行全集·敬业堂诗集》卷四）

注　释

[1] 本诗为康熙二十二年冬作，时作者赴江西入族父查培继幕，途经淳安。淳安：时为严州府属县，今属杭州。海忠介祠：即海公祠，初

在淳安县西察院左，后改筑南山之麓。参见康熙《淳安县志·祠》。海忠介，指海瑞，谥忠介，明朝著名清官，有"海青天"之誉。海瑞于嘉靖三十七年（1558）任淳安知县，在任生活节俭，不畏权贵，清丈田亩，均平赋役，兴办社学，颇著政声。　[2]桐乡遗爱：西汉名臣朱邑，少时为桐乡（今安徽桐城）啬夫，廉平不苛。卒前嘱其子："我故为桐乡吏，其民爱我，必葬我桐乡。"后桐乡民为之起冢立祠，岁时飨祭。事见《汉书》本传。　[3]三朝：海瑞于嘉靖三十二年授福建南平教谕，至万历十五年（1587）卒于南京右都御史任，历仕嘉靖、隆庆、万历三朝。　[4]俎豆：俎和豆，古代祭祀、宴飨时两种盛食物的礼器。这里指祭祀。　[5]"此日"二句：典出《诗·小雅·鸿雁》"鸿雁于飞，哀鸣嗷嗷。维彼哲人，谓我劬劳"。后用以形容民众流离失所，无家可归。

海忠介公像

赏 析

　　这首诗追怀曾任淳安知县的名臣海瑞,寄寓忧民之思与羁旅之感。首联开宗明义,借西汉朱邑典故引入,叙述海瑞之德政与民众之感激的因果联系,宣示海公祠的政治内涵。颔联"清名""直节"为互文手法,以简洁笔墨概括了海瑞为官清正廉洁、刚直不屈的高尚品格;拈出淳安"一邑",突出了其在仕宦"三朝"中的特殊地位。颈联转向对眼前海公祠景象的描绘,海瑞塑像衣冠严整,有古人风,村民陈列礼器,祭祀虔诚,直观呈现其人在当地政声之著及影响之深。尾联由此生发对现实的感怀,"流离""在野鸿"既直接指向当时民众,诗人既有对清官不再、百姓受苦的担忧,也暗含自身羁旅漂泊、无所依靠的意味,是诗人自康熙十八年(1679)始连续离家入幕、谋求生计时心态的幽微表现。

厉 鹗

厉鹗（1692—1752），字太鸿，又字雄飞，号樊榭，钱塘（今浙江杭州）人。康熙五十九年（1720）中举。乾隆元年（1736），应博学鸿词科，被黜。后遂不复应考，布衣终身。著有《樊榭山房集》《宋诗纪事》《辽史拾遗》《南宋院画录》等。

百字令

月夜过七里滩，光景奇绝。歌此调，几令众山皆响。[1]

秋光今夜，向桐江、为写当年高躅。[2]风露皆非人世有，自坐船头吹竹。[3]万籁生山，一星在水，鹤梦疑重续。[4]挐音遥去，西岩渔父初宿。[5]

心忆汐社沉埋，清狂不见，使我形容独。[6]寂寂冷萤三四点，穿破前湾茅屋。林净藏烟，峰危限月，帆影摇空绿。[7]随流飘荡，白云还卧深谷。[8]

（《樊榭山房集》卷九）

注 释

[1]众山皆响：语本《宋书·宗炳传》"抚琴动操，欲令众山皆响"。 [2]高躅(zhú)：高尚的行为。这里指严光不慕荣利、避世隐居的品行。 [3]竹：指笛、箫之类的乐器。 [4]万籁：泛指自然界的各种声音。一星：暗用严光客星事。据《后汉书·严光传》载，严光与光武帝共卧，以足加光武腹上。次日太史奏称客星犯御座甚急。鹤梦：用苏轼《后赤壁赋》典。苏轼游赤壁之夜，曾见孤鹤横江而来。后在梦中见有道士羽衣蹁跹，问他"赤壁之游乐乎"，遂悟道士即为横江之鹤。 [5]挐(ná)音：桨声。《庄子·渔父》："（渔父）乃刺船而去，延缘苇间。颜渊还车，子路授绥，孔子不顾，待水波定，不闻挐音而后敢乘。""西岩"句：化用柳宗元《渔翁》"渔翁夜傍西岩宿"句意。 [6]汐社：南宋遗民谢翱创立的文社，取"汐"字晚而有信之意。严陵滩有东西钓台，谢翱曾于西台哭祭文天祥。形容：指身影。 [7]"峰危"句：谓月光为桐江两岸高山所遮蔽。摇空绿：谓碧水荡漾，掩映天空。语出《西洲曲》"海水摇空绿"。 [8]白云：地名，子陵台下有白云原，谢翱葬于此。此句暗用陶渊明《归去来兮辞》"云无心以出岫"句意。

赏 析

康熙六十年（1721），厉鹗自永康返杭州，途径桐庐，作《百字令》吊古寄怀。词中极力表现桐江清空冷寂的自然景色，并寓含了深沉的历史感怀与个人寄托。开篇以秋光为笔、桐江为纸，追溯往昔高士之足迹，展现了词人对高洁人格的向往。接下来以

"风露皆非人世有"营造出一种超脱尘世的意境，船头吹笛，更添几分清幽。"万籁生山，一星在水"，以精炼之语勾勒出自然界的宁静与辽阔，鹤梦重续的幻想，挐音遥去的悠然，则赋予整幅画面空灵与梦幻之美。下片由眼前之景转入对往昔汐社的追忆，"清狂不见，使我音容独"，透露出词人的孤寂心境，这也是康乾时期文士心态的反映。冷萤穿屋，深林藏烟，高峰蔽月，既是对自然景致的细腻刻画，也是对内心世界的深刻剖析。两个动词"藏""限"尤显精炼。最终，词人随流飘荡，白云归谷，表达了对隐逸生活的向往与心灵归宿的追寻。

忆旧游

辛丑九月既望，风日清霁，唤艇自西堰桥沿秦亭、法华湾迥，以达于河渚。[1]时秋芦作花，远近缟目，回望诸峰，苍然如出晴雪之上。[2]庵以"秋雪"名，不虚也。乃假僧榻，偃仰终日，唯闻棹声掠波往来，使人绝去世俗营竞所在。[3]向晚宿西溪田舍，以长短句纪之。[4]

溯溪流云去，树约风来，山剪秋眉。[5]一片寻秋意，是凉花载雪，人在芦漪。[6]楚天旧愁多少，飘作鬓边丝。[7]正浦溆苍茫，闲随野色，行到禅扉。[8]

忘机，悄无语，坐雁底焚香，蛩外弦诗。[9]又送萧萧响,尽平沙霜信,吹上僧衣。[10]凭高一声弹指,天地入斜晖。[11]已隔断尘喧,门前弄月渔艇归。[12]

(《樊榭山房集》卷九)

注　释

[1]辛丑:为康熙六十年(1721)。既望:农历每月十六日。西堰桥:古桥名,在今杭州市西湖区古荡街道。《咸淳临安志》有载。秦亭:山名,为法华山支脉。据传秦始皇曾驻马于此,又传秦观在此筑亭。法华:山名,为西湖北山的一支。河渚:在杭州西溪。本名南漳湖,又名兼葭深处,又名涡水。　[2]缟目:谓满目雪白。缟,细白的生绢。　[3]偃仰:安居,游乐。营竞:钻营争逐。　[4]西溪:在杭州西北。《钱塘县志》:"西溪溪流深曲,受余杭南湖之浸,横山环之,凡三十六里,支港繁多,沟塍错出。"今为浙江杭州西溪国家湿地公园。　[5]树约风来:谓风吹树动,仿佛是树把风邀来一般。约,邀请。山剪秋眉:谓秋山碧色,犹如女子修剪过的黛眉。　[6]凉花载雪:谓芦花飘飞如雪。芦漪:长满芦花的水边。　[7]楚天:南方楚地的天空。战国时杭州一带属楚,故称楚天。鬓边丝:指白发。这里一语双关,既说愁绪催人白头,又说芦花飘至鬓边,点染白发。[8]浦溆:水边。禅扉:寺门。这里指秋雪庵。　[9]忘机:消除机巧之心。指甘于淡泊,与世无争。典出《列子·黄帝》。"坐雁底"二句:谓在交织的雁声、蟋蟀声中焚香赋诗。"蛩外"句说蟋蟀的叫声似乎是在给自己的诗配乐。蛩,蟋蟀。弦诗,给诗配乐。弦,这里作动词用。　[10]萧萧:象声词,这里形容风吹芦苇之声。霜信:霜降的

消息，这里指寒气。　　[11]"凭高"二句：谓刹那之间，天地便已坠入暮色。凭高，登高。弹指，捻弹手指作声，佛家以喻时间短暂。据作者自注，秋雪庵有弹指楼。　　[12]尘喧：尘世的烦扰。

赏　析

　　此词同作于康熙六十年，时厉鹗在杭州。全词以细腻的笔触描绘了一幅秋日寻幽的画卷。开篇"溯溪流云去"，以流动的意象引领读者步入一个超脱尘世的境界，随后"树约风来，山剪秋眉"以拟人手法，赋予自然以情感，勾勒出秋日山林的静谧与深邃。词人通过"凉花载雪"等意象，传达出内心的凄清与怀旧之情，而"楚天旧愁多少，飘作鬓边丝"则将抽象的愁绪具象化，形象生动。下片转入禅意与忘机之境，词人焚香赋诗，与水雁、蟋蟀相伴，悠然世外，营造出一种超然物外的氛围。"又送萧萧响"数句，进一步渲染了秋日的萧瑟与孤寂。接以"凭高一声弹指，天地入斜晖"，说弹指声中，天地也变得一片死寂。最终以"隔断尘喧"来取得自己的心灵归宿，清空绝尘，物我两忘，读罢使人有物外之想。整首词意境超脱，寄意清妙，体现了厉鹗词作高超的艺术成就。

弘 历

弘历(1711—1799),即清高宗,年号乾隆,爱新觉罗氏,别署长春居士、信天主人,晚号古稀天子、十全老人。著有《乐善堂全集》《御制诗》等。乾隆帝曾六下江南,均至杭州,多有诗作。

坐龙井上烹茶偶成[1]

龙井新茶龙井泉,一家风味称烹煎。

寸芽生自烂石上,时节焙成谷雨前。[2]

何必凤团夸御茗,聊因雀舌润心莲。[3]

呼之欲出辨才在,笑我依然文字禅。[4]

(《御制诗三集》卷二二)

注 释

[1]本诗为乾隆二十七年(1762)作,时乾隆帝第三次南巡至杭州。龙井:在风篁岭。　[2]"时节"句下有作者自注:"见陆羽《茶经》。"《茶经·一之源》:"其地,上者生烂石。"又同书《三之造》:"茶之笋者,生烂石沃土,长四五寸。"谷雨:二十四节气之一,通常在清明后十五日。龙井茶谷雨前所采者,称雨前龙井,为上品。　[3]凤

团：宋代贡茶名，产自建州（今福建建瓯）。用上等茶末制成团状并压印凤纹，故名。雀舌：上等茶名，取嫩芽制成，名"雀舌"以言其至嫩。参见宋沈括《梦溪笔谈·杂志》。心莲：佛教语，谓心地清净如莲。　[4]辩才：谓释元净，俗姓徐，字无象，於潜（今属杭州）人。景祐二年（1035）赐"辩才"号。住持上天竺逾二十年，学徒逾万人。后归隐龙井之寿圣院。与苏轼、赵抃等为方外友，常品茗作诗为乐。事见苏辙《龙井辩才法师塔碑》。辨，通"辩"。文字禅：用诗文阐发的禅理。

赏　析

这首诗吟咏龙井茶及在龙井烹茶所感，可见作者闲适悠然的心态。首联交代诗歌背景，以龙井泉水冲泡龙井新茶，而称之为"一家风味"，更是诙谐有趣，奠定全诗情感基调。颔联聚焦于上品龙井，上句化用陆羽《茶经》，点明其生长的土壤条件，下句介绍其采制的时间要求，两句互相映衬，共同突出龙井茶的珍贵精致。颈联抒发品茶之感，言何必如宋朝般大费周章，制作"凤团"以夸饰贡茶身份，只要凭此滋润心灵、达致清净即可，表现返璞归真的志趣，与讲求"心性本净"的南宗禅相合。尾联则设言宋代龙井高僧辩才法师嘲笑自身作诗言禅，仍未达到禅宗"不立文字"的至高境界。两相联系，可见作者参禅悟道的诚心与品茗赋诗的雅兴中，亦不免带有展示意味。

袁 枚

袁枚（1716—1798），字子才，号简斋、随园，钱塘（今浙江杭州）人。乾隆四年（1739）进士，授翰林院庶吉士。后知溧水、江浦、沭阳、江宁等县。袁枚诗主性灵，为当时所宗。著有《小仓山房集》《随园诗话》《子不语》等。袁枚早年居杭，乾隆四年曾回杭娶亲；定居随园后，又数次归游，多有诗作。

谒岳王墓作十五绝句（其十五）[1]

江山也要伟人扶，神化丹青即画图。[2]

赖有岳于双少保，人间始觉重西湖。[3]

（《袁枚全集新编·小仓山房诗集》卷二六）

注 释

[1] 本诗为乾隆四十四年暮春作，时作者由江宁归杭州，小住数月。岳王墓：即岳飞墓，在杭州西湖栖霞岭南麓。　[2]"神化"句：语本汉蔡邕《陈太丘碑》"神化著于民物，形表图于丹青。巍巍焉，其不可尚也；洋洋乎，其不可测也"。神化，神灵的教化，此谓至高的道德境界与教化能力。丹青：丹砂、青䕶，可作颜料。　[3] 岳于双少保：岳飞于绍兴五年（1135）平杨幺之乱，诏兼蕲黄制置使，加检

校少保。于谦于正统十四年（1449）土木堡之变后，力排南迁之议，决策守京师，督军击退瓦剌，论功加少保。

赏　析

这首诗吟咏西湖畔岳王墓，说明人文历史对景观名胜的重要意义。首句开门见山，提出江山须靠伟人扶持之理，"江山"既指山水，又借谓社稷，一语双关。次句化用蔡邕《陈太丘碑》语典，指出在伟人崇高形象的影响下，山水也自然增色，如图画般美不胜收，这是对前句予以补充说明。后二句以眼前的西湖为例论证，指出其美景得到天下重视，有赖于岳飞和于谦两位英雄人物。岳、于是宋、明两代的中流砥柱，又均遭奸臣陷害，均葬于西湖之滨，受历代百姓景仰爱戴，为西湖增添了厚重的文化底蕴；故诗人由岳飞想到于谦，既表达对二人崇敬之情，又对首句论点予以有力支撑。

纪 昀

纪昀（1724—1805），字晓岚、春帆，号石云，献县（今属河北）人。乾隆十九年（1754）进士。三十八年，被举为四库全书馆总纂。官至礼部尚书、协办大学士。著有《阅微草堂笔记》《纪文达公遗集》。乾隆二十七年十月，纪昀就任福建提督学政途中，曾从杭州乘船溯钱塘江而上。

富春至严陵山水甚佳（其一）[1]

沿江无数好山迎，才出杭州眼便明。
两岸蒙蒙空翠合，琉璃镜里一帆行。

（《晚晴簃诗汇》卷八二）

注 释

[1] 严陵：这里指严陵濑。

赏 析

乾隆二十七年十月初八，纪晓岚带上家眷，离京南下就任福建提督学政。这是一次心舒情畅的旅行，途中他登山临水，访幽探胜，抒发诗情，放怀吟咏，一路共作诗七十多题一百余首。这些诗后来结集为《南行杂咏》。打头的这首诗，描绘的是诗人初入富春江的新奇感受。江上波光耀金，两岸层峦叠翠，诗人站立船头，尽情观览眼前的佳山胜水，但见一江如带，携两岸青山迎面而来，令人目不暇接。诗人置身于这潇洒清绝的风光之中，倍感眼明心亮。"眼便明"三字，不但写出了眼界一新之感，而且也流露出旅途中心情的愉快。一叶轻舟航行在这波映山光、澄碧如天的江面，有如滑翔在明澈的琉璃镜中。诗人在同题组诗第二首中说"斜阳流水推篷坐，翠色随人欲上船"，以拟人手法写山色亲人，更觉可爱。

黄景仁

　　黄景仁（1749—1783），字汉镛，一字仲则，号鹿菲子，江苏武进（今常州）人。累试不第。曾游京师，得校录四库馆。黄景仁诗负盛名，和王昙并称"二仲"，和洪亮吉并称"二俊"，为"毗陵七子"之一。著有《两当轩集》。黄景仁一生中曾多次游杭，创作了不少相关诗作。

新安滩[1]

一滩复一滩，一滩高十丈。
三百六十滩，新安在天上。

（《两当轩集》卷九）

注　释

[1] 新安滩：新安江上的石滩。新安江为钱塘江上游，落差较大，故江中多滩。

赏　析

　　这首作品，与其说它是诗，不如说它是一首歌谣。它让我们不由得想起古代的《三峡谣》："朝发黄牛，暮宿黄牛。三朝三暮，黄牛如故。"二者都是描绘舟行的艰难，语言都自然活泼，不假雕饰，颇有异曲同工之妙。

从诗中所写，可知诗人是从新安江下游逆流而上前往上游。"一滩复一滩"，点出新安江滩之密集。"一滩高十丈"，"十丈"并非实指，而是运用夸张手法，点出新安江滩之险峻。"三百六十滩"一语亦为夸张，但有了前面两句的铺垫，读来不觉意外，于是最后结到"新安在天上"，更是理所当然。这首诗虽然短小，但神气十足，极具古乐府诗的质感。全诗只有二十个字，看似简单，其实并不容易写出，正如《晚晴簃诗汇》所说，这首诗如"冯虚御风，不可捉摸"。

林则徐

林则徐（1785—1850），字元抚，一字少穆，晚号俟村老人，福建侯官（今福州）人。嘉庆十六年（1811）进士。官至云贵总督。曾主持"虎门销烟"。著有《云左山房诗钞》。嘉庆二十五年，林则徐任浙江杭嘉湖道，在海塘水利建设方面有颇多贡献。

春暮偕许玉年乃穀张仲甫应昌诸君游理安寺烟霞洞虎跑泉六和塔诸胜每处各系一诗（其四）[1]

浮屠矗立俯江流，暮色苍茫四望收。[2]

落日背人沉野树，晚潮催月上沙洲。

千家灯闪城南市，数点帆归海外舟。

莫讶山僧苦留客，有情江水也回头。[3]

（《林则徐诗集·古近体诗》）

注 释

[1] 这首诗当作于道光元年（1821）春林则徐任杭嘉湖道，与友同游杭州之时，是这组览胜诗中的最后一首，以六和塔为描写对象。许玉年

乃縠：许乃縠，字玉年，仁和（今浙江杭州）人。张仲甫应昌：张应昌，字仲甫，号寄庵，归安（今浙江湖州）人，嘉庆十五年举人。题中理安寺、烟霞洞、虎跑泉、六和塔均是杭州名胜。　[2]浮屠：指六和塔。　[3]"有情"句：六和塔下的钱塘江蜿蜒曲折呈"之"字状，好像回头一般。此句化用黄庭坚《寄别说道》"有情江水尚回流"。

赏　析

这首诗以名胜六和塔为中心，但宗教气息甚微，展现出诗人对有情人世的深切关怀。首联勾勒六和塔全景，上句写登塔俯瞰，描绘六和塔矗立钱塘江边的画面，下句写登塔远望，以简笔勾画出塔上所见之暮色景象。颔联"背""催"两个动词用得十分灵活，不仅将落日、晚潮这些自然景观拟人化了，且在句中融入了更多的描写对象，如人、树、月、洲，且不显杂乱，而是将这些景物有机结合在了一起，表现出动态的时间流逝感。颈联侧重写城中人们的活动，更具人情味，暮色降临，城南家家灯火通明，出海的人们也循着灯火扬帆归航，描绘出一幅繁荣而安宁的场景。尾联则以六和塔下钱塘江水独特景观作结，江水有情，人更有情，诗人以有情之眼观无情之物，带读者领略暮色下杭州城的人间烟火。

龚自珍

　　龚自珍（1792—1841），初名遏，字爱吾，更名巩祚，字璱人，又名易简，字伯定，号定庵，浙江仁和（今杭州）人。嘉庆二十三年（1818）举人，官至礼部主事。后执教于丹阳云阳书院，主持杭州紫阳书院讲席。龚自珍为近代著名启蒙思想家。有《定庵集》。龚自珍长年往返于京杭间，更主持紫阳书院讲席，多有诗词之作。

己亥杂诗（其一百五十二）[1]

浙东虽秀太清孱，北地雄奇或犷顽。[2]
踏遍中华窥两戒，无双毕竟是家山。[3]

（《龚自珍全集》第一〇辑）

注　释

[1]《己亥杂诗》是龚自珍的组诗作品，写于道光十九年（1839），是一组自叙诗，共三百一十五首，均为七言绝句。组诗题材广泛，内容复杂，龚自珍的代表之作。本诗是组诗第一百五十二首。　[2]浙东：浙江以钱塘江为界，东南称浙东，西北称浙西。浙东包括今宁波、绍兴、台州、金华、衢州、温州、丽水等地。清孱：清瘦文弱。犷顽：

粗野不驯。　[3]两戒：国家疆域的南北界限，亦借指两戒之内的全境。家山：家乡，这里指龚自珍的家乡杭州。

赏　析

　　这首诗主要运用对比衬托的手法，抒发诗人对家乡的热爱。前两句写祖国南北两地不同的风光，浙东是江南清丽景观的代表，北地则雄奇壮阔。但两类景致又各有优劣，浙东或偏孱瘦而不够大气壮丽，北地又略粗犷而文秀不足。由此，引发诗人后两句的议论和抒情：走过大江南北，觉得最美也最难割舍的地方或许只有故乡，那个承载了自己无数回忆的地方，它或许不如浙东风景秀丽，也不如北地壮丽雄伟，但它永远是游子心中最独特、无双的地方。这两句诗道出了诗人多年来在外漂泊的真挚感慨，也道出了千古游子朴素而共通的心声，虽平易而深切动人。

湘　月

壬申夏泛舟西湖述怀有赋，时予别杭州盖十年矣。[1]

天风吹我，堕湖山一角，果然清丽。[2] 曾是东华生小客，回首苍茫无际。[3] 屠狗功名，雕龙文卷，岂是平生意。[4] 乡亲苏小，定应笑我非计。[5]

才见一抹斜阳，半堤香草，顿惹清愁起。[6] 罗袜音尘何处觅，渺渺予怀孤寄。[7] 怨去吹箫，狂来说剑，两样销魂味。[8] 两般春梦，橹声荡入云水。[9]

（《龚自珍全集》第一一辑）

清　万上遴　湖山胜境图

注 释

[1]本词为嘉庆十七年夏作,时作者离京南下,至苏州娶段美贞,复与之归杭。别杭州盖十年:龚自珍嘉庆七年离杭赴京,至此恰为十年。　　[2]天风吹我:语本唐戴叔伦《夏日登鹤岩偶成》"天风吹我上层冈,露洒长松六月凉"。　　[3]东华:明清时中枢官署设于宫城东华门内,因以借称中央官署,又泛指朝廷或京城。生小:犹幼小。龚自珍由嘉庆七年十一岁起便常居京师,至本年南下止,故云。　　[4]屠狗:西汉开国功臣樊哙,初以屠狗为业。后泛指出身低微者或位卑的豪杰之士。雕龙:雕镂龙纹,战国时齐人以此形容驺奭之文。后比喻善于修饰文辞。龚自珍本年初考充武英殿校录,始为校雠之学,故云。　　[5]乡亲苏小:语本唐韩翃《送王少府归杭州》"吴郡陆机称地主,钱塘苏小是乡亲"。苏小,谓苏小小,南朝齐时钱塘名妓。龚自珍为杭州人,故云。　　[6]香草:含有香气的草,又常借以比喻忠贞之士。　　[7]罗袜音尘:指美人之消息。罗袜典出三国魏曹植《洛神赋》"体迅飞凫,飘忽若神。陵波微步,罗袜生尘",这里指代美人。音尘,谓踪迹、消息。渺渺予怀:语出宋苏轼《赤壁赋》"渺渺兮予怀,望美人兮天一方"。　　[8]吹箫、说剑:龚自珍常以"箫""剑"意象对举,一谓柔情幽思,一谓雄心壮志。说剑,《庄子》有《说剑》篇,谓赵文王喜剑,日令剑士相搏击,致国运衰微。庄子往说之,劝其应爱"制以五行,论以刑德"的天子之剑,而非庶人之剑。后借指谈论武事。　　[9]春梦:比喻易逝的美好事物或无常的世事。

赏 析

　　这首词触西湖之景而生情,倾吐怀才不遇之苦闷迷茫。起首三句叙游湖事，"天风"想象雄奇遒劲，"果然"暗寓返乡之喜与怀旧之思。现实与过往交汇于西湖，不免令词人生出感慨，旅居京华，去时志得意满，归时一事无成；"苍茫无际"一句，以湖水广阔反衬自身渺小，亦映出无穷忧思。故下三句直抒胸臆：今之低劣功名、书生事业，岂足了却平生志愿？上片末二句即景设言"乡亲苏小"以自嘲，词人近乡情怯，更添深沉愁绪。过片三句渲染萧瑟凄凉之境，引起"清愁"：洛神与赤壁美人均象征虚幻的政治理想，箫、剑则代表词人双重人格底色，如此无人知赏，诚可黯然"销魂"，悲伤臻于极致。至此，前文的激荡感情，均如春梦无痕，随橹声逝于云水。全词长于用典，以景结情，留下无尽惆怅。

俞 樾

俞樾（1821—1907），字荫甫，号曲园，浙江德清人。道光三十年（1850）进士，任翰林院编修。后外放河南学政，被弹劾而罢官，遂移居苏州，潜心学术达四十余载。著有《春在堂全书》。其杭州诗有《九溪十八涧》《杭州琼花歌》，词有《瑶华慢·十月十日与内子坐小舟泛西湖看月》等。

九溪十八涧（节选）[1]

九溪十八涧，山中最胜处。

昔久闻其名，今始穷其趣。

重重叠叠山，曲曲环环路。

东东丁丁泉，高高下下树。

（《俞樾全集·春在堂诗编》第八编）

注 释

[1]九溪十八涧：位于西湖西边群山中的鸡冠垅下，自龙井起蜿蜒曲折流入钱塘江，溪流、茶园、迷雾、青川构成了该景区的四大旅游特色。又称"九溪烟树"，为"新西湖十景"之一。

赏 析

　　这首诗清丽淡逸,以巧妙之笔写出了杭州九溪十八涧的风姿。首二句单刀直入,直接点明主题。接下来两句,通过"昔""今"的对比,表达了诗人今日终于得以游览九溪十八涧的喜悦之情。后四句尤值得称道。诗人信手拈来,连用四组叠词,妙趣横生。五、六两句写出了群山重叠、山路曲折之景,七、八两句则将叮咚泉水与错落树木的情态描绘得栩栩如生,增加了诗句的画面感。用连续的叠词入诗,当然不始于俞樾。唐代王建有《宛转词》:"宛宛转转胜上纱,红红绿绿苑中花。纷纷泊泊夜飞鸦,寂寂寞寞离人家。"元代乔吉有《天净沙》:"莺莺燕燕春春,花花柳柳真真,事事风风韵韵。娇娇嫩嫩,停停当当人人。"俞樾借鉴前人创作手法,注入新的内容,读来颇有意趣。

康有为

康有为（1858—1927），原名祖诒，字广厦，号长素，又号更生，广东南海（今佛山市南海区）人。曾公车上书，组织戊戌变法运动，失败后逃亡日本，后组织保皇会，反对辛亥革命。著有《新学伪经考》《孔子改制考》《康南海先生诗集》等。康有为杭州诗有《西湖杂咏》《杭西湖康山诗》等。

闻意索三门湾以兵轮三艘迫浙江有感[1]

凄凉白马市中箫，梦入西湖数六桥。[2]

绝好江山谁看取？涛声怒断浙江潮。[3]

（《康有为全集·康南海先生诗集》卷四）

注 释

[1] 意：意大利。三门湾：位于浙江宁海东面的象山半岛南端。本诗写光绪二十五年（1899）正月，意大利以武力威胁强租三门湾事。
[2] 白马：用伍子胥死后化为潮神，常乘素车白马在潮头之中的典故。此处诗人以伍子胥自比，暗喻变法失败，被迫流亡国外。市中箫：指伍子胥逃亡吴国时在市中吹箫乞讨之事，见《史记·范雎蔡泽列传》。西湖数六桥：西湖六桥一般指杭州西湖外湖苏堤上的映波、锁澜、望

山、压堤、东浦、跨虹六桥，宋代苏轼所建。西湖里湖亦有六桥，明代所建。　[3]看取：照顾，守护。

赏　析

  这是一首以时事为中心进行议论和抒情的诗歌，但全诗除了诗题揭露了当时发生的事件外，四句诗并未对时事进行明确的叙述与点评，诗人的意见、态度主要潜藏于诗歌所用典故之中。首句用典，伍子胥逃亡吴国乞讨，象征着诗人变法失败后流亡日本的凄凉境地。诗人虽离开故土，但时时关心国家忧患。次句"梦入西湖"传达出他对国家的思念与担忧。三句设问，作者听闻三门湾之事，愤怒、忧虑等种种情绪自然涌上心头，发出祖国河山谁来守护的感慨。结句再用伍子胥典故，但与首句的凄惨不同，爆发出豪壮的气概——正如伍子胥死后化作钱塘江潮神，中国的疆土也将由自己的人民来守卫。贯穿全诗的伍子胥典故，一头一尾，起到了烘托和转折情感的作用，更显出全诗结构之精妙。

秋　瑾

秋瑾（1875—1907），字璿卿，号竞雄，别署鉴湖女侠，浙江山阴（今绍兴市）人。中国女权和女学思想的倡导者，近代民主革命志士。创办《中国女报》。参加光绪三十三年（1907）安庆起义，失败被捕，就义。其墓数经迁葬，今位于杭州西泠桥西侧。后人编有《秋瑾诗词》《秋瑾集》等。秋瑾杭州诗有《西湖》《登吴山》等。

登吴山 [1]

老树扶疏夕照红，石台高耸近天风。[2]

茫茫灏气连江海，一半青山是越中。[3]

（《秋瑾集》）

注　释

[1]吴山：在杭州市西湖东南，山势绵亘起伏，左带钱塘江，右瞰西湖。　[2]扶疏：枝叶繁茂四布的样子。　[3]灏气：指弥漫在天地间的气，又可指正大刚直之气。越中：今浙江绍兴一带。

赏　析

  自古登高易生感慨，或因居高临下而生出豪壮之气，或因登山望远而产生思乡愁绪，本诗也是如此。首句先从细处、近处着笔，老树、夕阳均是迟暮的象征，但老树枝叶仍然繁茂，夕照余晖依然灿烂，这何尝不是一种壮观？次句转写高处大景，吴山石台高耸，仿佛触碰云端，直接天风。三句承接前句，进一步提升了场面的壮阔程度，诗人登山而见天地，天地之间云气奔涌，与江海相接，至此本诗的豪迈之气尽显，也可见作者的豪迈胸襟。结句情感略有转折，秋瑾登吴山而望越中，望的正是自己的家乡绍兴，她所见一半青山都是绍兴之山，体现了她对故乡的牵念，而这柔情中又带有对故乡山水的热爱与自豪。

参考文献

B

《白居易诗集校注》，中华书局2006年版

C

《蔡襄集》，上海古籍出版社1996年版

《参寥子诗集》，上海古籍出版社2017年版

D

《丁卯集笺证》，中华书局2012年版

《东坡乐府笺》，上海古籍出版社2009年版

《杜诗详注》，中华书局1979年版

F

《樊川文集》，上海古籍出版社1978年版

《樊榭山房集》，上海古籍出版社2012年版

《范成大集》，中华书局2020年版

《范仲淹全集》，中华书局2020年版

《放翁词编年笺注（增订本）》，上海古籍出版社2012年版

《分门纂类唐宋时贤千家诗选校证》，人民文学出版社2002年版

G

《龚自珍全集》，上海古籍出版社1999年版

《贯休歌诗系年笺注》，中华书局2011年版

H

《洪昇集》，浙江古籍出版社2012年版
《后山诗注补笺》，中华书局1995年版
《湖上草》，清代诗文集汇编本，上海古籍出版社2010年版
《黄梨洲诗集》，中华书局1959年版

J

《贾岛集校注》，人民文学出版社2001年版
《稼轩词编年笺注》，上海古籍出版社1993年版
《剑南诗稿校注》，上海古籍出版社2005年版
《姜白石词笺注》，中华书局2009年版
《姜白石诗集笺注》，山西人民出版社1986年版
《江村销夏录》，上海古籍出版社2011年版

K

《康有为全集》，中国人民大学出版社2020年版

L

《兰皋集》，影印文渊阁四库全书本，台湾商务印书馆1987年版
《李贺歌诗笺注》，中华书局2021年版
《李清照集校注》，人民文学出版社2013年版
《李绅集校注》，中华书局2009年版
《李太白全集》，中华书局1977年版

《两当轩集》，上海古籍出版社1983年版
《林和靖集》，浙江古籍出版社2016年版
《林则徐诗集》，海峡文艺出版社1987年版
《刘伯温集》，浙江古籍出版社2011年版
《刘禹锡集》，中华书局1990年版
《刘长卿集编年校注》，人民文学出版社1999年版
《罗隐集系年校笺》，人民文学出版社2013年版

M

《梅尧臣集编年校注》，上海古籍出版社2006年版
《梦窗词汇校笺释集评》，浙江古籍出版社2007年版
《孟浩然诗集校注》，中华书局2018年版
《明诗别裁集》，上海古籍出版社2008年版
《牧斋有学集》，上海古籍出版社2020年版

N

《南湖集》，影印文渊阁四库全书本，台湾商务印书馆1987年版

P

《佩韦斋集》，影印文渊阁四库全书本，台湾商务印书馆1987年版
《蘋洲渔笛谱笺疏》，科学出版社2023年版
《曝书亭集》，清代诗文集汇编本，上海古籍出版社2010年版

Q

《齐己诗集校注》，中国社会科学出版社2011年版

《钱起集校注》，浙江古籍出版社2015版

《清江三孔集》，影印文渊阁四库全书本，台湾商务印书馆1987年版

《清献集》，影印文渊阁四库全书本，台湾商务印书馆1987年版

《秋瑾集》，中华书局1960年版

《权德舆诗文集》，上海古籍出版社2009年版

《全宋词》，中华书局1965年版

《全宋诗》，北京大学出版社1998年版

《全元诗》，中华书局2013年版

R

《任昉集笺注》，人民出版社2022年版

S

《山中白云词笺》，浙江古籍出版社1994年版

《商辂集》，浙江古籍出版社2012年版

《沈佺期宋之问集校注》，中华书局2011年版

《石仓十二代诗选》，北京燕山出版社2020年版

《松雪斋集》，四库存目丛书本，齐鲁书社1997年版

《宋诗纪事》，上海古籍出版社1983年版

《苏轼诗集合注》，上海古籍出版社2001年版

《苏辙集》，中华书局1990年版

T

《太白山人漫稿》，影印文渊阁四库全书本，台湾商务印书馆1987年版

《唐五代诗全编》，上海古籍出版社2024年版

W

《晚晴簃诗汇》，中华书局1990年版

《王安石文集》，中华书局2021年版

《王十朋全集》，上海古籍出版社1998年版

《王士禛全集》，齐鲁书社2007年版

《王文成公全书》，中华书局2015年版

《王筠集校注》，中华书局2013年版

《王恽全集汇校》，中华书局2013年版

《韦庄集笺注》，上海古籍出版社2002年版

《温庭筠全集校注》，中华书局2007年版

《文选》，上海古籍出版社1985年版

《吴梅村诗集笺注》，中华书局2020年版

《吴越春秋》，中华书局2019年版

X

《西河文集》，清代诗文集汇编本，上海古籍出版社2010年版

《西湖览胜诗志》，影印文渊阁四库全书本，台湾商务印书馆1987年版

《西湖梦寻》，中华书局2007年版

《西湖游览志余》，上海古籍出版社2018年版

《先秦汉魏晋南北朝诗》，中华书局1983年版

《咸淳临安志》，宋元方志丛刊本，中华书局1990年版

《谢康乐诗注》，中华书局2008年版

Y

《弇州山人四部稿》，上海古籍出版社2020年版
《雁门集》，上海古籍出版社1982年版
《杨万里集笺校》，中华书局2007年版
《杨维桢诗集》，浙江古籍出版社2010年版
《姚合诗集校注》，上海古籍出版社2012年版
《于谦集》，浙江古籍出版社2015年版
《俞樾全集》，浙江古籍出版社2021年版
《玉茗堂全集》，齐鲁书社1997年版
《玉台新咏笺注》，中华书局1985年版
《御制诗三集》，清代诗文集汇编本，上海古籍出版社2010年版
《袁宏道集笺校》，上海古籍出版社2018年版
《袁枚全集新编》，浙江古籍出版社2021年版
《元稹集（修订本）》，中华书局2010年版
《乐章集校笺》，上海古籍出版社2016年版

Z

《增订湖山类稿》，中华书局1984年版
《查慎行全集》，中华书局2017年版
《张苍水集》，上海古籍出版社1985年版
《张祜诗集校注》，上海古籍出版社2020年版
《张籍集系年校注》，中华书局2011年版

《真山民集》，影印文渊阁四库全书本，台湾商务印书馆1987年版
《郑谷诗集笺注》，上海古籍出版社2009年版
《竹斋集》，西泠印社出版社2011年版

后　记

《诗话浙江·最忆是杭州》重在呈现杭州的悠久历史、灿烂文化与美丽风光，抉发精致、和谐、开放、大气的杭州精神。全书精选了历代吟咏杭州的诗词两百首，作品的遴选标准是把握经典优先的原则，在名家名篇中优中选优，以展示杭州诗词的宏伟格局、正大气象、文学特质和艺术底蕴，同时兼顾时代特点和地域因素。杭州卷的选录范围，包括目前杭州市所辖上城、拱墅、西湖、滨江、萧山、余杭、临平、钱塘、富阳、临安十个区和桐庐、淳安两个县及建德一个县级市的古代诗词作品。作品顺序按照诗人的生活年代进行编排，所选诗词以经典的通行文本为主，择善而从，不作版本校勘。入选作者简要介绍生卒字号、简单履历、文学成就、著述情况，以及与杭州的联系。每首诗词均设注释和赏析：注释重在作品的人名、地名、典故、专称以及疑字词释义，力求通俗畅达，简明扼要；赏析阐述作品的产生背景、思想内容、艺术特色、地位影响，力求提纲挈领，要言不烦。

本书是集体编纂的成果，由中共浙江省委宣传部统一策划，由中共杭州市委宣传部组织实施。集中对杭州诗词进行精选整理和注释赏析，旨在弘扬中华优秀传统文化，推动浙江诗路文化和宋韵传世工程建设，呈现杭州勇立潮头、开拓创新的精神。主要撰稿人有：胡可先、司马一民、李利忠、何智勇、夏斯斯、俞沁、何哲涵、赵辛宜、张忠杨、余筱然、吴钰欣、钟茸、马子懿、王飞杨、陆雨欣、刘曦、邹明辰。胡可先、尚佐文参与了本书从策划到定稿的整个过程，最后审定了全稿，统一了体例。

  本书得以完成，特别感谢中共杭州市委宣传部的指导与协调，感谢浙江古籍出版社的支持与努力，特别是编辑的精心编辑，保证了本书质量并顺利出版。因为时间仓促，本书难免存在错误之处，恳请读者批评指正！

本册编写组
2024年11月

图书在版编目（CIP）数据

最忆是杭州：杭州 / 丛书编写组编． -- 杭州：浙江古籍出版社，2024.11． --（诗话浙江）． -- ISBN 978-7-5540-3186-5

Ⅰ．Ⅰ222.72

中国国家版本馆 CIP 数据核字第 2024R8B535 号

诗话浙江
最忆是杭州
丛书编写组 编

出版发行	浙江古籍出版社
	（杭州市拱墅区环城北路 177 号　电话：0571-85176989）
责任编辑	周　密
文字编辑	曾　拓
责任校对	吴颖胤
封面设计	张弥迪
责任印务	楼浩凯
照　　排	杭州立飞图文制作有限公司
印　　刷	浙江新华数码印务有限公司
开　　本	880 mm × 1230 mm　1/32
印　　张	13.5
字　　数	290 千字
版　　次	2024 年 11 月第 1 版
印　　次	2024 年 11 月第 1 次印刷
书　　号	ISBN 978-7-5540-3186-5
定　　价	68.00 元

如发现印装质量问题，影响阅读，请与本社印制部联系调换。